KiWi
1749

Das Buch

Es ist Mitte Januar, Hochsaison im tief verschneiten Grödnertal. Betuchte Touristen aus aller Welt reisen in das luxuriöse Winteridyll Wolkenstein, um hier ihren Urlaub zu verbringen. Ausgerechnet jetzt wird ein Toter in einem Hotelzimmer gefunden. Obwohl das Opfer Gemeindepolizist war und somit beinahe ein Kollege, nimmt Commissario Grauner nur widerwillig die Ermittlungen auf. Er hat andere Sorgen: Seit Tagen ist seine achtzehnjährige Tochter Sara spurlos verschwunden. Als er erfährt, dass sein neapolitanischer Mitarbeiter Saltapepe untertauchen musste, weil der Mafiaboss Giorgio Garebani, den der Ispettore einst ins Gefängnis brachte, hinter ihm her ist, glaubt Grauner nicht mehr an einen Zufall. Gemeinsam mit seiner Frau Alba ermittelt er gegen alle Vorschriften – sie stürzen sich in einen Kampf, den sie nicht gewinnen können, aber nicht verlieren dürfen.

Der Autor

Lenz Koppelstätter, Jahrgang 1982, ist in Südtirol geboren und aufgewachsen. Er arbeitet als Medienentwickler und als Reporter für Magazine wie GEO Special, GEO Saison oder Salon. Die ersten fünf Bände der Krimireihe um Commissario Grauner, »Der Tote am Gletscher«, »Die Stille der Lärchen«, »Nachts am Brenner«, »Das Tal im Nebel« und »Das Leuchten über dem Gipfel«, waren ein großer Erfolg bei Leserinnen, Lesern und Presse.

LENZ KOPPELSTÄTTER

DAS DUNKLE DORF

Ein Fall für
Commissario Grauner

Kiepenheuer & Witsch

Aus Verantwortung für die Umwelt hat sich der *Verlag Kiepenheuer & Witsch* zu einer nachhaltigen Buchproduktion verpflichtet. Der bewusste Umgang mit unseren Ressourcen, der Schutz unseres Klimas und der Natur gehören zu unseren obersten Unternehmenszielen. Gemeinsam mit unseren Partnern und Lieferanten setzen wir uns für eine klimaneutrale Buchproduktion ein, die den Erwerb von Klimazertifikaten zur Kompensation des CO_2-Ausstoßes einschließt.

Weitere Informationen finden Sie unter
www.klimaneutralerverlag.de

Personen und Handlungen dieses Romans sind frei erfunden – die Mafia nicht. Ist es ruhig um sie, ist sie stark. Sind wir laut, wird sie schwach.

In Bezug auf Ortsbeschreibungen nimmt sich das Buch Freiheiten heraus.

FSC
www.fsc.org
MIX
Papier aus verantwortungsvollen Quellen
FSC® C083411

Verlag Kiepenheuer & Witsch, FSC® N001512

3. Auflage 2021

Covergestaltung: Barbara Thoben, Köln
Covermotiv: © Stefano Politi Markovina / Alamy Stock Foto
Karten auf beiden Umschlaginnenseiten: Oliver Wetterauer
Illustration als Abschnittstrenner im Text: Oliver Wetterauer
Gesetzt aus der Minion
Satz: Buch-Werkstatt GmbH, Bad Aibling
Druck und Bindung: CPI books GmbH, Leck
ISBN 978-3-462-05304-3

Prolog

Über jene, über die das Dorf am wenigsten weiß, redet es am meisten. Über jene, die kaum unter die Leute gehen, nicht ins Gasthaus, nicht in die Messe, jene, die keinem Verein angehören, auch nicht der Feuerwehr oder der Musikkapelle, jene, die nicht auf den Fußballplatz kommen oder auf die Skipiste, auch nicht in den Kegelklub, jene, die an der Theke nie einen ausgeben, sich nie einen ausgeben lassen. Wer nicht »ratscht«, wie die Südtiroler sagen, wenn sie plaudern, plappern, intrigieren, über den wird geratscht, geplaudert, geplappert, gegen den wird intrigiert.

Das ist heute so und so war es schon immer. Warum? Weil im Dorf jeder alles über jeden weiß, wissen will, wissen soll, wissen muss, weil ein Dorf nur so funktioniert, nur so funktionieren kann. Im Guten wie im Schlechten. Wer nichts weiß, bleibt außen vor. Wer nichts preisgibt, ebenso. Weiß ich nichts über dich, dann heißt das, ich interessiere mich nicht für dich. Du bist mir egal. Nichts wissen zu wollen ist ein Affront.

Man hat zu wissen, wie es dem Nachbarn geht, damit

man ihm, wenn es ihm gut geht, gratulieren kann. Auch wenn ihm sein Glück viele, die an der Theke sitzen, heimlich neiden. Geht es dem Nachbarn schlecht, hat man sein innigstes Beileid auszudrücken. Auch wenn viele, die an der Theke sitzen, sich heimlich zuprosten, weil er bald bankrott sein wird, der Nachbar. Weil er sich verspekuliert hat, weil er das Stück Grund wird verkaufen müssen, das viele so gerne hätten, weil dort die Wiesen besonders saftig blühen, die Bäume des Waldes besonders kräftig sind.

Wer nicht redet, sich nicht blicken lässt, gehört nicht dazu, wird nie dazugehören. Sei ein Teil des Dorfes. Dann geht es dir gut. Bist du es nicht, hast du es schwer. Das besagt das Gesetz des Dorfes, es gilt in allen Dörfern, in Südtirol, in den Alpen, in Italien, wahrscheinlich auf der ganzen Welt, im tiefsten Dschungel, an den Ufern des Amazonas und auf den Gipfeln des Himalaja. Das Gesetz des Dorfes steht nirgendwo geschrieben, aber jeder kennt es.

Sein Nachbar, Cecconi, dieser Mann mit dem seltsam starren Gesicht, war ihm lange ein Rätsel gewesen. Nichts hatte er anfangs über ihn gewusst. Gar nichts. Das hatte ihn fuchsteufelswild gemacht, den Hinteregger Hans-Peter. So etwas hatte es noch nie gegeben. Bis dieser Mann mit seiner Ehefrau und seiner kleinen Tochter in das Haus nebenan gezogen war. Es hatte Wochen gedauert, bis sie das erste Mal miteinander gesprochen hatten.

Paolo Cecconi öffnete die Haustür, trat hinaus und blieb wie erstarrt stehen. All das konnte Hinteregger beobachten, weil er vom Wohnzimmerfenster aus, hinter der Gardine versteckt, die beste Sicht auf das Nachbarhaus und den Garten davor hatte. Er filmte das Geschehen mit der kleinen Handkamera, die ihm vor ein paar Stunden in die Hand gedrückt worden war.

Ja, er hatte gleich einen Narren an den Cecconis gefressen, an dieser ihm so mysteriös erscheinenden Familie. Nein, es hatte ihm keine Ruhe gelassen, dass er nichts gewusst hatte über sie. Er, der doch von allen alles wusste.

Vom Spritzbacher Sepp wusste er, dass der seine Frau, die geborene Santner Elma, grün und blau schlug, wenn er mit Schnaps in den Adern nach Hause kam. Immer in den Bauch schlug er sie, nie ins Gesicht, immer ins Gedärm, damit es niemand sah. Deshalb, so war sich der Witwer Hinteregger sicher, konnten sie auch keine Kinder kriegen, der Sepp und seine Elma.

Vom Pfaffstaller Rudolph wusste er, dass der sein Erbe im Casino in Salzburg verspielt hatte. Alles. Den Hof, die Viecher, die siebenunddreißig Kühe, die zwei Dutzend Schweine, die Hühner, auch die drei Traktoren. Einem Geschäftsmann aus Mailand gehörte der Hof nun, der wollte ein Hotel daraus machen, Luxusurlaub auf dem Bauernhof für gestresste Großstadtidioten.

Dass die Frau vom Voltinger Karl, die Serafine, immer donnerstags am späten Nachmittag im Wald spazieren ging, das wusste der Hinteregger auch. Spazieren. Pah! Feuerwehrmann Hinteregger, der früher auch Jäger gewesen war, hatte herausgefunden, dass die Serafine gerne abseits der Wege wandelte. Er hatte es mehrmals beobachtet, dieses

Luder, das sich mit dem ledigen und zehn Jahre jüngeren Berghofer Stefan aus dem Nachbardorf traf. Er hatte gesehen, dass die beiden im Wald herumtollten, lachend, sich küssend, sich im Moos wälzten, sich auszogen, Haschisch rauchten, stöhnten, jauchzten, sich vergnügten.

Ja, das alles wusste Hinteregger, der sonntags dem Herrn Pfarrer bei der Predigt half, weil der Herr Pfarrer ja seit ein paar Jahren so sehr zitterte, dass er den gesegneten Wein verschüttete und die Oblaten zerbrach, sodass der Leib Christi zerbröselt auf den kalten Kirchenboden fiel.

Alles wusste er, Hinteregger, der dreimal am Tag betete, und sollte es tatsächlich etwas geben, das er nicht wusste, dann wusste es niemand. Und was niemand wusste, existierte nicht. Er hielt die kleine Handkamera näher ans Fenster, filmte weiter den Garten des Nachbarn. Flüsterte: »Es stimmt also, es ist wahr, es ist alles wahr. Oh Gott, unser Dorf, unser dunkles Dorf, es ist verloren.«

Cecconi stieg die Treppenstufen vor der Haustür hinunter, er schaute ungläubig die drei Gestalten an, die an seinem Gartenzaun standen. Zwei von ihnen trugen Motorradhelme und schwarze Ledermonturen, der dritte einen dicken Pullover, er hatte sich eine Wollmütze tief ins Gesicht gezogen. Der Mann mit der Mütze deutete aufs Haus, stolperte drei Schritte rückwärts. Verharrte. Die beiden anderen öffneten die Gartentür.

Schnee lag auf den Wiesen und den umzäunten Beeten, in denen sommers die Salatköpfe, Tomaten, Gurken und Radieschen reiften. Der Schnee fiel früh, hier am Berghang weit über dem Dorf, hier, wo Hinteregger schon seit seiner Kindheit wohnte und viele Sommer und Winter hatte kommen und gehen sehen. Hier, wo sein Vater gestorben, seine Mutter ums Leben gekommen und vor bald fünfzehn Jahren seine Frau vom Krebs dahingerafft worden war. Hier, wo er ganz allein gewesen war, nachdem seine Schwester ins Engadin ausgewandert war und wo es lange keine Nachbarn gegeben hatte, weil der alte Nachbarsbauer vor Jahren schon weggegangen war, runter ins Dorf, weil sich die Bauernarbeit hier oben nicht mehr gelohnt hatte.

Runtergehen, jeden Tag, arbeiten, ratschen, wieder hochkommen, ja. Aber runterziehen, unten leben, nein, das wollte Hinteregger nicht. Hier oben gehörte er hin. Er hatte sich an die Einsamkeit gewöhnt. Doch dann, vor sechs Jahren, kamen die neuen, schweigsamen Nachbarn, die Cecconis.

Cecconi hob die Hand, zum Gruß, dachte Hinteregger, dann bemerkte er, dass die Bewegung eine abwehrende war. Dumpf, durch die dünnen Scheiben der alten Bauernhausfenster hindurch, hörte er seine Stimme. Flehend. Schreiend. *»No, no, vi prego, dio, o dio, no!«*

Dann vernahm Hinteregger, der das Dorfmuseum in Schuss hielt und das Dorfblatt mit blumigen Artikeln bestückte, ein Geräusch, das er noch nie zuvor vernommen hatte: eine Art Floppen, so als ob Tennisbälle auf einen gespannten Schläger träfen.

Flopp, flopp. Und etwas später noch einmal: *Flopp.*

Die beiden Gestalten in Motorradkluft waren auf Cecconi zugegangen, wortlos, entschlossen, sie hatten beide den rechten Arm gehoben, je eine Pistole mit Schalldämpfer in der Hand, abgedrückt, sich dann über den wortlos in sich zusammensackenden Mann gebeugt. Der eine hatte noch einmal die Hand nach vorne gestreckt, erneut abgedrückt. Cecconis Schädel war geplatzt.

Aus dem Haus waren Schreie zu hören. Marta, Cecconis Frau. Caterina, die Tochter.

Die beiden Killer liefen auf die Haustür zu, langsam, als gingen sie spazieren. Sie traten ein. Der Mann mit der Mütze hingegen blieb wie erstarrt vor Cecconis Leiche stehen.

Hinteregger hörte die Schreie noch einige Sekunden lang, dann verstummten sie.

Die beiden kamen wieder aus dem Haus, so langsam wie zuvor, sie gingen auf den Mann mit der Mütze zu, hoben die Pistolen erneut. Der Mann sank auf die Knie, er riss sich die Mütze vom Kopf, Hinteregger erkannte ihn, ja, es war alles wahr, es stimmte alles. Der Mann schrie schluchzend.

»Nein, nein, ich habe euch zu ihm gebracht, nein, oh Gott, nein, ihr habt mir versprochen …«

Flopp. Flopp.

Dann sank der Getroffene neben Cecconi ins Beet.

Stille.

Einer der beiden Killer nahm den Helm ab, der Kopf einer jungen blonden Frau kam zum Vorschein.

»Es ist alles wahr, es ist alles wahr«, wimmerte Hinteregger hinter der Wohnzimmergardine.

Die junge Frau spuckte auf die beiden Toten.

Hinteregger wusste nicht, wie lange er so dagesessen hatte. Die Hände vor dem Gesicht, so als ob Hände löschen könnten, vergessen machen könnten, was die Augen gesehen hatten. Irgendwann ließ er sie sinken. Als ein wenig Kraft in ihn zurückkehrte, flüsterte er ein Gebet.

Vater unser im Himmel …

Doch er schaffte es nicht, zu beten. Zu sehr tanzten seine Gedanken.

»Es stimmt, es stimmt alles …«, stammelte er. »Ich … unser Dorf ist verloren.«

Er schaute auf die kleine Kamera, die neben ihm lag, dann zur Tür. Würden sie auch zu ihm kommen? Eigenartigerweise überkam ihn ein Gefühl der Leichtigkeit bei dem Gedanken. Es würde schnell gehen, er hatte es ja gesehen. *Flopp. Flopp. Flopp.* Und Tod.

Sie kamen nicht. Er versuchte erneut, zu beten. Es gelang, irgendwie. Dann entschloss er sich, zu warten, bis es dunkel wurde, schließlich würde er tun, was getan werden musste. Was ein Christenmensch tun musste. Und dann würde er verschwinden.

16. Januar

1

»Versprich es mir!«, sagte Saltapepe und schaute Tappeiner tief in die Augen. Er hatte der Kollegin noch nie so tief in die Augen geschaut. Dabei war er gut darin, Frauen tief in die Augen zu schauen. Davon war er überzeugt. Er hatte bestimmt schon Tausenden Frauen tief in die Augen geschaut, noch nie war er es gewesen, der den Blick zuerst hatte senken müssen, der zuerst mit einem verschmitzten Lächeln hatte wegsehen müssen. Sein Trick: Er dachte an etwas ganz anderes, an die Aufstellung des letzten Spiels von Napoli. An die schönsten zehn Tore, die Diego Armando Maradona bei Napoli geschossen hatte. An die schönsten Hymnen, welche die Napoli-Tifosi zu Ehren ihres Vereins sangen.

Staje luntana da stu core, a te volo cu 'o penziero, niente voglio e niente spero, ca tenè a tte sempe a ffianco a me! Si' sicura 'e chist'ammore, comm'i so' sicuro 'e te …

Meistens war alles möglich, wenn Saltapepe einer Frau in die Augen schaute. Aber darum ging es jetzt bei Tappeiner ja nun wirklich nicht.

»Versprich mir, dass Grauner von alldem nichts erfährt, ja?«

Sie nickte, senkte den Blick. Saltapepe wandte sich ab und blickte den weißen Hang hinab, auf die präparierte, eisige Piste. Er schaute auf seine Knie, die schlotternd in viel zu weiten hellroten Hosen steckten, und dann auf seine Skier, mit denen er nun diesen Hang hinunterfahren sollte.

Er kam sich vor wie ein Kleinkind, das an einem Marathon teilnehmen sollte, kurz nachdem es die ersten Schritte gewagt hatte. Seine Beine machten nicht das, was er wollte, sie verhielten sich so, als wären sie fremdgesteuert. Er konnte sich das nicht erklären. Er! Ehemaliger Polizist einer Antimafia-Sondereinheit. Er! Sportlicher Typ. Mr. Cool. Warum, um Gottes willen, machte er sich hier so zum Affen?

Er straffte die Schultern. Ja, das musste jetzt sein. Er hatte es sich fest vorgenommen. Für das neue Jahr. Er, Claudio Saltapepe, ein Sohn Neapels, des Golfes, des Meeres, er, für den alles außer Fußball eigentlich kein richtiger Sport war, für den Berge nutzlose Gebilde waren, wollte Skifahren lernen. Er hatte es sich geschworen, unterm Weihnachtsbaum und dann noch ein zweites Mal beim Anstoßen um Mitternacht an Silvester.

Er war über die Weihnachtstage zu seiner Mutter gefahren, er war mit ihr durch die Stadt spaziert, er hatte mit ihr das Grab des Vaters und des Bruders besucht. Er hatte sich von ihr bekochen lassen, sie hatte so gut gekocht, dass ihm die Freudentränen gekommen waren. Penne all'arrabbiata. Pasta con le melanzane. Pasta con le zucchine e ai gamberi. Die Conchiglie waren selbst gemacht, der frische Knoblauch kam aus dem Hinterland Neapels, das Olivenöl von den Hügeln des Aspromonte, der Peperoncino aus Messina.

Wann er denn endlich zurückkommen werde, fragte ihn seine Mutter am zweiten Weihnachtstag nach einigen Limoncelli. So direkt hatte sie ihn das noch nie gefragt. Er sah die Tränen in ihren Augen. Er wandte sich zum Fenster. Die Lichter der Stadt waren blass, der weiße Mond leuchtete über den Dächern.

Er wisse nicht, ob und wann er zurückkommen könne, zurückkommen dürfe, sagte er schließlich. Er versuchte sogleich, wie schon so oft, sie zu überreden, ihn doch einmal in Südtirol besuchen zu kommen. Sie schüttelte nur den Kopf, trotzig. Er verstand die Reaktion. Ihn da oben zu besuchen, das wäre ja ein Eingeständnis, damit würde sie akzeptieren, dass er weg war. Für eine lange Zeit. Vielleicht für immer.

Sie hatte ihn fest gedrückt. Sie hatte ihm gesagt, ihm befohlen, dass er versuchen solle, glücklich zu werden, in dieser fremden Stadt da oben, in dieser fremden Region, die sie sich immer noch nicht so recht vorstellen könne. Wie konnten Menschen bloß in dunklen Tälern zwischen eisigen Bergen wohnen. So weit weg vom Meer.

Glücklich werden. Pah, Mamma, wenn das so einfach wäre. Doch er wollte es versuchen, er hatte es ihr versprochen. Der erste Schritt war, sich auf das Leben in Südtirol einzulassen. Voll und ganz. Und dazu gehörte hier oben nun mal, diese bedrohlichen Berge zu besteigen und ihre Hänge zu befahren. Er, Claudio Saltapepe, Poliziotto aus Neapel, wollte Skifahrer werden. Er hatte schnell verstanden, dass die coolsten Jungs in den Bergen die Skifahrer waren. Der Skifahrer war der Bademeister der Alpen.

Wollte er endlich die Frau seines Lebens finden – und das, so war er überzeugt, war die zweitwichtigste Voraussetzung, um glücklich zu werden –, hatte er als Skifahrer die besten Chancen. Gut Ski fahren zu können war hier, wie gut tanzen zu können. Frauen liebten Tänzer. Er wollte ein Schneetänzer werden. Doch bis es so weit war, wollte er sich keine Blöße geben. Vor niemandem, am allerwenigsten vor Grauner. Er konnte sich das Gesicht des Commissario vorstellen, sollte er ihn jemals so sehen. Das belustigte Lächeln. Saltapepe? Skifahren? Da fahren ja meine Kühe besser …

»Kein Wort zu Grauner, ja?«

Silvia Tappeiner, Grauners Assistentin, nickte. Er zählte in Gedanken bis drei, ging in die Knie, so, wie sie es ihm am Morgen gezeigt hatte. Er spürte, wie der Schnee die Skier losließ, wie sie sich bewegten. Er verlor das Gleichgewicht, er kämpfte dagegen an, er versuchte, den Oberkörper und die Schienbeine nach vorne zu bringen. Die Skier nahmen an Fahrt auf, Saltapepes Hirn verstand, was nun zu tun war, es gab Befehle an den restlichen Körper weiter: Stockeinsatz, Kurve nach rechts.

Der Körper reagierte nicht. Kurz fühlte der Ispettore sich wie ein Astronaut, der Schwerkraft entkommen, er sah den wolkenlos blauen Himmel, die schneebehangenen Tannen, dann nur noch weiß, kurz darauf krachte er mit dem Rücken auf die eisige Piste. Er krümmte sich, er war sich sicher, mehrere Knochen waren zertrümmert, wahrscheinlich war die Wirbelsäule entzweigebrochen, das war es jetzt wohl, Skiambitionen im Arsch, Karriere im Arsch, ganzes Leben im Arsch, Rollstuhl, wenn es gut lief, Flüssignahrung aus dem Strohhalm, wenn es schlecht lief.

Er rutschte immer schneller, er sah einen seiner Skier

über ihn hinwegfliegen. Gut, dachte er, noch schlimmer. Kein Rollstuhl, kein Strohhalm, gar nichts mehr. Tod. Er schloss die Augen. Wollte es einfach geschehen lassen. Dann stoppte er plötzlich wie durch Gottes Hand. Er spürte, wie Schnee ihm in die Handschuhe, in den Kragen, in die Nasenlöcher kroch. Kalter, kitzelnder Pulverschnee.

Er vernahm ein leises Rauschen, dann eine Melodie. Wie aus einer anderen Welt, sie wurde immer lauter. Sein Handy klingelte. Doch er wagte es nicht, sich zu bewegen.

»Claudio, alles gut?«

Er spürte ein Ziehen an der Windjacke.

Silvia.

Was sollte die blöde Frage.

Er versuchte, zu antworten, aber kaum öffnete er den Mund, füllte dieser sich mit Schnee.

»Claudio, dein Handy.«

Er versuchte, sich zu drehen, keine Chance.

»Wo hast du es?«

»Nnn dr Jjjknntasch.«

»Was?«

»Ndddsch.«

Er spürte ihre Hände, die an ihm zerrten. Er war sich sicher, noch nie in seinem Leben so unromantisch von einer Frau berührt worden zu sein. Er nahm alle Kraft zusammen, drehte sich um, öffnete die Augen, die Wangen brannten, der Schnee klebte an den Wimpern, er sah die Welt wie durch dickes Milchglas. Er sah, dass sie sein Handy in der Hand hielt.

»Ja?«

Er stemmte sich hoch.

»Nein, Grauner. Ich bin's, Silvia.«

Er versuchte, aufzustehen.

»Claudio? Nein, der … nein, ich probiere grad, dem das Skifahren …«

Er beschloss, ihr diesen Verrat nie zu verzeihen, nie wieder mit ihr zu reden.

»Nein, der ist ein hoffnungsloser Fall.«

Sie grinste, zwinkerte ihm zu. Dann versteinerte sich ihre Miene.

»Ein Toter? In Wolkenstein?«

Plötzlich war aller Schmerz vergessen. Saltapepe hielt den Atem an.

»Wir kommen sofort.«

2

Grauner legte auf. Ging aus dem Stall auf den Hof, lief zum Haus hinüber. Es schwirrten zu viele Dinge in seinem Kopf herum, um sich jetzt auch noch darüber Gedanken zu machen, warum seine Assistentin Silvia Tappeiner und sein Kollege Ispettore Claudio Saltapepe gemeinsam Ski fuhren.

Ein Toter in Wolkenstein. Er rief nach Alba. Das Bauernhaus hoch über dem Eisacktal war groß und verwinkelt, Alba hatte ihm schon vor Jahren nahegelegt, er solle sie doch anrufen, wenn er sie nicht finde, sie habe das Handy immer bei sich. Aber er weigerte sich. Das Rufen hatte sich bewährt. So machte man es in allen großen verwinkelten Bauernhäusern Südtirols. So hatte man es immer schon gemacht. So hatte schon sein Vater seine Mutter in den Stall gerufen, wenn eine Kuh kalbte. So rief auch Alba ihn, wenn die Knödel fertig waren.

Ein Toter. In Wolkenstein. Im Grödnertal. Jetzt in der Hochsaison. Jetzt, wo die Reichen und Schönen aus aller Welt in dem teuersten und exklusivsten Tal Südtirols weilten.

Er konnte sich schon vorstellen, was da jetzt los war. Da, wo die Reichen und Schönen waren, wo es glitzerte und funkelte, wimmelte es auch von Boulevardjournalisten. Und jetzt, im Januar, glitzerte und funkelte es ganz besonders in Gröden, jetzt schäumte da der Champagner, die Geldscheine saßen locker.

Grauner hatte nichts gegen Touristen. Wenn sie still, brav und andächtig die Berge hoch- und wieder runterkletterten, ertrug er sie. Wenn sie jedoch laut waren, vulgär und tollpatschig, dann hasste er sie. Gröden! Früher war er da oft Ski gefahren, seiner Tochter Sara hatte er es dort beigebracht. Immer in den Wochen vor Weihnachten, wenn die Pisten noch nicht so überfüllt waren. Doch keine zehn Kühe hätten ihn nun, Mitte Januar, in das nur durch eine tiefe Schlucht zugängliche Tal im Osten Südtirols bringen können. Aber nun musste er hin. Ein Toter. In einem Hotel. Erschossen. Viel mehr hatte er dem aufgeregten jungen Polizisten am anderen Ende der Telefonleitung nicht entlocken können.

»Alba, wo bist du?«, rief er noch einmal. Lauter.

»Hier!«, schallte es von irgendwoher.

Das Echo warf das Wort in alle Himmelsrichtungen.

»Hier, hier, hier.«

Grauner liebte Alba immer noch wie am ersten Tag, nein, irgendwie – so unwahrscheinlich es sein mochte – liebte er sie von Jahr zu Jahr, von Jahrzehnt zu Jahrzehnt, mit jedem grauen Haar sogar noch mehr.

»Wo hier?«, schrie er erneut.

»Kartoffelkeller.«

Endlich hatte sie es kapiert. Das Navigieren durch Gebrüll verlangte Präzision. Sonst funktionierte es natürlich nicht. »Hier« brachte gar nichts. »Hier, im Keller« wäre aber auch zu wenig gewesen. Das Haus hatte drei Keller. Den Kartoffelkeller, in dem Alba neben dem Gemüse auch ihre unzähligen Marmeladen-Einweckgläser verstaute, den Weinkeller mit den großen Holzfässern und einen Gerätekeller, wo alte Sensen, alte Melkgeräte, alte Fahrräder, alte Traktorteile, eine Werkbank und altes Werkzeug standen.

Er fand Alba zwischen den Regalen, bei der Zwetschgenmarmelade. Sie reihte die Gläser akkurat aneinander. Er beobachtete sie ein paar Sekunden lang, bevor er sich räusperte. Er war sich sicher, würde er nachmessen, würde er keine zwei Gläser finden, die nicht auf den Millimeter genau zwei Zentimeter voneinander entfernt standen. Er war sich sicher, würde er mit der Hand über sämtliche Oberflächen fahren, würde nicht ein Staubkorn an den Fingern kleben bleiben.

»Was ist? Ist … ist Sara … ?«

»Nein, immer noch nicht.«

Der Anruf aus der Questura hatte ihn für kurze Zeit vergessen lassen, wie sauer er auf seine Tochter war. In letzter Zeit war sie erstaunlich friedlich gewesen, sie hatten sich endlich wieder gut verstanden. Er hatte gedacht, ihre rebellische Phase wäre überstanden. Für immer. Er hatte auf Alba gehört, sie hatte recht behalten – wie fast immer. Sie hatte ihm gesagt, er solle Sara mehr Freiheiten lassen. Die Zügel lockern. Je mehr er ihr verbiete, desto mehr werde sie rebellieren. Sie könne doch gar nicht anders. Sie sei schließlich in der Pubertät.

Er hatte verständnislos den Kopf geschüttelt. Pubertät, die hatte er nicht durchmachen müssen, als er jung war. Zumindest konnte er sich nicht daran erinnern. Ja, als er sechzehn war, hatte er sich die großen Fragen des Lebens gestellt. Das schon. Was ist das, das Leben? Was soll das? Warum bin ich als Mensch geboren? Und nicht als Kuh? Warum bin ich hier in den Bergen geboren und nicht in einer Stadt? Ist es wirklich meine Bestimmung, Bauer zu sein?

Diese Fragen hatten an ihm genagt, daran erinnerte er sich, im Sommer auf der Alm hatte er oft zum Himmel geschaut und den lieben Gott um Rat gefragt. Der antwortete nicht. Außer manchmal mit Gewittergrollen. Also fragte Grauner die Kühe nach dem Sinn des Lebens. Sie glotzten ihn nur stoisch an, manchmal muhten sie. Da verstand er. Er verstand, dass er die Welt nicht verstehen musste. Dass es reichte, wenn er sich darin zurechtfand, grob das Gute vom Bösen unterscheiden konnte und die ganz großen Fragen einfach unbeantwortet ließ. Mochten andere erforschen, was hinter allem steckte, Grauner beschloss für sich, dass er dieses Wissen nicht brauchte, um glücklich zu sein.

Vor ein paar Jahren, als Sara vierzehn oder fünfzehn war, in der Zeit, als sie Mickey kennengelernt hatte, war sie manchmal tagelang nicht nach Hause gekommen. Damals hatte sie stets nur kurze SMS-Nachrichten geschrieben, dass sie bei Freunden übernachten werde. Immer wieder war sie betrunken gewesen. Ihre Kleider hatten nach Rauch gerochen. Sie hatten sich heftig gestritten, immer wieder. Auch weil

Grauner diesen Mickey anfangs nicht gemocht hatte. Es war ihm nicht gelungen, ihr Vernunft beizubringen. Je mehr er es versucht hatte, desto weiter hatte sie sich von ihm entfernt.

Doch das verstand er erst, als alles besser wurde. Als sie und Mickey sich zu fangen schienen. Als Grauner und Mickey Freunde wurden. Sara und er kamen sich wieder näher. Doch vor zwei Wochen schien alles wieder von vorne loszugehen. Ihre Kommunikation bestand ausschließlich aus kurzen WhatsApp-Nachrichten. Dass sie bei Mickey übernachte. Dabei hatten sie und Mickey versprochen, sich in Zukunft mehr um die Kühe zu kümmern. Seit drei Tagen hatten Alba und er kein Lebenszeichen mehr empfangen. Sie riefen Sara immer wieder an. Sie hob nicht ab. Meldete sich nicht zurück. Auch Mickey nicht.

»Ich muss weg«, sagte er, während sich Alba wieder den Marmeladen widmete.

»Heute? An einem Sonntag?«

»Es gibt einen Toten.«

Kurz herrschte Stille im Keller, so als ob seine Worte alle anderen Geräusche verdrängt hätten.

Grauner mühte sich die alten, krächzenden Kellertreppen hoch, seine Knie schmerzten. Er spürte, dass er älter wurde. Träger. Immer öfter spürte er das, immer deutlicher. Er trat ins Licht des Wintervormittags hinaus.

3

Der Flur des dritten Stocks der *Villa Wolkenstein* war mit einem langen, dunkelroten Teppich ausgelegt. Es roch nach einer Mischung aus kaltem Schweiß, Staub und Küche. Die

Wände schienen schon eine ganze Weile nicht mehr gestrichen worden zu sein. Sie waren mehr grau als weiß, schimmelgelb an manchen Stellen. In unregelmäßigen Abständen hingen alte Fotografien zwischen den dunklen Holztüren.

Bilder von Wolkenstein, wie es einmal gewesen war. Der Dorfplatz voller Kutschen. Männer, die ausnahmslos Hüte trugen. Ein altes Gasthaus. Holprige Skipisten. Vereiste Dolomitengipfel. Schlepplifte. Posierende Skifahrer.

Grauner hatte eine Ewigkeit für die Strecke gebraucht. Bereits auf der Staatsstraße des Eisacktals war der Verkehr dicht gewesen, vor dem Tunnel in Waidbruck, der ins Grödnertal hineinführte, hatte die Blechlawine stillgestanden.

Er stellte das Blaulicht auf das Dach seines Panda, was er nur ungern und selten machte. Er nahm die Gegenspur. Am Sonntagvormittag, das wusste er, fuhr kaum jemand talauswärts. Sonntags wollte die halbe Welt hinein, in die Berge, auf die Pisten.

Die Schlucht beeindruckte ihn immer wieder. An manchen Stellen schien der moosbedeckte Fels, von dem Schmelzwasser tropfte, über der Fahrbahn zusammenzuwachsen. Mancherorts war es so dunkel, als wäre die Sonne schon untergegangen.

Wenn sich die Schlucht endlich weitete und zum Tal wurde, tat sich vor den Autofahrern ein winterliches Dolomitenpanorama auf. Das helle Gestein, der glitzernde Schnee. Der hellblaue, wolkenlose Himmel. Ein bisschen zu schön – selbst für Grauners Geschmack. Fast schon kitschig.

Er sah am Ende des Flurs zwei Polizisten vor einer Tür stehen. Sie nickten, reichten ihm ein paar Einwegschuhe aus Plastik, wichen zur Seite, Grauner trat ein. Was er sah, ließ ihn kurz erstarren. Ihm war klar, er würde dieses Bild nie wieder vergessen können. Plötzlich – auch wenn er wusste, es war weder der richtige Ort noch die richtige Zeit dafür – prustete es laut aus ihm heraus. Er konnte gar nicht mehr aufhören zu lachen.

Mit Tränen in den Augen blickte er entschuldigend zu Staatsanwalt Dr. Martino Belli, der weiter hinten im Zimmer neben einigen Polizisten und zwei Spurensicherern stand und die Lachattacke mit einem bösen Gesichtsausdruck missbilligte. Dann schaute er kurz zu Tappeiner, die sich die Hand vor den Mund hielt, dann wieder auf Saltapepe, den er nur in Designerjeans, Designersneakers, Designerpullover und Designerlederjacke kannte. Nun steckte der Ispettore in dicken, silbernen Plastikboots, in einer viel zu weiten hellroten Skihose und einer gelben Jacke mit blauen Blitzen darauf. Seine sonst akkurat nach hinten geleckten Haare hingen ihm in Strähnen in die Stirn.

»Was kann ich dafür, wenn die in diesen Skiverleihläden null Auswahl und Geschmack haben!«, zischte der Ispettore.

Als er zur Seite trat und zum Bett zeigte, hörte Grauner schlagartig auf zu lachen.

Vor dem Bett lag ein toter Mann. Er trug abgewetzte Lederstiefel, dunkelblaue Jeans, einen grauen Pulli. Durchs Fenster, von dem aus die Dolomitengipfel und die Skipisten zu sehen waren, schien die Sonne auf das schneeweiße Gesicht. Der Mund stand offen, die Augen starrten ins Leere. Auf der Stirn klaffte eine Wunde.

Grauner beugte sich über den Mann. Musterte ihn. Mancher Tote wirkte erschrocken. Dieser hier nicht. Er wirkte vielmehr, als schliefe er nur. Lächelnd. Grauner war klar, dass der Gedanke irrsinnig war, aber der Tote schien zufrieden. Wissend. Siegessicher.

»Ein Schuss. Aus nächster Nähe. Der fiel um und war tot.« Max Weiherer, der Chef der Spurensicherung, stellte sich neben Grauner und zeigte auf den Ermordeten. »Gestorben ist der mit hoher Wahrscheinlichkeit jedoch nicht hier in diesem Raum. Null Schmauchspuren um ihn herum, überhaupt kein Blut im Zimmer.«

»Sieht nach Profiarbeit aus«, murmelte der Commissario.

Der Spurensicherer nickte. »Also ich sag mal so, den hat sicher keiner erschossen, der zum ersten Mal eine Pistole in der Hand gehalten hat.«

»Kaliber?«

»Gemach, gemach. Lass meine Leute in Ruhe arbeiten, heute Abend bekommst du den Report.«

Grauner musterte das Zimmer. Das Bett war gemacht. Der Kleiderschrank an der Wand stand offen. Nichts darin. Er ging zur Badezimmertür. Weder auf der Badewanne noch auf dem Waschbecken stand etwas. Keine Zahnpasta, keine Zahnbürste. Überall Staub. Dieses Zimmer wirkte, als hätte es schon sehr lange niemand mehr benutzt.

»Wer ist dieser Mann?«, fragte er weiter.

Staatsanwalt Belli trat an ihn heran, er legte ihm die Hand auf die Schulter und ging ein paar Schritte mit ihm von den anderen weg. Grauner schaute etwas verwirrt, so kannte er den Staatsanwalt nicht. Belli flüsterte, der Commissario hatte ihn noch nie flüstern gehört. So klang seine sonst schrill krächzende Stimme recht angenehm, wie die eines Radiomoderators.

»Hier«, sagte Belli und fasste sich in die Jacketttasche, zog etwas hervor, hielt es Grauner hin. Ein abgewetzter, verblichener Personalausweis in einer Plastiktüte.

Auf dem Foto wirkte der Tote sehr viel jünger, fast wie ein Teenager.

Klaus Höller, stand unter dem Foto.

Nato il / Geboren am: 14/3/1988

A / in: Brixen

Residente a / Wohnhaft in: Wolkenstein

Stato civile / Familienstand: ledig

Professione / Beruf …

Grauner fuhr sich übers Gesicht.

»Er ist …«

Belli nickte.

»… einer von uns«, beendete der Staatsanwalt den Satz.

Professione / Beruf: Gemeindepolizist

Der Commissario rieb sich die Stirn. Dorfpolizist. Natürlich waren Dorfpolizisten keine richtigen Kollegen. Sie hatten keine Polizeilaufbahn hinter sich, sie waren nicht der Staatsanwaltschaft unterstellt, sie waren keine Poliziotti di Stato, sie waren Gemeindemitarbeiter, vom Bürgermeister und vom Gemeinderat eingestellt. Sie durften ihre Waffe nur im Dienst tragen, niemals mit nach Hause nehmen, sie durften den Verkehr regeln und, wenn es ihnen die Carabinieri erlaubten, Alkoholkontrollen vornehmen. Meistens aber wachten sie nur darüber, dass die Kinder mittags gut über die Straße kamen, und ermahnten unverbesserliche Dorfbewohner, nicht im Parkverbot zu stehen.

Viele Carabinieri und Poliziotti di Stato machten sich

lustig über Dorf- und Stadtpolizisten, Grauner machte das nie. Dorfpolizist, das war das Letzte, was er sein wollte. Lieber noch Reiseleiter auf einem Kreuzfahrtschiff. Aber er respektierte sie. Er wurde stets in fremde Dörfer gerufen, wenn es einen Toten gab. Zu fremden Menschen. Der Dorfpolizist hatte es jeden Tag mit Freunden und Bekannten zu tun. Er musste Strafzettel an seine ehemaligen Mitschüler verteilen. Eine undankbare Aufgabe.

»Einer von uns«, flüsterte Grauner und war froh, dass Belli das Feingefühl besessen hatte, den Toten so zu nennen.

Einer von uns.

Er drehte sich wieder zu den anderen um. Trat ein paar Schritte auf Tappeiner und Saltapepe zu. Zum Lachen war ihm nicht mehr zumute.

»Was wissen wir?«, fragte er knapp.

Seine Assistentin räusperte sich. Eigentlich hatte sie hier am Tatort nichts zu suchen. Und doch schaffte sie es immer wieder, Teil des Ermittlungsteams zu sein. Grauner störte es nicht. Er schätzte es insgeheim sogar. Sie war gut, und wer gut war, der durfte mitermitteln.

»Frühmorgens ging ein Anruf bei den örtlichen Carabinieri ein. Es war ein Mann, er sagte, dass in einem der Zimmer der *Villa Wolkenstein* ein Toter liegt. Das war's. Zwei Carabinieri fuhren her und fanden ihn.«

Grauner war etwas verwundert. Die Carabinieri aus dem Ort waren als Erste am Fundort der Leiche gewesen, trotzdem beauftragte Belli ihn und sein Team der Polizia di Stato nun mit dem Fall. Den Carabinieri in Bozen würde das nicht gefallen, aber, nun gut, der Staatsanwalt setzte bei Ermittlungen in den Dörfern, in den Tälern, nun mal gerne auf ihn. Weil er kein Stadtmensch war, weil die Täler und die Dörfer sein Terrain waren.

»Der Mann ist Dorfpolizist hier im Ort. Der war doch nicht … äh … Gast im Hotel, oder?«, fragte er weiter.

Tappeiner schüttelte den Kopf.

Kurz lugte Grauner zu Saltapepe, der sich immer alles auf einem kleinen Notizblock notierte. Grauner vermied es, sich Notizen zu machen. Notizen machten das Hirn faul, davon war er überzeugt.

»Es ist ein Rätsel, wie der Mann hier ins Zimmer gekommen ist«, fuhr Tappeiner fort, »es gibt leider keine Überwachungskameras im Haus. Auch niemand vom Personal will etwas gesehen haben.« Sie zuckte mit den Schultern.

»Sind die Hotelgäste schon befragt worden?«

»Da sind wir dran«, antwortete Saltapepe. »Ist aber grad nicht so einfach. Fast alle sind irgendwo auf den Pisten unterwegs.«

»Meine Herren …« Weiherer hatte sich erneut dazugestellt, er bedeutete ihnen allen, das Hotelzimmer nun zu verlassen.

Die Polizisten gingen bereits in Richtung Tür. Grauner schaute sich noch ein letztes Mal um, bevor er sich ihnen widerwillig anschloss. Er verließ den Tatort nur ungern, auch wenn er Weiherers Wunsch verstand und respektierte. Je länger sie alle hier herumstanden, desto höher war die Gefahr, dass Spuren kontaminiert wurden. Doch auch für ihn war diese Zeit am Tatort direkt nach der Tat enorm wichtig. Er versuchte, sich alle Details genau einzuprägen, dann trat er auf den Flur hinaus.

Sie nahmen die Treppen hinunter ins Foyer des Hotels. In der Eingangshalle der alten Jugendstilvilla war wenig los. Die meisten Gäste waren offenbar tatsächlich oben am Berg. Ein älteres Pärchen trank Kaffee draußen auf der Veranda. Hinter dem Empfangstresen schwatzten zwei junge Damen. Die eine hatte braunes, schulterlanges Haar. Blasse Haut. Die andere schwarzes, kurzes. Einen dunklen Teint.

Grauner ging auf sie zu. Sie beachteten ihn nicht. Erst als er sie ansprach, schauten sie auf.

»Grauner. Polizia di Stato.«

Sie starrten ihn an. Die Braunhaarige etwas ängstlich, so schien ihm. Die Schwarzhaarige freundlich.

»Der Hoteldirektor …«, begann Grauner.

»Der Besitzer, Herr Meyerle? Der ist außer Haus«, sagte die Braunhaarige.

»Außer Haus?«, fragte Grauner verblüfft.

»Der isst um diese Uhrzeit immer drüben im *Roten Rössl* zu Mittag.«

Grauner schaute auf die Uhr an der Wand über den beiden. Es war kurz vor zwölf. Der Mann musste Nerven haben, dachte er. Da liegt eine Leiche in einem seiner Hotelzimmer und er geht essen, als wäre alles wie immer.

»Wir müssen den dritten Stock wohl einige Tage sperren, für die Spurensicherung.«

Während die eine der Frauen unbeeindruckt lächelte, blätterte die andere im Gästebuch.

»Kein Problem«, sagte sie schließlich. »Die dritte Etage ist eh grad nicht belegt.«

Grauner kannte kein Hotel in den Skigebieten Südtirols, das Mitte Januar ganze Etagen nicht belegt hatte.

»Sie haben doch sicher die Kontaktdaten Ihrer Gäste. Handynummern?«

»Ja.«

Er räusperte sich und sagte so streng wie möglich: »Rufen Sie alle an. Ich will verdammt noch mal alle Gäste in zwei Stunden hier in der Lobby sehen. Wir werden sie einzeln verhören. Danach können sie wieder auf die Piste oder in die Sauna oder zum Shopping. Was auch immer.«

Die beiden jungen Frauen nickten unisono.

Grauner trat zu den anderen auf den Parkplatz hinaus. Er atmete die kalte, frische Winterluft ein. Wie gut das tat. Jetzt erst bemerkte er, wie sehr ihm die muffige Luft im Hotel zugesetzt hatte.

Er sah sich um, an der Hauptstraße von Wolkenstein reihten sich zahllose Hotels aneinander. Einige Neubauten zwischen schön renovierten Traditionshäusern. Nur die *Villa Wolkenstein* wirkte wie ein verfallener Saloon in einer Westernkulisse. Die Straßen waren menschenleer. Aber Grauner wusste, dass der Schein trog. In wenigen Stunden würde in dem friedlich schlummernden Alpendorf ein wildes Chaos herrschen.

»Und jetzt?«, fragte Tappeiner.

»Du und Claudio, ihr inspiziert die Wohnung des Toten«, Grauner zeigte auf einen der Polizisten, »und Sie koordinieren die Befragung der Angehörigen und der Hotelgäste, ja?«

Die Umstehenden nickten.

»Und du?«, fragte Saltapepe schließlich.

»Ich suche den Besitzer des Hauses.«

»Aber der hat seine Aussage ja bereits gemacht«, sagte Tappeiner und klang etwas verwundert.

Grauner nickte nur gedankenversunken, ging ein paar Schritte, der Kies knirschte unter seinen Schuhen. Dann drehte er sich noch einmal um.

»Aber ich muss trotzdem selbst mit diesem Mann sprechen …« Er kratzte sich am Kopf. »Mit diesem Hotel stimmt etwas nicht.«

Er ging die Hauptstraße entlang. Die Gipfel des Grödnertals ließen ihr Dolomitgestein in der Sonne glitzern. Der Himmel leuchtete in einem zarten Hellblau, der dunkle Wald warf Schatten auf die schneebedeckten Wiesen.

Er ging vorbei an Hotelpforten, an Restauranteingängen, vor denen Portiers mit durchgedrücktem Rücken posierten und Kellner mit einladenden Handbewegungen ins Innere baten. An Schaufenstern, in denen teure Skianzüge, teure Lederhandtaschen, teure Uhren, teurer Schmuck und teure Designermäntel angeboten wurden. Auf einem Schild vor einer Reiseagentur wurde für Helikopterflüge über die Berge geworben. In vier Sprachen. Auf Deutsch, Italienisch, Englisch und in dicken kyrillischen Lettern. Teure Autos parkten vor den Häusern.

Grauner ging vorbei an Holzschnitz-Werkstätten, an Champagnerlounges, an Après-Ski-Etablissements, die *Talfahrt*, *Yellow Snow* und *Himmel & Hölle* hießen. Schließlich sah er es. Ein Schild mit einem roten Pferd darauf. Es waren nur noch ein paar Meter bis dahin.

4

Ja, das musste das Haus sein. Es befand sich am östlichen Dorfrand, am Ende einer Straße, die sich im Zickzack eine Wiese emporschlängelte und am Waldrand endete. Ein unscheinbares, mehrstöckiges Mietshaus. Saltapepe und Tappeiner stiegen aus dem Wagen, hier im Schatten war es gleich ein paar Grad kälter. Sie schauten auf das schmale Tal und das Dorf hinab.

Bald würde der gesamte Ort in Aufruhr sein. Dörfer, ob in Kampanien oder in Südtirol, das hatte der Ispettore mittlerweile verstanden, funktionierten überall gleich. Gerüchte verbreiteten sich schnell, bald glaubte jeder zu wissen, was geschehen war. Bald würde überall hinter vorgehaltener Hand gemunkelt werden, bald würde die Kunde vom Toten im Hotel sich auch über die Dorfgrenzen hinaus verbreitet haben. Bald würde alles in den Zeitungen stehen. Wahres und kühne Vermutungen. Die Südtiroler Presse würde ins Tal kommen. Ein toter Polizist im Winterwonderland. Keine schlechte Geschichte.

Weiter oben am Hang rasten einige Kinder auf Schlitten bergab. Der Ispettore bewunderte ihren Wagemut. Warum, fragte er sich, verlor man den als Erwachsener eigentlich? Würde er es je schaffen, den Schnee, dieses Element der Berge, zu lieben? Er bezweifelte es.

Tappeiner war bereits die Treppe zum ersten Stock hochgegangen, er eilte ihr hinterher. Sie liefen an den Wohnungstüren vorbei. Vor manchen standen verdorrte Pflanzen, an anderen hing noch die Weihnachtsdekoration. Sie überflogen die Klingelschilder. Den Namen Höller fanden sie nicht, auch wenn der, laut der Aussage des freundlichen Sekretärs im Gemeindehaus, hier in einem Single-Appartement gewohnt hatte. Sie hörten ein Quietschen hinter sich, drehten sich um, aus einem Türspalt lugte der Kopf einer alten Frau hervor. Tappeiner ging ein paar Schritte auf sie zu.

»Grüß Gott«, sagte sie.

Die Frau nickte nur leicht, öffnete die Tür jedoch keinen Millimeter weiter.

»Wo wohnt denn der Klaus?«

Die Alte musterte sie skeptisch.

»Wir waren mit ihm zum Skifahren verabredet.«

Sie ließ den Blick über ihre Kleidung wandern.

»Er kam heute Morgen nicht zum vereinbarten Treffpunkt und ging auch nicht ans Telefon. Deshalb wollten wir nun mal nachschauen, was los ist. Wir waren aber noch nie … bei ihm zu Hause. Er wohnt doch hier, oder?«

Die Alte zeigte zu einer Treppe, die nach oben führte.

»Erste Tür.«

Tappeiner bedankte sich, die beiden Ermittler wandten sich ab.

»Der ist aber nicht zu Hause.«

Tappeiner und Saltapepe hielten inne. Die Frau schwieg triumphierend.

»Woher wissen Sie das?«, fragte Saltapepe schließlich gnädig.

Sie drehte sich um, als befürchtete sie, beobachtet zu werden.

»Weil ich in der Früh oben war, um mich zu beschweren. Über den Lärm von letzter Nacht. Ging aber nicht, weil der nicht da war und auch immer noch nicht zurück ist.«

»Was für ein Lärm?«, fragte Tappeiner.

»Was weiß ich! Der hatte Freunde eingeladen, und denen ist eingefallen, irgendwann, weit nach Mitternacht, die Wohnung umzuräumen. Und rumzuschreien.«

»Was waren das für Freunde? Welche aus dem Dorf?«, hakte der Ispettore nach.

Die Frau trat einen Schritt zurück, es schien, als würde ihr die Fragerei nun doch etwas zu viel.

»Das weiß ich nicht. Ich weiß nur, dass die gegen halb drei verschwunden sind. Ich habe sie durchs Schlafzimmerfenster beobachtet, sie sind im Dunkeln über die Treppe hinunter auf den Parkplatz gehuscht. Da sind sie in ein Auto gestiegen. Es waren zwei, vielleicht auch drei. Und weggeschleppt haben sie etwas und auf den Rücksitz des Autos geworfen, einen Teppich oder so, was weiß ich, ich …«

»Was für ein Auto?«, fragte Saltapepe weiter.

Die Frau sah ihn gutmütig an. »Sehe ich so aus, als würde ich mich mit Autos auskennen?«

Der Ispettore grinste.

»Ein Panda war das keiner, ein Uno auch nicht. Eher so was Sportliches. Eins von diesen Autos, wie junge Draufgänger sie fahren.« Sie nickte in Saltapepes Richtung.

Als sie vor Höllers Wohnung standen, wollte Tappeiner sogleich an die Klinke fassen, doch Saltapepe legte sanft die Hand auf ihren Unterarm. Es war das erste Mal, dass sie beide gemeinsam unterwegs waren.

Es hatte ihn viel Überwindung gekostet, sie zu fragen, ob sie ihm das Skifahren beibringen würde. Tagelang war er um sie herumgeschlichen, hatte sich die richtigen Worte zurechtgelegt, er wollte unbedingt vermeiden, dass sie ihn falsch verstand. Er wollte nicht, dass sie dachte, er würde sie um ein Date bitten. Um Gottes willen. Er stand nicht auf sie. Das hätte ihm gerade noch gefehlt, dass sie sich da Hoffnungen machte, als ob er nicht schon Probleme genug hätte mit den Frauen.

Da gab es Alice, die junge Baristin aus der Sportbar am Fußballstadion von Bozen. Erst wollte er unbedingt, sie aber nicht. Dann wollte sie, er aber nicht mehr so sehr. Ihr Vater hatte von dem Techtelmechtel erfahren.

Dann war da noch Marianna, die Kassiererin aus dem Supermarkt bei ihm um die Ecke. Aber als die letztens mehrfach erwähnt hatte, dass sie überlege, ihrem Mann alles zu beichten und sich scheiden zu lassen, wurde ihm die Geschichte zu heiß.

Und Emilia, aber die dachte gerade darüber nach, für ein Jahr nach Australien zu ziehen, Chiara hatte einen Hund, der ihn wahnsinnig nervte, Stefania rauchte immer gleich nach dem Sex, was er nicht ausstehen konnte, Inga wollte immer kochen, konnte es aber nicht besonders gut, Carmelita hatte sich nun doch für ihren Exfreund entschieden, Anastasia erinnerte ihn zunehmend an seine Exfreundin aus Neapel.

Alle diese Frauen waren Italienerinnen. Mit einem Mädchen aus einem der Südtiroler Dörfer hatte er es noch nie versucht. Er hatte Angst vor ihnen. Mit Stadtmädchen konnte er umgehen, da hatte er Erfahrung, mit Landmädchen kannte er sich nicht aus.

Als Silvia sofort gesagt hatte, sie werde ihm natürlich gerne das Skifahren beibringen, war er erleichtert gewesen.

Ja, wenn er erst einmal das Skifahren beherrschte, dann wäre er endgültig in Südtirol angekommen, dann würde er sich trauen, einer Magdalena oder einer Agnes den Hof zu machen. Vielleicht, so träumte er und wusste doch gleichzeitig, wie irre dieser Gedanke war, würde er ja mit einem Bauernmädchen glücklich werden. So wie Grauner.

Er ging zum Fenster, spähte ins Innere. Nichts. Dunkelheit. Dann klopfte er sanft gegen die Tür. Legte das Ohr gegen das Holz. Nichts. Schließlich zog er ein Tuch aus der Hosentasche, legte es über den Griff, die Tür war verschlossen.

Er wollte mit dem Fuß die Bambusmatte hochlupfen, doch mit den dicken Schneeboots gelang es ihm nicht.

Tappeiner grinste, sie bückte sich, kein Schlüssel lag darunter.

Saltapepe fasste in den Blumentopf daneben. Auch nichts. Dann holte er sein Portemonnaie heraus, holte seine Krankenversicherungskarte hervor, schob sie zwischen Tür und Zarge, zog sie hoch und wieder runter, zweimal, dreimal, vier…

Klick.

»Und ich dachte, das gibt es nur im Fernsehen«, sagte Tappeiner.

Er grinste.

»Zeigst du mir das mal?«

Er steckte die Karte zurück ins Portemonnaie und schob es in die Jacke.

»Ja, sobald ich heil und cool aussehend die Pisten hinunterkomme.«

»Deal«, sagte sie.

Dann verschwand er im Inneren der dunklen Wohnung. Sie folgte ihm.

5

Lorenz Meyerle, so hieß der Besitzer der *Villa Wolkenstein,* saß alleine auf der Terrasse. Er trug eine weiße Jeans, eine neongrüne Skijacke, eine goldene Uhr. Vor ihm stand eine Flasche Südtiroler Sekt von Arunda. Auf dem Teller lagen zarte Rindfleischstreifen neben grünem Salat.

»Wer sind Sie? Was wollen Sie?«, fragte der Mann, als Grauner auf ihn zukam.

»Grüß Gott, Herr Meyerle«, sagte der Commissario freundlich und trat an den Tisch. Er hörte den leichten Akzent in der Stimme des Mannes. Wenn die Grödner Deutsch sprachen, klang es immer ein bisschen italienisch – und umgekehrt. Und untereinander sprachen sie meistens Ladinisch, einen romanischen Dialekt, den außerhalb des Tals kein Mensch verstand.

Der Hotelier steckte sich schmatzend das Fleisch in den Mund. Eben hatte Grauner noch seinen eigenen Magen knurren hören, nun war ihm blitzartig der Appetit vergangen.

»Darf ich mich zu Ihnen setzen?«

Meyerle trank ein, zwei Schlucke aus dem Sektglas, am verschmierten Rand des Glases blieben Essensreste kleben.

»Wenn es sein muss.«

»Es muss sein.« Grauner schlug nun auch einen rauen Tonfall an. »Johann Grauner, Commissario der Polizia di Stato. Sie wissen, worum es geht.«

Er setzte sich, der Hotelier schob ihm die Sektflasche ein Stück entgegen, hob den Arm, schnippte mit den Fingern, winkte dem Kellner, der auf den leeren Tischen Aschenbecher verteilte.

»Pssst, Franco, Franky, bring dem Herrn Kommissar ein Glas und …«

Er schien Grauner zu mustern.

»… und auch eine Portion von dem Fleisch. Aber ohne den Salat. Der schmeckt eh nicht.«

Dann grinste er zufrieden.

»Franky, guter Mann. Supermann. Lieblingskellner. Absoluter Lieblingskellner, Franco, Frankyboy.«

Grauner spürte, wie er rot anlief, es ärgerte ihn, seine Gesichtsfarbe nicht unter Kontrolle zu haben. Er überlegte, was Derrick in einer solchen Situation getan hätte. Er wäre ruhig geblieben, hätte sein Gegenüber vielleicht mitleidig angeblickt. Ganz sicher wäre er nicht rot angelaufen.

Der Commissario spürte Unruhe in sich aufsteigen. Er wäre jetzt ganz underrickhaft am liebsten aufgesprungen, hätte den Tisch umgehauen, diesen Deppen an seinem feinen Hemdkragen vom Stuhl gezogen und ihm eine gewatscht. Er schluckte die Wut hinunter.

»Ich weiß, worum es geht, Herr Kommissar«, sagte Meyerle, »aber Sie wissen doch auch schon alles. Ich habe Ihren Kollegen Polizisten doch schon alles mitgeteilt, was ich weiß. Besser gesagt: Ich weiß ja nichts. Der lag heute Morgen bei uns in einem der Zimmer, der Klaus, ich kenne den kaum. Der klemmt mir ständig seine verfluchten Strafzettel hinter die Scheibenwischer, sonst aber hab ich nichts mit ihm zu tun.«

Meyerle zeigte auf den Dorfplatz. Am Brunnen stand ein

Auto. Ein alter, kantiger, militärgrüner *Land Rover Defender*. Vor einem Halteverbotsschild.

»So ein schönes Auto vor so einem schönen Brunnen, was kann man da als Dorfpolizist nur dagegen haben? Sie, Kommissar, würden mir dafür doch nie einen Strafzettel ausstellen, oder?« Er schaute wie ein treuer Bernhardinerhund.

Für den Bruchteil einer Sekunde erschien es Grauner durchaus möglich, dass dieser Widerling Höller dafür erschossen hatte, berechtigte Strafzettel ausgestellt zu haben. Er nahm sich auf jeden Fall vor, zu prüfen, ob Meyerle einen Waffenschein besaß.

»Herr Meyerle, mir ist es völlig egal, wo Sie Ihr Auto parken. Mich interessiert etwas anderes.«

Der Kellner brachte ein Glas, der Hotelier schnappte sich die Flasche, wollte einschenken, Grauner hob ablehnend die Hand.

»Sie sind der eigenartigste Hotelier, der mir jemals begegnet ist.«

Meyerle schaute überrascht. Mit diesem Satz hatte er wohl nicht gerechnet.

»So kaltblütig kann kein Hotelier sein, dass er, während er einen Toten im Haus hat, gemütlich essen geht. Und dass Sie nichts dagegen haben, dass Ihnen die Polizei in der Hochsaison ein ganzes Stockwerk zusperrt, das kann ich nicht recht glauben. Da stimmt doch etwas nicht.«

Jetzt schob Grauner das Glas doch in die Tischmitte, zeigte auf die Flasche. Das Spiel der Worte, der Gesten, es faszinierte ihn immer wieder aufs Neue, es bedurfte nicht viel, dann gewann man die Oberhand. Nun war es nicht mehr Meyerle, der bestimmte, ob getrunken wurde. Nun bestimmte Grauner.

Der Hotelier schenkte ihm ein.

Der Commissario beschloss, das volle Glas nicht anzurühren. Ganz ruhig sprach er weiter.

»Was ist das für eine Gästevilla, die Sie da betreiben? Was sind Sie für ein Hotelier?«

Das Gesicht seines Gegenübers erschien ihm nun leicht gerötet. Vielleicht war er verlegen. Vielleicht lag es aber auch nur an der Sonne, die den Mann blendete, oder an dem vielen Sekt, den er wohl intus hatte.

»Ja, Herr Kommissar, das haben Sie schon richtig erkannt, ich bin nicht wie die anderen Hotelbesitzer hier.« Er trank noch einen Schluck. »Mein Vater war ein echter Hotelier, ich bin keiner. Wollte nie einer sein. Aber was blieb mir übrig? Auf dem Sterbebett musste ich ihm versprechen, die Villa weiterzuführen. Solange meine Mutter noch lebt, werde ich das Versprechen halten.«

Ein feiner Zug, dachte Grauner kurz, das hätte er nicht von ihm erwartet.

»Ich mag die Touristen nicht, wissen Sie, Herr Grauner. Jedes Jahr, wenn der Schnee kommt oder wenn wir mit unseren Schneekanonen dafür sorgen, dass genug auf den Pisten liegt, fallen sie über uns her. Sie füllen die Straßen, die Hänge, in ihren hässlichen Winterklamotten, in denen sie aussehen wie Astronauten, sie fahren Ski, so schlecht, dass es wehtut beim Zuschauen, sie fahren Snowboard, obwohl seit zwanzig Jahren schon kein geradeaus denkender Mensch mehr Snowboard fährt, sie stehen dicht gedrängt in den Après-Ski-Hütten, wo wir sie abfüllen mit teurem Champagner, wo sie mit ihren Geldscheinen wedeln, weil sie glauben, sich hier bei uns alles kaufen zu können.« Er machte eine kurze Pause. Atmete tief ein. »Können sie ja auch, sich alles kaufen, und meine Verachtung schenke ich ihnen gleich mit dazu.«

Grauner wehrte sich dagegen, doch der Mann wurde ihm zunehmend sympathischer.

»Sollen da bleiben, wo sie herkommen, all diese Touristen. Sollen sich in ihren Städten, in ihren flachen Ländern Skihallen bauen, wenn sie unbedingt wollen. Sollen halt Winterstrandspaziergänge machen, Schneemänner auf den Feldern bauen – oder ins Kino gehen. Soll jeder da bleiben, wo er herkommt. Meine Meinung. Ich fliege, im Gegensatz zu meinen Landsleuten hier, im Winter auch nicht um die halbe Welt, um mir am Strand von Phuket einen Sonnenbrand zu holen. Ist doch verrückt, oder?«

Obwohl Grauner ihm in einigen Punkten zustimmte, realisierte er nun, dass Meyerle angetrunken war.

»Der Höller, der war so einer, jeden Winter zwei Wochen Thailand. Sonnenbrand und sich einen lutschen lassen. Nix für mich, ganz ehrlich. Ich bleibe in Wolkenstein. Werfe mein Geld lieber hier zum Fenster raus. Ganz früh am Morgen, wenn sich die Sonne noch hinter den Bergen versteckt, wenn die Touristen noch verrauscht vom Vorabend in ihren Hotelbetten liegen, fahre ich zweimal die Pisten hoch und runter. Danach lege ich mich noch einmal pennen, dann gehe ich im *Rössl* essen, mittags habe ich hier meine Ruhe, meistens bleibe ich sitzen bis zum späten Nachmittag und quatsche den Franky mit meinen Problemen zu. Wenn ich mal tot bin und einer meine Biografie schreiben möchte, *Das Leben eines Hoteliers, der nie einer sein wollte …*«, er lachte grölend, »… dann muss der nur mit meinem Frankyboy reden. Der weiß alles über mich. Ich sitze hier jeden Tag, lasse mich von der Sonne und dem

Sekt kitzeln, und wenn die Touristen von den Pisten wieder runterkommen, verziehe ich mich, torkele rüber in mein Hotel, lege mich in eins der freien Zimmer, schlafe meinen Rausch aus. Zehn Stunden mindestens, dann geht alles wieder von vorne los. Gibt Schlechteres, gell, Kommissar?«

Grauner nickte.

»Sie scheinen ja doch ein bisschen etwas über den Toten zu wissen. Im Dorf weiß man immer ein bisschen etwas über jeden. Was war der Höller denn für einer?«

Meyerle hob die Schultern. Einige Sekunden verstrichen, bevor er wieder sprach.

»Der Klaus? Der Klaus war meines Wissens immer der Klassenbeste. Obwohl er gar kein Streber war, wie man sich erzählt. Kein In-der-ersten-Reihe-Sitzer. Kein Schleimer. Der hätte es locker rausgeschafft aus dem Tal, aus dem hätte was werden können: Unternehmer, Ingenieur, irgendwas. Der hätte es überall geschafft, München, London. Aber irgendwie stand der sich wohl selbst im Weg. Er hat sein Studium abgeschlossen an der *Bocconi* in Mailand. Wer die *Bocconi* abschließt, der wird von den besten Anwaltskanzleien angeheuert, heißt es, nicht wahr? Er wollte aber, so erzählt man sich hier im Tal, unbedingt Polizist werden.«

»Dorfpolizist«, unterbrach ihn Grauner murmelnd.

Meyerle lachte. »Nein, eben nicht.«

Grauner runzelte die Stirn.

»Der wollte zu euch, zu den richtigen. Kommissar wollte der werden, so wie Sie, so wie im Film.«

Der Hotelier nahm einen Schluck, noch einen.

»Er hat sich für die gehobene Laufbahn beworben?«

»Ja, sieben Mal sogar, hat mir mal einer erzählt. Immer gescheitert.«

Grauner erinnerte sich an seine eigene Bewerbung.

»Am Seil gescheitert?«, riet er.

Meyerle nickte.

Grauner hatte die Prüfung beim ersten Mal geschafft. Sein Italienisch war damals mehr als holprig, aber die Prüfer drückten zwei Augen zu, für den Theorieteil hatte er sich ausgezeichnet vorbereitet. Am Seil war er mit Abstand der Schnellste. Er bekam mit, dass viele am Seil scheiterten. Und wegen ihres zu schmalen Brustumfangs, der gemessen wird. Oder meistens wegen beidem. Es war wohl die Arbeit im Stall und auf dem Feld, der er es zu verdanken hatte, dass er das Seil ohne Probleme hochklettern konnte. Wer störrische Kühe hin und her zu schieben vermochte, wer sich auf der steilen Wiese erfolgreich gegen rutschende Traktoren stemmte, dem bereitete so ein Seil in einer Turnhalle keine Schwierigkeiten.

»Haben Sie Höllers dünne Ärmchen gesehen? Da ist ja nix dran. So kommt man nie so ein Seil hoch.«

Grauner erinnerte sich an die verzweifelnden Mitanwärter. In Sonderzügen kamen Tausende junge Kandidaten, mehr Buben als Männer, aus Sizilien, Kampanien, Apulien und Kalabrien nach Rom, um die Aufnahmeprüfung bei den Carabinieri oder der Polizia di Stato abzulegen. Die allerwenigsten schafften es.

Er hatte einen von ihnen gefragt, warum so viele Süditaliener unbedingt zur Polizei wollten. Wie naiv diese Frage war.

»*O ce a' fai a diventàr nu' sbirrò o divènt nu' camorrìst*«, hatte ihm einer gesagt. Und ein anderer Kollege aus dem Norden übersetzte es für ihn.

»Entweder du schaffst es, Polizist zu werden, oder du landest irgendwann bei der Camorra.«

Er erinnerte sich daran, wie die Gescheiterten weinend in den Ecken der Halle gekauert hatten, wie sie mit hängenden Köpfen zurück zum Bahnhof getrottet waren.

»Also ist Höller zurück nach Gröden gekommen und ist Dorfpolizist geworden.«

Meyerle nickte. »Ja, Dorfpolizist. Und Hobbyfilmer. Der lief den ganzen Tag mit so einer kleinen Filmkamera herum, hat alles gefilmt. Das Dorf, die Berge, den Wald. Und Falschparker.«

Er brach in schallendes Gelächter aus.

»Es wird herumerzählt, dass er den Regionalsender hier immer wieder angebettelt habe, sie mögen doch mal einen seiner Filme zeigen. Der dachte, er wäre ein begnadeter Dokumentarfilmer.«

Er schlug sich auf die Stirn.

»Irgendwie haben die es immer geschafft, ihn abzuwimmeln. Einmal hat er hier bei uns im Gemeindehaus einen Filmabend gemacht. Keine zehn Leute sind da gekommen.«

Grauner verzog keine Miene.

»Hatte Höller Feinde?«, fragte er.

Meyerle verzog den Mund zu einer Schnute.

»Hier in Gröden haben die meisten viel Geld.«

Grauner verstand nicht sofort.

»Wo viel Geld ist, sind viele Feinde.«

Das stimmte. Grauner fragte trotzdem noch mal: »Feinde? Hatte er welche?«

Der Hotelier presste die Lippen zusammen, sie färbten sich weiß.

»Und Geld, hatte er welches?«

Der Kellner trat erneut an den Tisch, stellte Grauner das Gericht hin, wünschte guten Appetit.

»Ich weiß nicht, was der als Dorfpolizist verdient hat, aber viel wird es nicht gewesen sein. Wenn Sie mich so fragen: Der Höller war wohl einer der wenigen armen Hunde im Tal.«

Der mitleidige Tonfall seiner Stimme klang gespielt.

»Selber schuld«, schob er hinterher, lachte nun noch lauter, prostete Grauner zu.

Der Commissario schob einen Rindfleischstreifen auf die Gabel, führte sie zum Mund, kaute, das Fleisch schmeckte ganz vorzüglich, saftig, zart, er aß rasch den Teller leer, erhob sich.

»Der Höller war wohl wirklich einer der wenigen armen Hunde hier im Tal«, brummte er, dann nickte er dem eigenartigen Hotelier noch einmal zu und verließ die Terrasse.

6

Die Wohnung war verwüstet. Alles lag wild durcheinander. Kleidung, Bücher, Geschirr. Inmitten des Wohnzimmers war eine rechteckige Fläche des Parkettbodens heller und weniger zerkratzt. Hier hatte wohl ein Teppich gelegen.

Saltapepe und Tappeiner bahnten sich ihren Weg durch das Chaos, zerbrochene Teller und Gläser krachten unter ihren Füßen. Der Ispettore hob einige Zettel hoch: Rechnungen, Versicherungspapiere. Nichts Besonderes. Er blätterte durch die herumliegenden Bücher. Thriller. Thomas Harris. John le Carré. Historienromane. *Harry Potter*. Er entdeckte DVDs. *Scarface. Lost. Sopranos. Der Pate. Basic Instinct.* Drei handbeschriftet: *Wild Fantasy, Hardcore 1–3, Thailand-Girls Remix.*

Sie gelangten ins Schlafzimmer. Die Schranktüren standen offen, das Federbett war zerwühlt.

In der Küche stapelte sich dreckiges Geschirr in der Spüle. Auf den Fliesen vor dem kleinen Holztisch hatte sich eine Blutlache gebildet. Hier war Höller offenbar erschossen worden. Das Blut war dunkel und eingetrocknet.

Auf dem Tisch lagen drei Videokameras. Zwei kleinere, eine etwas größere. Kameras für Hobbyfilmer, wie sie in jedem Elektrogeschäft zu finden waren. Sie waren zertrümmert. Wohl mit dem Hammer, der danebenlag. Der Ispettore trat an den Tisch, hob jede einzelne Kamera hoch. Es waren keine Speicherkarten darin.

7

»Filmchen«, flüsterte Belli. Immer und immer wieder. »Filmchen. Einer, der Filmchen gedreht hat.« Er schaute auf die kaputten Handkameras, die in Plastiktüten auf seinem Mahagoni-Tisch lagen, dann in die Runde.

Da standen Grauner, Saltapepe, Weiherer und zwei weitere Polizisten. Tappeiner war in der Questura geblieben, sie schrieb Berichte. Noch am frühen Nachmittag hatte Grauner ihr aufgetragen, herumzutelefonieren und nachzufragen, mit wem der Tote im Dorf oft zu tun gehabt hatte: Wem er viele Strafzettel ausgestellt hatte, ob er jemanden angezeigt hatte, ob ihn mal jemand angezeigt hatte – alles konnte von Bedeutung sein. Sie sollte zudem herausfinden, ob dieser Meyerle einen Waffenschein besaß, und das Archiv durchforsten.

Ein paar von Weiherers Leuten waren noch in Wolkenstein beschäftigt, sie begutachteten den Fundort der Leiche und die Wohnung von Höller. Dessen Waffe war bereits sichergestellt worden. Sie hatte ordnungsgemäß in der Gemeindestube in einem Safe gelegen. Alle Patronen waren noch da. Keine Schmauchspuren.

»Was haben die Befragungen der Hotelgäste ergeben? Und die der Nachbarn des Toten?«, fragte der Staatsanwalt und ließ sich auf den Stuhl hinter dem Schreibtisch plumpsen.

Saltapepe räusperte sich.

»Einige der Nachbarn haben ausgesagt, sie hätten Lärm im Haus gehört, nach Mitternacht, aber gesehen habe niemand etwas.«

Einer der Polizisten räusperte sich.

»Auch von den Gästen der Villa ist niemandem etwas aufgefallen. Einer unserer Männer hat auch die Kollegen des Toten bei der Gemeinde befragt. Sie sagen, dass die Touristen ihn nicht kennen, wundere sie nicht, denn sie würden vom Bürgermeister zu jedem Winterbeginn angewiesen, die Gäste in Ruhe zu lassen. Aus Imagegründen. Vom Nachtportier wird behauptet, dass der gerne mal einschlafe hinter dem Empfangspult. Wahrscheinlich hat er deshalb nicht mitbekommen, wie Höller in die dritte Etage gebracht worden ist …«

Der Ispettore unterbrach ihn.

»Wohl von den ominösen Besuchern, die nachts in seine Wohnung gekommen sind und da, laut seiner Nachbarin, randaliert haben. Wahrscheinlich haben sie ihn erschossen, in einen Teppich eingerollt und weggebracht.«

Belli schaute böse. Er war einer jener Staatsanwälte, die glaubten, dass immer die Polizisten schuld waren, wenn Befragungen nicht genug Informationen ans Licht brachten.

»Filmchen, Filmchen«, flüsterte er wieder. »Vielleicht hat das alles etwas damit zu tun, dass der Tote gerne Filmchen gedreht hat. Vielleicht hat er eine Nachbarin beim Fremdgehen gefilmt. Sexurlaub in Thailand. Hardcore-Pornos. Der war ein kleines Schweinchen, der Höller, vielleicht hat er …«

Grauner trat einen Schritt nach vorne, er wollte unterbinden, dass der Staatsanwalt weiter seiner Fantasie freien Lauf ließ. Er fasste die Ereignisse der letzten Stunden noch einmal zusammen: Im Luxusskiort Wolkenstein war einer der Dorfpolizisten in seiner Wohnung erschossen worden. Kopfschuss. Wahrscheinlich von einem Profikiller. Dann hatten zwei Unbekannte den Toten in ein heruntergekommenes Hotel geschleppt. Keine Ahnung, warum.

Die Wohnung des Toten war verwüstet worden. Im Chaos hatten sie auch drei Handkameras sichergestellt. Zerstört. Ohne Speicherkarten. Der Tote war Hobbyfilmer gewesen. Es war gut möglich, dass dieses Detail etwas mit dem Fall zu tun hatte.

»Gut«, sagte Belli, als Grauner geendet hatte. »Irgendwelche Ideen, Vermutungen, Vorschläge, was das alles zu bedeuten haben könnte? Einfach raus damit!«

Grauner schnaubte und schaute vorwurfsvoll zum Staatsanwalt, dann in die Runde. Alle sahen zu Boden. Sie wussten, wie sehr Belli Ideen, Vermutungen, Vorschläge liebte. Alle wussten, dass Grauner es strikt ablehnte, Ideen, Vermutungen, Vorschläge einfach so herauszuposaunen. Das führte leicht zu vorschnellen Schlussfolgerungen.

Belli wartete eine Minute, zwei. Nichts. Kein Laut. Die Stille wurde immer unerträglicher.

»Dottore, ich denke, wir sollten …«

Das Klingeln von Bellis Telefon unterbrach Grauner. Der war ganz froh darum.

Belli hob ab. Grauner wunderte sich immer wieder darüber, dass der Staatsanwalt ein altes grünes Festnetztelefon mit Drehscheibe auf seinem Schreibtisch stehen hatte, und dass dieses nach wie vor funktionierte.

Sein eigenes altes Drehscheibentelefon hatte unlängst den Geist aufgegeben. Kurz nachdem sein geliebter Panda ihn im Stich gelassen hatte. Einfach so. Eines Morgens, er wollte den Stiegl Franz anrufen, einen Termin vereinbaren, der Stier vom Franz sollte die Mitzi und die Margarete besamen, da machte es keinen Laut mehr, das Telefon.

Kein *tut-tut*.

Es gab keine gespenstischere Stille als die Stille in der Muschel eines toten Telefons. Schaurig. Manchmal hob Grauner heute noch den Hörer des alten Telefons ab, das schon im Haus gehangen hatte, als er ein Kind gewesen war, mit dem er als junger Bub Alba angerufen hatte, um sich mit ihr am Bächlein am Waldrand zum Händchenhalten und Schmusen zu verabreden. Vor ein paar Wochen war das Telefon plötzlich verschwunden. Als er seine Frau danach fragte, sagte sie ihm, sie habe es auf den Recyclinghof gebracht. Er trauerte ihm noch immer hinterher.

Als Belli den Hörer wieder auf das Gerät knallte, erwachte der Commissario aus seinem Tagtraum.

»Die Gerichtsmedizin«, sagte Belli und setzte sich auf

den Stuhl, »wir müssen sofort los. Es gibt da etwas, das wir uns ansehen sollten.«

Belli machte keine Anstalten, sich vom Stuhl zu erheben, er erwiderte Grauners fragenden Blick. Er wartete, bis alle anderen den Raum verlassen hatten.

»Schauen Sie nicht so blöd, Grauner«, flüsterte der Staatsanwalt. »Sie alle wissen, dass ich den Leichenkeller im Spital nicht ertrage. Ich kann nichts dagegen machen. Ich will mich nicht mehr dagegen wehren. Mein Therapeut sagt, das mache es nur noch schlimmer. Er sagt, ich solle offensiv damit umgehen. Ich bleibe hier, Sie geben mir dann Bescheid, ja?«

Grauner nickte, dann drehte er sich um, ging langsam aus dem Büro. Bellis ungewohnte Ehrlichkeit verblüffte ihn.

8

Auf dem mittleren der drei Sektionstische, die sich im Keller des Spitals von Bozen befanden, lag der tote Dorfpolizist. Das grelle Licht ließ den nackten, dürren Körper grünlich schimmern.

Mit diesem Figürchen, mit diesen Studentenfingerchen, mit dieser flachen Brust war es kein Wunder, dass er das Turnhallenseil nicht hatte hochklettern können, dachte Grauner.

Er trat näher an den Toten heran und sah, dass Alessandra Filippi den Oberkörper aufgeschnitten und wieder zugenäht hatte. Die Stiche lagen eng beieinander, sie sahen symmetrisch aus, fast wie eine Tätowierung.

Grauner wusste, dass sich die Leiterin der Gerichtsmedizin große Mühe gab beim Zunähen ihrer Toten. Sie tat es mit der gleichen Akribie und Sorgfalt, mit der Alba ihre Marmeladengläser stapelte. Da ließ sich Filippi nicht aus der Ruhe bringen. Es konnte noch so sehr eilen. Da kannte sie nichts.

»Ich schneide die auf, also habe ich sie auch wieder ordentlich zuzunähen«, hatte sie ihm einmal gesagt. »Das bin ich ihnen schuldig.«

»Was gibt es, Alessandra, was hast du entdeckt?«, fragte er.

Die Gerichtsmedizinerin ging um den Toten herum, drehte Grauner, Saltapepe und Weiherer den Rücken zu, kramte in einer der Schubladen im Eisenschrank an der Wand, zog einen Plastikbeutel hervor, steckte ihn in die Tasche ihres Jacketts.

»Der wurde erschossen, ich denke, das ist offensichtlich«, antwortete sie.

Grauner sagte erst mal nichts.

»Das Einschussloch in der Stirn ist ganz klar zu erkennen.«

Er schwieg immer noch, auch wenn die Ungeduld an ihm zerrte.

»Astreiner Schuss, mitten ins Hirn. Der war sofort tot. Eigentlich ein schöner Tod, nicht? *Bumm* und weg.«

Weiherer nickte zustimmend.

»Alessandra, wie lange kennen wir uns schon?«, fragte Grauner zurück.

Sie schien nachzudenken.

»Viel zu lange.«

»Ich bin ein guter Polizist, oder?«

Sie hob die Schultern. »Keine Ahnung. Ich habe noch

nie jemanden ermordet. Ich hätte da ein paar raffinierte Ideen, ich weiß nicht, ob du mir auf die Schliche kommen würdest.«

»Aber dass ich einen Schuss in die Stirn richtig deute, das traust du mir schon zu?«

Sie grinste.

»Ja, aber es ist nicht immer so einfach, wie es auf den ersten Blick wirkt.«

Nun schauten Grauner, Saltapepe und Weiherer ratlos drein.

»Aber dafür bin ja ich hier.«

Sie winkte die drei heran, fasste dem Toten ins Gesicht, bog seinen Kiefer nach unten, zeigte in den dunklen Schlund.

»Da steckte was drin.«

Sie ließ die Hand in der Tasche verschwinden, zog den Plastikbeutel wieder hervor, hielt ihn ins Licht.

Grauner rückte näher ran. Der Beutel enthielt weiße, gekrümmte Stäbchen, wie zarte Ästchen, er brauchte zwei, drei Sekunden, bis er das Rückgrat entdeckte.

»Das sind die Gräten eines Knurrhahns«, sagte Filippi, »ein potthässlicher, aber sehr schmackhafter Mittelmeerfisch.«

Sie ließ die Hand sinken, pochte dem Toten sanft auf den entblößten Bauch.

»Die Gräten steckten in seinem Hals. In seinem Magen habe ich allerdings kein Fischfleisch gefunden. Nur die Reste von Speckknödeln.«

Sie schwiegen. Die Neonleuchten surrten.

»Es sind keine erstickungstypischen Befunde am Leichnam zu sehen. Das spricht für ein postmortales Einbringen in den Mund. Dieser Mann ist zuerst erschossen worden und erst danach wurden ihm die Gräten in den Hals gesteckt.«

9

Nichts. Immer noch nichts. Er hatte das Handy vor sich liegen, kein Anruf, keine SMS, kein Lebenszeichen.

Vor dem Stubenfenster ruhte die dunkle Nacht. Matt erleuchtete der Mond den Schnee an den Bergspitzen. Im Kachelofen knacksten die brennenden Holzscheite, doch Grauner fror. Er fror sonst nie. Er wusste, dass es nicht die Temperaturen waren, die ihn zum Frieren brachten, es war die Angst.

Schon als er das Haus betreten hatte, hatte er bemerkt, dass etwas nicht stimmte. Alba hatte nichts gekocht, kein Geruch von Speckknödeln, Spinatknödeln, Käseknödeln oder Gerstensuppe war aus der Küche gedrungen, wie sonst immer. Alba hatte still in der dunklen Stube gesessen. Das tat sie sonst nie.

Als er sie in den Arm nahm, spürte er, dass sie zitterte. Dann sah er, was auf der Tischplatte vor ihr lag.

Ein Zettel, daneben zwei große Tupperdosen voller Plastiktütchen mit weißen Krümelchen. Drogen.

»Den Zettel habe ich unter dem Bett gefunden, er muss von ihrem Schreibtisch gefallen sein. Die Tupperdosen waren in ihrem alten Spielzeugschrank versteckt«, schluchzte Alba.

Er setzte sich zu ihr, entfaltete das Papier. Er las murmelnd und sah auf, Alba kullerten Tränen über die Wangen.

Mamma, Papa, macht euch keine Sorgen!
Mickey und ich, wir kommen bald wieder. Bestimmt.
Love, eure S

Er konnte sich nicht in die Gefühlswelt seiner Tochter versetzen. Es gelang ihm einfach nicht. Er hatte sich nie eingestanden, dass es so dunkel um sie war. Grauner wusste, dass sie vor ein paar Jahren regelmäßig gekifft hatte, aber er hatte gedacht, es wäre nur eine Phase gewesen. Seitdem sie mit Mickey zusammen war, schien es ihr besser zu gehen. Er hatte sich ihre Zukunft so schön ausgemalt. Auf dem Bauernhof, mit Mickey, dem die Arbeit im Stall Spaß machte. Langsam dämmerte ihm, wie viel er ausgeblendet hatte.

Alba legte ihm die Hand auf die Schulter, zeigte ihm ihr Handy. Öffnete eine Mail.

Er überflog sie. Nach einem Elternabend hatte die Klassenlehrerin die Namen und Telefonnummern aller Eltern herumgeschickt, damit sie sich im Notfall erreichen konnten.

Er überflog die Namen. Stoppte.

Sabine.

Mickeys Mutter.

Sie kannten sie kaum. Verschwommen erinnerte sich Grauner an ihr Äußeres. Blasse Haut, blonde Haare, mehr nicht. Er hatte sie bei einem Elternabend vor Jahren gesehen, da waren Sara und Mickey eben erst zusammengekommen. Danach war Mickeys Mutter nie wieder bei Elternabenden aufgetaucht. Die Gelegenheit, sich besser kennenzulernen, hatte sich nie ergeben. Mickey hatte ihm einmal gesagt, dass sie getrennt von seinem Vater lebe. Dass sie mehrmals umgezogen seien.

Er tippte die Nummer ins Handy. Freizeichen. Warten. Nichts.

Er versuchte es wieder. Und wieder. Nichts. Nichts. Wieder nichts.

Er schlug mit der Faust auf die Tischplatte, rieb sich die müden Augen.

»Was machen wir jetzt, Johann?«, fragte Alba.

Seine Gedanken drehten sich im Kreis.

»Das Wichtigste ist, dass wir sie finden«, murmelte er.

Er schaute auf Saras Nachricht, dann wieder auf die beiden Tupperdosen mit den Drogen darin.

»Ich fahre gleich morgen früh in die Schule und versuche, dort ohne großes Aufsehen die Adresse von Mickey und seiner Mutter herauszufinden. Ich hoffe, es gelingt mir, ohne dass Schulpersonal, Lehrer oder Mitschüler etwas davon mitbekommen. Sonst weiß gleich die ganze Schule, dass Sara etwas ausgefressen hat. Das muss nicht sein. Ich will sie zuerst finden, mit ihr sprechen, alles von ihr erfahren.«

Alba stand auf. Zog auch Grauner vom Stuhl.

»Nicht du Johann, wir! Wir machen das gemeinsam.«

Er schüttelte den Kopf.

Sie straffte die Schultern. »Was soll ich machen, Grauner, hier sitzen? Warten?«

Grauner. So nannte sie ihn nur, wenn sie schimpfte. Oder wenn sie ausdrücken wollte, dass sie nicht mit sich diskutieren lassen würde.

Er spürte den Druck ihrer warmen Hand auf der kalten Wange.

»Wir finden morgen unauffällig die Adresse heraus und gehen dann gemeinsam zu Mickeys Mutter, versprochen.«

Sie nickte.

»Vorher aber muss ich zu Belli, ich muss ihm irgendwie beibringen, dass ich ein paar Tage freinehmen muss.«

Er hatte keine Ahnung, wie er das anstellen sollte.

»Und ich gehe jetzt noch einmal los. Vielleicht erwische ich Filippi noch im Spital. Ich muss wissen, was das genau ist …«

Er zeigte auf die Dose. Er küsste Alba auf die Stirn, holte die Jacke, seine schnellen Schritte hallten im Flur, er öffnete die Tür.

Und wich zurück.

10

Er fragte sich immer noch, warum *sie* eigentlich fuhr. Und er fragte sich, was das alles sollte. Wie Belli nur auf diese Idee gekommen war. Es war alles so schnell gegangen, nachdem sie von der Gerichtsmedizin zurück in die Questura gekommen waren, wo der Staatsanwalt bereits auf sie gewartet hatte, um Filippis Protokolle entgegenzunehmen und Aufgaben für den kommenden Tag zu verteilen.

»Ich brauche zwei Leute im Hotel. Sie sollen sich unauffällig umhören. Bei den Dorfbewohnern, den Gästen, dem Hotelpersonal«, hatte Belli befohlen.

Keiner hatte sich gerührt.

»Saltapepe, Tappeiner, ihr zwei macht das. Tut so, als wärt ihr Skitouristen. Ihr tragt ja auch schon das richtige Outfit. Außer den beiden Damen am Empfang hat euch bislang ja niemand gesehen, die Gäste waren alle auf den Pisten. Die beiden Mitarbeiterinnen haben wir informiert. Auch dieser Meyerle weiß Bescheid. Packt zwei Koffer und los geht es.«

Kurz herrschte Stille.

»Aber …«, wollte Saltapepe schließlich ansetzen.

Doch der Staatsanwalt unterbrach ihn. »Ich habe bereits alles arrangiert. Ihr fahrt noch heute Abend los. Mit einem der Zivilautos.«

Tappeiner hatte nicht protestiert, sie hatte Belli einfach den Schlüssel des Fiat 500L aus der Hand genommen, hatte Saltapepe angewiesen, mitzukommen, und ihm unten auf dem Parkplatz die Beifahrertür aufgehalten.

Der Ispettore hatte nichts gesagt. Das hätte alles nur noch schlimmer gemacht. Es war ihm in den vergangenen Jahren schon mehrmals aufgefallen, dass die Frauen hier im Norden ganz anders tickten als in Neapel. Dort mochten sie im Kreise der Familie zwar das Sagen haben, aber die meisten hatten draußen, auf der Straße, wo die Paten, Clanchefs und Brüder sie nicht schützen konnten, kein Mitspracherecht.

Nie wäre eine Frau auf die Idee gekommen, einen Mann zu fahren. Das mochte archaisch anmuten, aber es war so. Und Saltapepe glaubte, das würde sich auch in Zukunft nur schwer ändern lassen. Die Emanzipation war in Neapel noch nicht so weit wie anderswo.

Hier im Norden forderten viel mehr Frauen die Gleichberechtigung ein. Er kapierte, dass, wenn die Frauen einmal richtig loslegten, die Männer eigentlich keine Chance mehr hatten. Er war sich sicher: Die Männer hatten ausgedient.

Machos wie er sowieso. Wenn er Glück hatte, kam er mit seiner Masche noch irgendwie ein paar Jahre durch. Doch für die nächste Männergeneration war alles aus. Der Mann würde sich in ein Frauenaccessoire verwandeln. In eine Art Handtasche oder Schoßhündchen.

Er fand das nicht einmal schlimm. Gott, Männer hatten lange genug die Welt regiert oder zumindest so getan. Schön war's. Nun war es halt vorbei.

Tappeiner lenkte das Zivilauto der Staatspolizei schnell um die Kurven in das dunkle Grödnertal hinein. Grauners Assistentin fuhr gut, das beeindruckte den Ispettore. Das hätte er ihr nicht zugetraut.

Würde die Welt wirklich weiblicher werden, überlegte er, wenn die Frauen regierten? Oder würden die Frauen männlicher werden? Oder prägte Macht den, der sie hatte, immer auf eine bestimmte Weise? Waren die Strukturen, die Männer in den letzten Jahrtausenden aufgebaut hatten, männlich? Er wusste es nicht.

Er wusste nur, dass die wenigen Frauen, die in der Unterwelt Neapels etwas zu sagen hatten, grausamer und kaltblütiger waren als all ihre männlichen Widersacher zusammen. Vielleicht musste das so sein, vielleicht mussten sie so sein.

Er musste sich selbst eingestehen, es gefiel ihm, wenn Silvia das Kommando übernahm. Ihr Stolz, die Art, wie sie die Aufgaben von Grauner erledigte, die Befehle von Belli – ohne mit der Wimper zu zucken, aber nie unterwürfig. Das hatte Klasse.

Eigentlich wusste er nur sehr wenig von ihr. Hatte sie einen Freund? Saltapepe runzelte die Stirn, solche Gedanken machte er sich sonst doch nur bei Frauen, denen er den Hof machen wollte. Das kam hier natürlich nicht infrage.

Er machte doch Tappeiner nicht den Hof. So ein Blödsinn! Grauners Assistentin! Er stand doch überhaupt nicht auf sie, sie stand vielleicht auf ihn, das war ja ziemlich wahrscheinlich. Er hätte wohl leichtes Spiel, aber bitte, nein, er stand auf ganz andere Frauen, Silvia war ihm zu … zu … er musste nachdenken … zu kumpelhaft, zu drahtig, die kletterte zu viel. Skifahren okay, das verstand er, oder er versuchte zumindest, es zu verstehen, aber klettern? Das war nun wirklich das Allerletzte. Der Mensch war keine Gams.

Schnell schüttelte er den Gedanken ab, weit vorne tauchten bereits die Lichter von Wolkenstein auf. Er dachte an die Gräten des Knurrhahns im Rachen des Toten, irgendwie hatte er das Gefühl, dass dieser Fund eine zentrale Bedeutung hatte. Vielleicht lag hier der Schlüssel zur Lösung des Falles. Es war ein Zeichen. Doch sosehr er auch nachdachte, er vermochte nicht, es zu deuten. Noch nicht.

Die Lichter im Dorf leuchteten gelb, die Lichter am Berg neonweiß. Die Fensterscheiben der Lokale waren beschlagen. Musik drang aus den Bars. Am Straßenrand parkten teure Karossen. Menschenmassen schoben sich über den Bürgersteig. Füllige Männer in dicken Ledermänteln und mit roten, glänzenden Backen hielten stark geschminkte Frauen im Arm. Plötzlich erloschen die Lichter am Berg, nur noch rote Punkte waren auf den Pisten zu sehen. Sie bewegten sich.

»Was ist das?«, fragte er Tappeiner.

Sie antwortete, ohne ihn anzusehen. »Das sind die Lichter der Pistenraupen, die nachts den Schnee platt walzen, damit tagsüber wieder alle ihre Gaudi haben können.«

Saltapepe erinnerte sich an seinen ersten Südtiroler Fall zurück, da hatte er es ebenfalls mit Schnee, Skipisten und Pistenraupenfahrern zu tun bekommen. Was für ein Kulturschock das gewesen war. Mittlerweile hatte er sich an so einiges gewöhnt, Gott, er versuchte sogar, Skifahren zu lernen, so weit war es schon gekommen.

Tappeiner lenkte den Wagen ruhig durch die engen Straßen.

»Ihr seid schon verrückt, irgendwann geht diese Rechnung nicht mehr auf«, sagte Saltapepe.

»Welche Rechnung?«, fragte Tappeiner.

Sie stoppten vor dem Hotel, stiegen aus, Saltapepe schlug den Kragen seiner Jacke hoch, doch er genoss es, die kalte Schneeluft einzusaugen.

»Ihr versucht, die Berge zu zähmen, aber die Berge lassen sich nicht zähmen.«

Sie stiegen die Treppe zum Eingang der *Villa Wolkenstein* empor.

»Ebenso wenig wie das Meer.«

Der Ispettore hielt inne, drehte sich noch einmal um, schaute über die Dächer auf den dunklen Wald. Er erschien ihm ebenso gruselig wie der Ozean bei Nacht. Ein Schauer lief ihm über den Rücken.

Er spürte Panik in sich aufsteigen, er wusste nicht, woher sie plötzlich kam, er erinnerte sich aber sofort daran, wann ihn eine solche Panik zuletzt gepackt hatte. Noch um ein Vielfaches intensiver. Er würde den Moment nie vergessen. Es war, als er seinen toten Bruder gesehen hatte, als Roberto nicht mehr geatmet hatte, als es kein Zurück mehr gab.

Er versuchte, nicht auf das Bett zu starren. Sie schien es zu bemerken, grinste ihn von der Seite an. Dann schob sie ihren Reisetrolley beiseite, trat drei Schritte nach vorne und sprang.

Das Holzgestell krachte, als sie auf die Matratze plumpste. Ächzend drehte sie sich um, das Haar fiel ihr zerzaust ins Gesicht.

»Ich nehme das Bett.«

»Und ich?«, fragte er, es klang vorwurfsvoller, als er es beabsichtigt hatte. Er drehte sich im Kreis.

Keine Couch. Hinter der halb geöffneten Badezimmertür erspähte er auch keine Wanne, die er mit einem Federbett hätte auslegen können.

Tappeiner zeigte auf den Teppichboden.

Er nickte kurz.

»Ach komm, Claudio, war doch nur ein Scherz.«

Sie klopfte auf die Matratze neben sich.

»Weißt du was, du gehst jetzt Bier und Chips holen, ich mache den Fernseher an, vielleicht läuft ein cooler Actionfilm, dann machen wir uns einen gemütlichen Abend.«

Sie grinste zufrieden, er grinste verlegen.

11

»Was machen Sie hier? Ich meine … äh, guten Abend, Herr Staatsanwalt.«

Grauner stand auf der Türschwelle, schaute Belli verwirrt ins Gesicht. Belli hatte den Finger noch an der Klingel, die er wohl eben hatte drücken wollen.

»Grauner.«

»Ich … Herr Staatsanwalt … ich muss mit Ihnen reden.«

Der Commissario trat einen Schritt zurück, bedeutete seinem Vorgesetzten, einzutreten, im Hof erspähte er Bellis Dienstwagen.

»Das trifft sich gut«, erwiderte der Staatsanwalt und lächelte.

Grauner konnte sich nicht daran erinnern, ihn jemals lächeln gesehen zu haben.

»Ich muss Sie nämlich auch sprechen. Dringend.«

Belli drehte sich zu Alba, doch Alba machte keine Anstalten, aufzustehen, um die beiden alleine zu lassen.

Sie hatte Wein in eine Tonkaraffe geschenkt, etwas Speck aufgeschnitten, Essiggurken und Schüttelbrot bereitgestellt und sich dann einfach dazugesetzt.

Der Staatsanwalt betrachtete sie kurz, dann nickte er knapp, er schien nicht den Mut aufzubringen, die Herrin des Hauses aufzufordern, die Stube zu verlassen. Nach einigen Sekunden räusperte er sich.

»Wir müssen über das reden, was heute vorgefallen ist, Grauner.«

Er sprach flüsternd, so als ob im Nebenraum jemand lauern und horchen könnte.

»Alles, was Sie und Ihre Kollegen heute getan haben, ist gut und richtig, aber Ihnen fehlte eine entscheidende Information. Eine Information, die ich nun Ihnen und nur Ihnen …«

Kurz schaute er zu Alba, sie hatte eine ernste Miene aufgesetzt.

»… Ihnen beiden zukommen lassen werde. Das Opfer hat sich vor Wochen in einer … äh … Sache bei den Carabinieri in Bozen gemeldet. Diese … äh … Sache ist auf meinem Schreibtisch gelandet.«

Grauner, der eben noch in ein Stück Speck hatte beißen wollen, hielt inne.

»Höller wollte eine Aussage machen.«

Grauner schob sich den Speck in den Mund und kaute bedächtig.

»Er beschuldigte einen der Carabinieri im Dorf, einen gewissen Marco Dardelli, er würde Schwarzgeld kassieren.«

Meistens regte es Grauner auf, wenn Belli zwischen den Sätzen Pausen einlegte. Doch diesmal war es ihm ganz recht. So konnte er seine Gedanken sortieren.

»Ich muss zugeben, ich vermutete zuerst, es würde sich bei der Anzeige um eine Lappalie handeln. Wir kennen das ja, ein Carabiniere lässt sich vom Wirt auf dem Dorfplatz regelmäßig das Mittagessen spendieren, dafür darf der Wirt vor seinem Gasthaus im Halteverbot parken. Oder einer unserer Polizisten drückt beide Augen zu, wenn er einen Bauern im Geräteschuppen beim illegalen Schnapsbrennen erwischt, und lässt sich dafür ein Glas'l ausgeben. Oder er steckt einen Fünfziger ein, weil …«

Grauner brummte. Ja, solche Vergehen kannte er zur Genüge. Er war niemand, der sich mit so etwas herumschlagen wollte. Er glaubte nicht, dass die Welt eine bessere würde, wenn man jedes noch so kleine Vergehen, jeden harmlosen Fehltritt ahndete. Das war seine, für einen Polizisten auch durchaus unorthodoxe, Meinung.

»Aber es war mehr als das«, fuhr Belli fort. »Höller sagte aus, er habe einen anonymen Hinweis bekommen, dass er diesen Dardelli mal genauer beobachten solle. Er habe ihn daraufhin ein paarmal eingeladen, sich mit ihm und ein paar Freunden in der neuen Kegelbahn in St. Ulrich zu treffen. Sie hätten dann beim Kegeln, wie das eben so sei, über vieles gesprochen: Frauen, Geld, Sport. Höller habe versucht, Dardelli auszuquetschen. Er habe ihn beim dritten oder vierten Treffen nach ein paar Gläsern Wein gefragt, wie er sich seinen neuen Alfa-Stelvio-Quadrifoglio-Jahreswagen, 510 PS, habe leisten können. Bei dem schmalen Carabinieri-Gehalt. Dardelli habe etwas von einem Schnäppchen bei einem befreundeten Händler aus dem Trentino geschwafelt. Später, als sie dann nur noch zu zweit gewesen seien, nach der dritten Flasche Lagrein und dem vierten klaren Schnaps, da habe bei Dardelli die Zunge locker gesessen. Da habe er zu Höller gesagt: ›Du weißt schon, Klaus, dass das mit dem Alfa nicht stimmt. Dass ich mir so ein Teil eigentlich nie leisten könnte. Dass ich das Geld von der Mafia habe.‹«

Grauner wusste aus Erfahrung, dass schon so manches Geheimnis im Suff ausgeplaudert worden war. Aber er glaubte kein Wort von dem, was Belli da von sich gab.

»Was, Mafia?« Alba starrte den Staatsanwalt entsetzt an.

»Mafia? Bei uns in Südtirol? So ein Schmarrn!«, winkte Grauner ab.

In Bozen gab es durchaus ein paar Kleinkriminelle aus Süditalien, die sich immer wieder mal mit ein paar in Südtirol aufgewachsenen Ganoven stritten, gemeinsame Sache machten, einen Coup planten, Banküberfälle, Drogenhandel, Erpressung. Es war ihm bekannt, dass einige dieser Banditen Kontakte in Neapel, Kalabrien, Palermo hatten. Aber doch nicht bei der Mafia. Mafia! Das war doch etwas ganz anderes.

In Südtirol wurde gemordet, ja. Aber es gab hier keinen Schattenstaat. Keinen Vito Corleone. Keine Pferdeköpfe in den Betten. Nur Kalbsköpfe. In der Pfanne. Im *Vögele* in Bozen schmeckten sie ganz vorzüglich.

»Lassen Sie die Kirche mal im Dorf, Herr Staatsanwalt«, sagte Alba.

»Ich bin jetzt seit dreißig Jahren bei der Mordkommission«, sagte Grauner, »mit der Mafia hatte ich noch nie etwas zu tun.«

Belli schwieg, er fegte mit den Händen die Krümel auf dem Tisch zusammen, dann sprach er weiter.

»Dardelli wollte Höller anschließend anscheinend überreden, in das Geschäft einzusteigen. Höller tat zum Schein so, als hätte er Interesse.«

Grauner schenkte sich Wein nach, demonstrativ, nahm einen Schluck, stopfte sich noch mehr Speck in den Mund. Das Märchen konnte weitergehen.

»Dardelli erzählte Höller, dass er schon in Kalabrien, wo er aufgewachsen sei und seine ersten Jahre als junger Carabiniere verbracht habe, den lokalen Mafiabossen immer wieder mal seine Dienste erwiesen habe. Um ein bisschen was dazuzuverdienen. Mal da ein Auge zudrücken, mal dort ein Beweismittel verschwinden lassen. Er erzählte ihm außerdem, dass er hier in Gröden, wo er seit zwei Jahren seinen Dienst tue, weil er sich in Kalabrien beim Unterschlagen von ein bisschen Falschgeld habe erwischen lassen, von einem Kalabresen angesprochen worden sei. Vor einem halben Jahr etwa. Der Unbekannte habe ihm angeboten, zehntausend Euro zu zahlen. Und später vielleicht noch mal zehntausend. Er müsse ihm dafür nur ein paar Gefälligkeiten tun, ab und an.«

»Was für Gefälligkeiten?«, brach es aus Alba heraus.

Belli hob die Schultern. »Wir wissen es nicht.«

»Dottore, bei allem Respekt«, meldete sich Grauner nun wieder zu Wort, »das klingt mir alles zu sehr nach Cinecittà. Ich habe mich, wie Sie wissen, heute umgehört, einiges über den Toten in Erfahrung gebracht. Ich weiß nun, dass dieser Höller allzu gerne einer von uns geworden wäre. Polizist. Ich habe Tappeiner etwas herumschnüffeln lassen. Sie hat herausgefunden, dass Höller sich im Dorf gerne als Sheriff aufgespielt hat, jedem hinterherermittelt hat, sie hat auch im Polizeiarchiv einiges zu ihm gefunden. Immer, wenn er selbst nicht weiterkam, weil ihm als Dorfpolizist die Hände gebunden waren, hat er versucht, uns oder die Carabinieri einzuschalten. Er hat allein in den vergangenen zwei Jahren siebzehn Anzeigen erstattet.«

Er dachte kurz darüber nach, welche Anzeigen er nun erwähnen sollte.

»Er zeigte mehrmals einen Kutschenbesitzer an, der Touristen durch das Dorf fährt. Weil die Pferde auf die Straße scheißen. Er zeigte einen Verrückten aus dem Dorf an, der auch im Winter bei Schnee und Eis immer mit dem Fahrrad unterwegs ist. Weil das Fahrrad keine Winterreifen hat. Er filmte all diese Leute, schickte die Videos an die Behörden. Er zeigte Mittelschulkinder an, weil sie im Wald eine, wie er es nannte, *illegale Rodelbahn* errichtet hätten. Rodelnde Kinder! Belli …«

Der Staatsanwalt hob die Hände, bedeutete Grauner, zu schweigen.

»Grauner, ich habe Kollege Piero Marché auf den Fall …«

»Welchen Fall?!«, ging der Commissario dazwischen.

Der Staatsanwalt legte ihm beschwichtigend die Hand auf den Unterarm.

»Ich habe Marché auf den Fall, der lange keiner war, angesetzt. Der Sovrintendente hat Marco Dardelli beschattet.«

So, so, dachte Grauner. Ihm war gesagt worden, Kollege Marché mache eine Fortbildung in Österreich, in Krems an der Donau. Marché als verdeckter Ermittler? Grauner musste beinahe grinsen. Der schaffte es doch nicht einmal, seinen eigenen Schatten zu beschatten.

»Er hat beobachtet, wie Dardelli sich mit einem Unbekannten getroffen hat.«

»Mit einem Freund? Mit seinem Vater? Mit Marlon Brando? Mit Scarface? Mit Batman?« Grauner hob fragend die Augenbrauen.

Belli blieb ruhig, schaute noch nicht einmal böse.

»Er traf den Unbekannten nachts irgendwo außerhalb des Dorfes, am Waldrand. Marché konnte nicht viel erkennen. Er schätzte dessen Alter auf Mitte dreißig. Vierzig höchstens. Schlank, groß. Unauffällige Kleidung. Der Sovrintendente hat versucht, das Ganze zu filmen.«

Belli legte sein Smartphone auf den Tisch, tippte darauf herum, dann hielt er es Grauner hin. Alba stand auf und stellte sich hinter die beiden.

Erst sah man nichts. Nur gelbe, rote, braune Farbpunkte. Dann wurde das Bild etwas schärfer. Es zeigte einen Schotterparkplatz, im Hintergrund türmten sich abgeholzte Stämme. Irgendwo musste eine Lichtquelle sein, die Kamera schwenkte nach links, da leuchtete eine Laterne am Ende einer Straße. Im Schatten der Bäume standen zwei Männer. Einer der beiden war wohl Dardelli.

Wieder verschwamm das Bild, Marché zoomte heran, die beiden sprachen miteinander, schließlich wanderte etwas von einer Hand zur anderen. Eine Übergabe.

Ja, das konnte Geld sein, dachte Grauner, es konnte aber auch alles andere sein. Unterlagen, eine Packung Taschentücher, ein *Lustiges Taschenbuch.*

»Belli, noch einmal, mit Verlaub, wissen wir, wer der Unbekannte ist? Das könnte auch ein harmloses Treffen sein, vielleicht bereiten die zwei die Geburtstagsüberraschungsparty eines Freundes vor.«

Belli ließ sich nicht beirren.

»Ja, Grauner, das haben wir alles bedacht, und glauben Sie mir, bevor ich angeordnet habe, in diesem Holzstapel ein hochsensibles, teures Aufnahmegerät zu verstecken, um die beiden bei einem eventuellen erneuten Aufeinandertreffen abhören zu können, hatte ich einige schlaflose Nächte. Wollte ja schließlich nicht zum Gespött der anderen Staatsanwälte werden. Unser Kollege aus Südtirol lässt harmlose Waldheinis abhören!«

Abhören? Mit offizieller Genehmigung des Staatsanwalts? Der Commissario spürte, wie ihm das Blut aus dem Gesicht wich. Bislang dachte er, Belli hätte Marché heimlich ein bisschen ermitteln lassen. Schlimm genug. Aber offiziell?

Entweder war sein Vorgesetzter völlig übergeschnappt, oder er selbst war zu naiv und verblendet, um sich einzugestehen, dass es sich hier vielleicht tatsächlich um eine große Sache handelte. Abhören? Einen Carabiniere? Um sowas zu genehmigen, musstest du dir sehr sicher sein. Sonst wurdest du bestenfalls zum Gespött, schlimmstenfalls wurdest du versetzt, in irgendein Kaff, das noch kleiner war als Bozen.

Belli drückte weiter auf dem Handy herum. Startete ein neues Video. Gleicher Ort, andere Perspektive. Klareres

Bild. Erneut wartete ein Mann im Halbdunkeln des Waldes. Spitze Nase, kantige Wangenknochen. Dardelli wohl. Der zweite Mann kam ins Bild. Langsam, als spazierte er. Er war etwas größer als der Carabiniere, er trug eine Schirmmütze, tief ins Gesicht gezogen, sodass dieses nicht zu erkennen war. Sie grüßten sich nickend, die Hände in den Jackentaschen.

Eine Stimme. Gedämpft. »Hast du mit ihm gesprochen?«

Eine zweite Stimme. »Ja.«

»Und?« Für ein paar Sekunden war nur noch das Rauschen des Windes zu hören. »Macht er es?«

»Nein.« Dardelli senkte den Blick.

»Wie dumm von ihm. So wird er es sein, der stirbt. Wir werden für alles sorgen.« Beide hatten einen süditalienischen Akzent.

»Wir?« Dardellis Stimme klang gequält.

»Ja, du und ich.« Sie schwiegen.

»Wie viel?«, fragte der Carabiniere schließlich.

»Das Doppelte. Jetzt die eine Hälfte. Danach die zweite.«

Wie beim ersten Treffen wechselte etwas die Hand. Es war eine Plastiktüte. Dardelli öffnete sie, griff hinein, holte ein Geldbündel hervor. Noch eins. Es war zu vermuten, dass noch mehr in der Tüte steckte.

»Gut.«

Grauner starrte wortlos auf den Stubentisch, schob das Brett mit dem Speck von sich. Seine Gedanken rasten. *Wie dumm von ihm. So wird er es sein, der stirbt. Wir werden für alles sorgen.* Wie aus der Ferne drangen Bellis Worte zu ihm durch. »Wir haben Höller untersagt, weiterhin Kontakt zu Dardelli zu pflegen. Wir haben ihm untersagt, auf eigene

Faust zu ermitteln. Ich habe ihm angeboten, ihn unter Polizeischutz zu stellen.«

Grauner stand auf, ging in der Stube auf und ab, der Holzboden knarrte. »Wie hat der Mann reagiert?«

Belli steckte das Smartphone zurück in die Tasche. »Beleidigt. Ich bin mir nicht sicher, ob er sich des Ernstes der Lage bewusst war. Ob er sich an die Anweisung gehalten hat. Den Polizeischutz hat er abgelehnt.«

Grauner verzog ungläubig das Gesicht. Höller musste ein leichtsinniger Idiot gewesen sein, schlussfolgerte er, sonst wäre er nun wohl nicht tot.

12

Er lächelte möglichst freundlich, aber die Frau vor ihm beachtete ihn gar nicht. Er hielt nur ein Sixpack *Birra Moretti* und Grissini mit Basilikumgeschmack in der Hand.

Sie hatte den Einkaufswagen prall gefüllt mit Spaghetti, Salz, Suppennudeln, Mehl, Eiern, Brot, Essig, Öl, Wein, Hustensaft. Dosen mit Bohnen, Dosen mit Mais, Dosen mit Tomaten, Dosen mit Aprikosen, Dosen mit Katzenfutter, Dosen mit Hundefutter, Dosen mit Zwiebeln, Dosen mit Paprika, Dosen mit Pfifferlingen, Dosen mit Kichererbsen, Dosen mit Spargel, Dosen mit Karotten, Klopapier, zahllose Packungen Klopapier – so als stünde die Apokalypse bevor.

Als sie sich doch noch zu ihm umdrehte, schaute er ihr tief in die Augen. Gleich, so hoffte er, würde sie sagen: *Ach, junger Mann, Sie haben ja nur das Bier und das Knabberzeugs. Wollen Sie nicht …*

Aber nein, sie starrte nur böse zurück.

Langsam glitten die Produkte der alten Frau auf dem Band nach vorne zur Kassiererin, die gemächlich jedes Warenstück einzeln in die Hand nahm, es begutachtete, nach dem Barcode suchte und das Ganze dabei noch kommentierte.

»Spaghetti von *De Cecco*. Sind eh viel besser als die von *Barilla*, nicht?«

Sie schob die Packung lächelnd über den Scanner.

»Ach, ein Nudelsüppchen, das wärmt schön den Bauch bei diesem kalten Wetter, nicht, Frau Hintermoser?«

Frau Hintermoser nickte.

»Wein. Zum Wohl, Frau Hintermoser. Hustensaft? Gute Besserung, Frau Hintermoser.«

Saltapepe musterte die Umgebung. Er wusste, was in solchen Situationen zu tun war: Am besten war es, einfach alles stoisch zu ertragen.

Seine Silhouette spiegelte sich schemenhaft in den dunklen Scheiben der Glasfront des Supermarktes. Er fuhr sich durchs Haar, das etwas zerzaust war. Er sah hinter sich in den Regalreihen eine Gruppe Skitouristen, Studenten wohl. Sie johlten und sangen. Auf Russisch. Sie stapelten Wodkaflaschen in zwei Einkaufswagen.

Zumindest warten die nicht auch vor dir in der Reihe, dachte er sich. An der Kasse nebenan stand eine Frau im Pelzmantel, sieben Champagnerflaschen im Einkaufskorb und einen Stangensellerie. Er fragte sich, was sie wohl vorhatte. Selleriesuppe in Champagnersud?

Auf dem Platz vor dem Supermarkt parkten ein tiefergelegter Opel, zwei VW-Caddys, ein schmutziger Pick-up, ein Fiat Multipla, das hässlichste Auto, das Fiat jemals gebaut hatte. Es hatte sich zugezogen, es schneite sanft, gelbe und rote Lichter flitzten durch die Nacht. Neben dem Fiat stand eine glänzende Honda. Der Blick des Ispettore blieb daran hängen. Was für eine Schönheit. Ein Motorrad wie ein schwarzes Ross.

Er kannte das Modell. Das war eine *Dominator NX 650*. Das Lieblingsmotorrad aller Polizisten und Mafiosi in Neapel. Er war selbst einmal so eine gefahren. Ein befreundeter Mechaniker hatte ihn zu einer Spritztour an der Amalfiküste eingeladen. Was für eine Power diese Maschine hatte. Er erinnerte sich noch immer an das Gefühl der Macht, als er auf ihr saß.

Gerade überlegte Saltapepe, wem diese Maschine hier in diesem Tal wohl gehören mochte, da sah er eine junge Frau aus dem Schatten der Bäume, die den Parkplatz säumten, hervortreten.

»Der Nächste bitte …«

Die Frau war schlank und groß.

»Hallo, Sie …«

Braun gebrannt im Gesicht.

»Junger Mann, hallo …«

Die leicht gewellten blonden Haare fielen ihr über die Schultern und die schwarze Motorradjacke.

»Sie mit dem Bier und den Grissini. Sie sind dran …«

Die Frau ging zur Honda, setzte den Helm auf, nahm Platz, startete die Maschine.

»Junger Mann, wollen Sie das Bier und die Grissini jetzt kaufen oder nicht, sonst lassen Sie bitte die Buben und Mädchen mit dem Schnaps vor.«

Saltapepe war, als stünde die Welt still. Seine Gedanken rasten. Cleo Garebani. Die Tochter des Camorra-Bosses Giorgio Garebani, *U Lunatico*. U Lunatico, der Launenhafte, der für den Tod seines Bruders verantwortlich war, U Lunatico, den er, damals noch als Polizist einer Spezialeinheit, im Hinterland von Neapel eigenhändig gefasst hatte, U Lunatico, der schuld daran war, dass er nun hier in Südtirol saß, weil ihm alle Sicherungen durchgebrannt waren. U Lunatico. Der ihm Rache geschworen hatte.

Der Ispettore hatte U Lunaticos Tochter Cleo Garebani, die alle nur *A' silenziòs* nannten, weil sie stumm war wie ein Fisch, nie kennengelernt, aber er kannte die Geschichten über sie.

Und nun war sie hier. In Gröden. In Südtirol. Nein, das konnte kein Zufall sein. Er hatte sich immer gefragt, ob sie sich eines Tages für ihren Vater rächen würde. Ob sie seine Identität herausfinden und ihn aufsuchen würde. Er hatte anfangs immer ein mulmiges Gefühl gehabt, wenn er nach Neapel zurückgekehrt war, um seine Mutter zu besuchen. Er wusste zwar, dass sein Name nie publik geworden war, sein Ausraster vertuscht worden war, auch sein Gesicht war nie in einer Zeitung abgedruckt worden. Doch er wusste ebenso, dass die Camorra Spitzel bei der Polizei hatte. Dass die Camorra immer irgendwie Mittel und Wege fand, um sich zu rächen. Absolute Sicherheit gab es nicht. Mit den Jahren jedoch war das mulmige Gefühl schwächer geworden. Nun packte ihn die Panik.

Die schwarze Honda Dominator verschwand im Dunkeln. Und Saltapepe wusste, dass auch er verschwinden musste. Noch heute Nacht.

13

Grauner hatte sich wieder hingesetzt, er starrte in den Herrgottswinkel. Ihm war nun klar, dass Belli nicht übertrieben hatte, dass es mal wieder um viel mehr ging als einen stinknormalen Provinzmord.

Organisierte Kriminalität. Die Mafia – wer sonst? In Südtirol.

Natürlich wusste er, dass die Mafia längst nicht mehr nur ein süditalienisches Problem war. Er las die Zeitungen, verfolgte die Nachrichten, er bekam mit, was in der Welt vor sich ging. Spätestens als die kalabrische 'Ndrangheta vor einem italienischen Restaurant in Duisburg sechs bestialische Morde begangen hatte, war allen klar geworden, dass die Mafia auch außerhalb von Italien ihr Unwesen trieb. In Deutschland. Europa. In der ganzen Welt. Ja, aber Südtirol? Ihm war noch nie zu Ohren gekommen, dass es hier jemals einen Mafiamord gegeben hätte. Und er hatte es sich bis vor wenigen Minuten auch nicht vorstellen können.

Was wollten die hier?

Der Staat Italien führte einen Krieg gegen die Mafia. Und im Krieg gab es vieles, das im Versteckten stattfand. Von dem man nichts mitbekam.

Für die Mafia war er als kleiner Provinzcommissario nicht zuständig.

Eigentlich.

Er schaute besorgt zu Alba, sie hatte den Kopf gesenkt.

»Gut«, sagte er dann, »lassen Sie uns alle zusammentrommeln, gleich morgen in der Früh. Wir müssen alle, die an den Ermittlungen beteiligt sind, informieren. Am besten bilden wir eine interne Sonderkommission. Wo ist Marché jetzt?«

»Nein, Grauner.«

Nun war der Staatsanwalt aufgestanden, stützte sich auf der Tischplatte ab.

»Ich habe mich nach Marchés Beschattungserfolg mit den Kollegen von der *DIA* kurzgeschlossen«, fuhr der Staatsanwalt fort. Belli schien Albas fragenden Blick bemerkt zu haben.

»*DIA*, das ist die *Direzione Investigativa Antimafia*, eine Sondereinheit aus Staatspolizei, Carabinieri und Guardia di Finanza, mit Sitz in Rom. Sie haben daraufhin Ermittlungen aufgenommen …«

»W… was … was haben sie herausgefunden?«, fragte Grauner dazwischen.

Belli zuckte mit den Schultern. »Ich bin raus. Wir sind raus. Nach dem heutigen Leichenfund haben die Kollegen von der *DIA* zunächst angeordnet, dass wir die Ermittlungen zum Schein weiterführen sollen. Vorhin habe ich aber aus Rom die Nachricht bekommen, dass uns der Mordfall offiziell entzogen wurde.«

»Was ist mit diesem Dardelli? Wo ist er? Wird er verhört?«

Erneut hob der Staatsanwalt die Schultern. »Marché hat noch am Nachmittag nach ihm gesucht, ihn aber nicht gefunden. Der Mann scheint verschwunden zu sein. Das ist nun das Problem der Kollegen.«

Er beugte sich tiefer über den Tisch, die Lampe warf Schatten auf sein Gesicht.

»Sie, Grauner, ich, wir alle sind aus dieser Sache raus. Und ich bin froh darüber. Ich bin froh, meine Schäfchen vom Schlachtfeld rufen zu können. Ich will niemanden verlieren.«

Er senkte den Kopf.

»Die anderen, Saltapepe, Tappeiner, Weiherer, sie brauchen von alldem nichts zu erfahren. Je weniger sie wissen, desto besser. So lautet auch die Ansage aus Rom. Ich werde morgen früh verkünden, dass die Mordermittlungen nun doch von den Carabinieri übernommen werden. Das werden sie schlucken.«

Grauner spürte Ärger in sich aufsteigen.

Wenn er etwas nicht mochte, dann, dass Fälle, derer er sich angenommen hatte, ihm wieder weggenommen wurden.

»Aber …«, er stockte.

Jetzt erst fiel ihm sein Plan für den morgigen Tag wieder ein. Und was er vorhin hatte machen wollen, bevor ihn Belli überrascht hatte. Für kurze Zeit hatte er sogar vergessen, dass Sara verschwunden war. Er schluckte, sortierte die Gedanken, bevor er weitersprach.

»Gut, einverstanden. Es ist nicht mehr unser Fall. Das kommt mir eigentlich sehr gelegen, Dottore.«

Belli schaute irritiert.

»Ich … äh … wollte eh ein paar Tage Urlaub nehmen, ich bin … irgendwie … ausgebrannt.«

Er konnte selbst kaum glauben, was er da gerade sagte. Ausgebrannt. So ein moderner Blödsinn. Bauern waren nicht ausgebrannt. Na gut, Weinbauern vielleicht. Aber Viechbauern? Niemals!

Er stand auf, Belli auch. Der Staatsanwalt hatte Albas Hand ergriffen, ihr einen Kuss darauf gehaucht.

»Signora Grauner.«

Dann waren die beiden Männer durch den dunklen Flur zur Tür gegangen. Der Staatsanwalt hatte dem Commissario noch auf die Schultern geklopft. »Nehmen Sie Urlaub, Grauner, so viel Sie wollen. Ruhen Sie sich aus. Kommen Sie zu Kräften.«

Sie reichten sich die Hände.

Der Commissario wartete, bis der Dienstwagen des Staatsanwalts hinter der ersten Kurve verschwand.

Er schaute auf die Uhr. Es war bald Mitternacht. Nun war es zu spät, um noch zu Filippi zu fahren.

14

Sie zwängten sich zwischen den Autos hindurch, die vor den Baustellenzäunen parkten. Sie liefen Slalom um die Motorräder herum, die den Zugang zur Treppe beinahe versperrten. Sara stieß an eine schwarze Honda, die direkt vor dem Eingang stand. Der Lenker bohrte sich in ihre Hüfte.

Sie schrie kurz auf.

Sie gingen die steilen, rutschigen Treppen hinab. Auf den Stufen lagen Zigarettenstummel. Die graue Mauer war mit Graffiti bekritzelt.

Forza FC Südtirol.

Sex, Drugs & Skifahren.

Fuck Knödel.

Bozen sucks.

Es stank nach Urin. Sara tastete nach Mickeys Hand, fand sie, sie war kalt. Sie fuhr ihm durchs rosa gefärbte Haar.

Um sie herum lärmte es. Das Bahnhofsviertel von Bozen war eine gigantische Baustelle, seit Monaten schon. Es wurde abgerissen. Bald würden hier neue glitzernde Einkaufstempel, Luxuswohnungen und Hotels stehen. Bald würde es all das nicht mehr geben, auch nicht diesen alten Hinterhof, in dem sich die Halbwelt und die Jugendlichen trafen, die lieber in der Spielhölle am Ende der Treppe ihren Vormittag verbrachten als im Klassenzimmer.

Sie waren lange nicht mehr hier gewesen, hier, wo sie so viele Stunden Billard gespielt hatten, während ihre Mitschüler ein paar Straßen weiter über den Büchern saßen. Sie hatten sich eigentlich geschworen, nicht mehr zu schwänzen.

Sie hatten den Schwur brechen müssen.

Sara und Mickey standen vor der schweren Metalltür.

Sie schauten sich kurz an, er nickte.

Die Tür öffnete sich mit einem Knirschen. Sie schoben einen dicken, dunklen Vorhang beiseite. Warme, stickige Luft drang ihnen entgegen.

Um diese Zeit, spätabends, waren keine anderen Schüler hier. Hinten bei den Spielautomaten hatten sich ein paar Bauarbeiter versammelt. Bierflaschen in den Händen. Einer spielte, die anderen feuerten ihn an.

Sie liefen an den Billardtischen vorbei. Zwei ältere Männer stritten über irgendeinen Spielzug.

Hinter der Theke stand Joe, er stand schon morgens da, er stand immer da.

Sie gingen auf ihn zu.

Er nickte. Ihre Gesichter mussten ihm bekannt vorkommen, auch wenn sie schon lange nicht mehr hier gewesen waren. Vor drei Jahren hatten sie regelmäßig geschwänzt. Sie hatten immer hinten am Tisch neben der Theke gespielt. Sie hatten Wein mit Cola getrunken.

Sara nahm all ihren Mut zusammen.

»Wo ist Gianni?«, fragte sie Joe.

Er stellte das Glas ab, das er gerade poliert hatte.

»Wer will das wissen?« Er blieb freundlich.

Sie zeigte auf sich selbst, auf Mickey. »Wir sind Freunde von Sabine. Wir sind in ihrem Auftrag hier.«

Er schnalzte mit der Zunge.

»Und was will Sabine von Gianni?«

»Wir müssen mit ihm reden«, sagte Sara.

Nun räusperte sich auch Mickey.

»Wir möchten ihm etwas geben, das ihm gehört. Als Gegenleistung erwarten wir, dass er etwas für uns tut. Uns etwas verspricht.«

Nun grinste der Barmann. Antwortete aber nicht.

Sara öffnete die Tasche ihrer neongelben Jacke, sodass Joe sehen konnte, was sich darin verbarg. Sie zeigte ihm das Paket, sie zeigte ihm auch das Geldbündel.

Joes Augen blitzten kurz auf.

»Wartet hier«, sagte er.

Dann verschwand er im Hinterzimmer.

Die Bauarbeiter bei den Computern lachten und prosteten sich zu.

Die alten Männer am Billardtisch spielten schweigend. Nur ab und an war ein leises Klacken zu hören.

Joe kam zurück, legte den beiden einen Zettel hin.

»Schreib mir deine Nummer auf«, sagte er zu Sara.

Sara schluckte. Mickey zog am dicken Goldring, der an seinem rechten Ohr hing. Das machte er immer, wenn er nervös war.

Sie schrieb. Schob dem Mann den Zettel hin.

»Wir melden uns«, sagte er.

15

Er wartete. Viele Stunden. Am Waldrand, versteckt in den Büschen, von dort aus konnte er das Nachbarhaus sehen. Er hatte den alten Rucksack mit dem Notwendigsten gepackt. Er hätte hinunter ins Dorf gehen können, in die Gemeinde, zur Feuerwehr, er hätte allen alles erzählen können. Er hätte den Helden spielen können, doch das wollte er nicht. Er war ein Hosenscheißer, das wusste er.

Aber wer würde nicht in Panik geraten, sagte er sich immer und immer wieder, wenn der Nachbar und ein Carabiniere tot im Garten lägen, eiskalt erschossen. Der Wald gab ihm ein Gefühl von Sicherheit. Ein bisschen zumindest. Er starrte hinaus, stundenlang. Nichts tat sich. Hätte der Wind nicht die Äste der Bäume bewegt, hätte man meinen können, das alles wäre nur gemalt. Ein romantisches Aquarell – mit ein paar grausamen Farbtupfern, mit den Leichen zweier Männer neben dem morschen Holzzaun, zwischen den kahlen, schneebedeckten Gemüsebeeten.

Als es bereits dämmerte, setzten sich Raben auf die Spitzen der Zaunpfähle, sie krächzten mit zuckenden Köpfen, sie lugten zu den Toten hinab, sie erhoben sich, landeten auf der Wiese. Hüpften vom einen und zum anderen, zerrten am Hemd des toten Nachbarn, dann flogen sie weg, kamen wieder. Setzten sich auf den Zaun. Warteten.

Hinteregger erinnerte sich an die Zeit zurück, als ihm die anfangs noch so fremden Nachbarn zu Freunden geworden waren. Weil er es irgendwann einfach nicht mehr ausgehalten hatte vor Neugierde.

Warum hatte es den Mann und seine Familie in dieses Dorf verschlagen? Wo fuhr er morgens früh hin? Wo war er gewesen, wenn er abends, oft erst nach Einbruch der Dunkelheit, zurückkam? Verkaufte er tatsächlich, wie er behauptete, Haushaltswaren? Warum redete seine Frau nicht mit den anderen Frauen im Dorf, mit den Müttern der anderen Kinder aus der Grundschule?

Auch die Tochter, Caterina, sprach wenig, selbst im Italienischunterricht schwieg sie. Die anderen Kinder ließen sie in Ruhe, so viel hatte Hinteregger erfahren. Das hatten ihm, dem pensionierten Witwer, die Eltern im Dorf erzählt, mit denen er ratschte, wenn er sie traf, bei der freiwilligen Feuerwehr, beim Männerchor oder im Dorfmuseum, in dem er an der Kasse aushalf, zusammen mit einer Mutter, deren Tochter neben der Tochter des ihm so fremden Nachbarn saß.

Es war ihm so lange ein Rätsel gewesen, warum solche Leute, Leute vom Meer, hier zu ihnen in die Berge zogen. Was wollten sie hier? Viele zogen vom Süden in den Norden, ja, nach Mailand, Turin, vielleicht auch nach Bozen, sie zogen in die Städte, sie ließen sich in Vierteln nieder, in denen schon andere aus ihrer Gegend lebten, sie versuchten, den Süden in den Norden zu holen, kauften in Geschäften ein, welche die Früchte und Spezialitäten aus der Heimat im Sortiment hatten. Orangen statt Äpfeln, Limoncello statt Treber, Nero d'Avola statt Vernatsch.

Aber hier oben, zwischen all den leeren Höfen, die selbst die Bergbauern aufgegeben hatten, die sie über Jahrhunderte bewirtschaftet hatten? Was wollten sie hier? Tief in ihm drin war da immer schon eine Ahnung gewesen, ein dunkler, aber schrecklich einfacher Gedanke: dass diese

Cecconis hier waren, weil sie den Süden hatten verlassen müssen. Sie versteckten sich hier oben auf dem Berg. Sie hatten vielleicht etwas Böses getan – oder etwas Gutes. Sie waren auf der Flucht. In Gefahr. Sie hüteten ein Geheimnis. Das musste es sein. Der Gedanke an dieses Geheimnis hatte ihn nicht schlafen lassen, ihn, der immer alles wissen wollte, wissen musste.

Er hatte den Cecconis irgendwann einfach etwas Gemüse und ein paar Eier vorbeigebracht. Sie hatten ihn auf einen Teller Pasta und auf eine Flasche Nero d'Avola eingeladen. Paolo, der Vater, war dann immer öfter zu ihm in die Stube gekommen. Bei einem Glas Vernatsch, bei Speck und Schüttelbrot hatte er irgendwann von seiner Vergangenheit erzählt. Sein Geheimnis ausgepackt. Dabei keine Miene verzogen, so als ob er eine Maske trüge.

Paolo Cecconi hatte Hinteregger das Versprechen abgerungen, alles für sich zu behalten. Hinteregger hatte es ihm zugesagt, ja, er ratschte für sein Leben gerne, aber er war auch einer, der den Mund halten konnte. Meistens jedenfalls, fast immer. Mit ein paar kleinen Ausnahmen, ganz sicher.

Als es fast völlig dunkel war, streunte ein Schäferhund ums Nachbarhaus, an einer Stelle, an der zwei Latten des Zauns etwas weiter auseinanderstanden, zwängte er sich hindurch. Hinteregger kannte das Tier. Dieser Hund war ein Streuner. Er streunte durchs Tal, durch den Wald, er ernährte sich von dem Inhalt der Biotonnen, manchmal riss er eine Henne, es wunderte ihn, dass ihn noch kein Jäger oder Bauer erschossen hatte.

Der Hund schnupperte sich durch das Beet, schnupperte

sich an die beiden Toten heran. Die Dunkelheit erschwerte Hinteregger bald die Sicht, aber er glaubte zu erkennen, dass das Tier dem toten Cecconi übers Gesicht schleckte, sich dann neben die beiden Leichen setzte, den Kopf reckte. Ein Heulen wie das eines Wolfs erklang.

Kurz darauf zerrte der Schäferhund an den Hosenbeinen der Leichen.

Hinteregger trat hinter den Baumstämmen hervor, lief auf das Nachbarhaus zu, schrie, klatschte.

»*Gsch, gsch*! Weg mit dir, du Biest!«

Schneeflocken trieben durch die kalte Luft, doch irgendwo stach der Mond hinter den Wolken hervor, Hinteregger trat durch das kleine Tor, das die Mörder hatten offen stehen lassen, das der Wind in den vergangenen Stunden immer wieder krachend gegen den Gartenzaun geworfen hatte. Der Hund schreckte auf, knurrte, jaulte, floh in den Wald.

Hinteregger, der Witwer, der Pfarrersgehilfe, der Feuerwehrmann, hatte schon oft in seinem Leben einen Toten gesehen. Den Brunner Hans, der als Bub beim Eislaufen im Weiher am Dorfrand eingebrochen war, sie hatten ihn erst nach Stunden gefunden, leblos im eisigen Wasser. Den eigenen Großvater, der sich mit der Büchse in den Kopf geschossen hatte, nachdem ihm der Dorfarzt gesagt hatte, dass sein Körper voll mit Metastasen sei, dass er nur noch ein paar Wochen zu leben habe. Den Kostner Martin, der am steilen Hang mit dem Traktor umgekippt war. Den besoffenen Skifahrer vor sieben Wintern, der kerzengerade gegen einen Baum am Pistenrand gerauscht war.

Hinteregger packte die beiden Toten an den Beinen. Weil

man die Toten ja nicht einfach so daliegen lassen konnte, weil sie von den Raben und wilden Hunden und womöglich auch den Wölfen und Bären gefressen werden würden. Erst bewegten sich die beiden nicht vom Fleck, dann, ruckartig, rutschten sie über den verschneiten Boden, er zog sie zum Schupfen, wie Südtiroler Bauern ihre Scheunen nannten. Er schob die Holztür auf, sie knirschte ein wenig, er beförderte die Leichen ins Innere.

Hinteregger holte die Taschenlampe aus dem Rucksack, leuchtete umher, an der hinteren Wand standen einige Holzkisten, er öffnete eine davon, darin lagen dreckige, muffige Decken, er öffnete eine zweite, darin befand sich altes, verrostetes Werkzeug, er öffnete eine dritte, sie war leer. Er hievte die Toten in die leere Kiste, legte eine Decke darüber.

Dann verließ Hinteregger den Schupfen, lief durch das Schneegestöber, stieg die Treppen zur Haustür hinauf. Sie war nur angelehnt. Weinend hob er das Mädchen hoch, das im Flur lag, trug es durch die Zimmer. Er küsste Caterinas Wangen, das verkrustete Blut auf ihrer Stirn, er fand ihre Mutter im Bad, in einer Blutlache liegend. Verstreut um sie einige rostige Nägel.

Er ging ins Schlafzimmer, legte das Kind ins Ehebett, er schulterte Marta, legte sie daneben, er platzierte die Hand der Mutter auf der Hand ihrer Tochter. Dann zog er die Decke über sie und betete.

Als er über die Wiese hinüber zum Wald lief, dachte er an die Nägel, die im Badezimmer gelegen hatten. Was hatten sie zu bedeuten? Er hoffte, die Streichhölzer waren im Rucksack nicht feucht geworden. Dann würde er oben, in der Höhle unter den Felsen, ein schönes Feuer entfachen können. Er umklammerte den Zettel, den ihm Höller tags zuvor zugesteckt hatte. Das Stück Papier mit dem Internetlink darauf.

17. Januar

1

Tappeiner schreckte aus dem Schlaf hoch, einige Sekunden lang wusste sie nicht, wo sie sich befand, was sie geweckt hatte. Es war ihr, als hätte sie beim ersten Augenaufschlag einen Schatten am Bett vorbeihuschen sehen.

Sie hörte Geknatter. Maschinengewehre. Schreie. Hubschrauber. Explosionen. Bomben.

Eine Stimme, die gegen den Lärm anschrie: »Es gibt nichts auf der Welt, das so riecht. Ich liebe den Geruch von Napalm am Morgen. Weißt du, einmal haben wir einen Hügel bombardiert ...«

Tappeiner setzte sich aufrecht hin, fasste sich an den Kopf, sie kniff sich in die Wangen. Langsam kam sie zu sich, langsam dämmerte ihr, wo sie war. Gröden. Wolkenstein. Das Hotel. Sie sah zum Fernseher, tastete nach der Fernbedienung, drückte den roten Knopf. Der Lärm brach ab.

Im Zimmer war es dunkel, nur ein schmaler Lichtschein fiel aus dem Badezimmer in den Raum.

»Claudio.« Kaum mehr als ein Krächzen entwich ihrem Mund.

Sie tastete das Federbett nach ihrem Handy ab. Sie fand es, hielt es sich vors Gesicht.

02:33 Uhr.

Verdammte Scheiße.

Hastig sprang sie aus dem Bett. »Claudio!«

Sie ging die paar Schritte zur Badezimmertür, atmete tief ein, stieß sie auf.

Das Bad war leer. Sie drehte sich um, suchte nach dem Lichtschalter, drückte darauf, es wurde hell. Sie sah, dass die Tür zum Hotelflur offen stand.

»Ist hier jemand?«, sagte sie mit fester Stimme.

Sie hörte Schritte auf der Treppe, hastig, holpernd. Sie entfernten sich.

Tappeiner lief auf den muffigen Flur hinaus.

2

»Ich würde das nicht machen«, sagte sie mit strengem Ton. So streng, dass er keine Sekunde glaubte, sie würde scherzen.

Er kam sich vor, als spielte er die Hauptrolle in einem dieser neuen Fernsehkrimis, die Alba manchmal schauen wollte, weil sie keine Lust auf die alten Derrick-Folgen hatte, die Grauner auf VHS-Kassetten hortete.

Er hatte eine der beiden Tupperdosen in die eine Hand genommen, eins von Filippis Seziermessern in die andere, er wollte eines der Päckchen aus der Tupperdose nehmen, anritzen.

»Warum nicht? Ich dachte, das macht man so«, sagte er.

Sie antwortete nicht, nahm ihm zuerst das Messer, dann die Dose aus der Hand, hielt sie ins Licht der Neonröhren. Ihre Miene verfinsterte sich.

»Mit so etwas, Grauner …«, sie wedelte mit der Tupperdose, »… geht man nicht zur Gerichtsmedizinerin, weil Gerichtsmedizinerinnen sich um Tote kümmern, nicht um Drogen. Damit geht man ins Labor, zu Weiherer, verstanden?«

Ja, er glaubte, verstanden zu haben. Filippi hatte ihre Tablettensucht überwunden. Sie trank keinen Schluck Alkohol mehr. Sie fühlte sich unwohl in der Gegenwart von Drogen. Sie wollte nicht daran schnuppern, nicht ihren Finger in den Stoff stecken, den Stoff nicht probieren.

Sie sah jünger aus. Nach allem, was er wusste, ging es ihr so gut wie nie zuvor. Er hatte von einem befreundeten Arzt aus der Pädiatrie gehört, sie würde sogar Sport treiben. Joggen, dreimal pro Woche. Er hatte es ihm nicht geglaubt. Dafür kannte er sie zu gut. Er vertraute ihr, er wusste, sie würde ihn nie verraten. Deshalb war er hier. Weiherer hätte Fragen gestellt, sie stellte keine Fragen. Sie hatte seinen Blick richtig interpretiert. Kein Wort zu niemandem.

Sie hielt die Dose immer noch ins Licht, besah sich den Stoff von Nahem, nahm eines der Tütchen, schüttelte es. Er kam sich zunehmend blöd vor. Wie bei einer Weinverkostung. Was war sie, Kokain-Sommelière?

»Mehl wird das schon nicht sein«, murmelte er und hoffte es doch gleichzeitig.

Vielleicht war das alles doch nur ein blödes Missverständnis. Vielleicht hortete seine Tochter, seine kleine Sara, die gestern noch, so kam es ihm vor, mit dem Playmobil-Bauernhof gespielt hatte, doch kein Kokain in ihrem Kinderzimmer. Vielleicht war das, was sich in diesem Päckchen befand, etwas völlig anderes. Traubenzucker.

»Das scheint mir kein Kokain zu sein, Grauner«, hörte er Filippi sagen.

Er atmete langsam ein und aus. Schloss die Augen. Dankte dem lieben Gott. Traubenzucker, ganz bestimmt.

»Ich hoffe, ich irre mich, aber ich fürchte, das ist viel, viel schlimmeres Zeug.«

Er hielt den Atem an, öffnete die Augen. Verfluchte den Allmächtigen.

»Woher hast du das, Grauner?«

Er antwortete nicht. Filippi schritt zu einem ihrer Schränke, kam mit Plastikhandschuhen, Mundschutz und einem daumengroßen Döschen zurück, steckte eines der Plastiktütchen in das schwarze Behältnis und ließ es in ihre Tasche gleiten. Sie schnappte sich die beiden Tupperdosen und ging damit zu den Leichenschränken.

Kurz schien sie zu überlegen, welchen der Schränke sie öffnen sollte, dann entschied sie sich für den ersten in der unteren Reihe, legte die beiden Dosen neben die Füße des Toten und schloss den Schrank wieder.

Sie ging zu Grauner zurück, ihre Schritte quietschten auf dem grünen Fliesenboden. Sie notierte etwas auf einem Zettel und gab ihn dem Commissario.

»Ich schicke das gleich mit einem Fahrradkurier zu ihm, er kennt sich besser damit aus.«

Grauner schaute auf den Zettel.

Dr. Johann Jenny, Talfergasse 2, stand da.

3

Sie schaute hinaus auf die Straße, dann wieder auf die Uhr. Es war drei Minuten nach halb acht. Er hatte um halb kommen wollen. Sie kratzte mit dem Löffelchen in der Espressotasse. Sie hatte einen Kaffee getrunken, aus Langeweile. Nicht weil er ihr schmeckte, nicht weil sie ihn brauchte, sie trank kaum Kaffee, alles, was sie morgens brauchte, war ein Glas frisch gemolkene Milch.

Sie hatten abgemacht, dass sie hier, in dieser Bar in der Freiheitsstraße auf der Westseite der Talferwiesen, wartete, während Grauner die Tupperdosen ins Spital zu Filippi brachte. Danach würden sie gemeinsam zu Saras Schule gehen, die gleich um die Ecke lag.

Draußen auf der Straße platschte Schneeregen auf die Fahrbahn, die Lichter der Autos, Motorräder und Busse zuckten, die Fußgänger hatten ihre Wintermantelkragen hochgezogen, sie hielten die Köpfe unter Regenschirmen versteckt, sie stapften mit dicken Schuhen durch Pfützen. Im Park hinter dem Siegesdenkmal hatte ein Obdachloser unter einer großen Platane Kartons ausgelegt, auf einem Campingkocher bereitete er sein Frühstück zu. Neben ihm stand ein Schneemann. Die Augen und der Mund bestanden aus Kronkorken, eine Karotte, die einst wohl die Nase war, lag am Boden. Zwei Krähen stritten sich darum.

Alba fühlte sich nicht wohl hier in der Stadt und doch faszinierte sie das Treiben. Sie verstand das alles nicht. Sie verstand nicht, wie das alles funktionieren konnte. So viele Menschen auf einem Haufen. Wie konnte es sein, dass sie sich nicht ständig die Köpfe einschlugen? Und Bozen war noch nicht einmal eine besonders große Stadt.

Manchmal träumte sie davon, in einer Stadt zu wohnen, es waren Albträume, aus denen sie immer schweißgebadet aufschreckte. Grauner sagte, diese Träume würden sie heimsuchen, weil sie sich immer diese Realityshow auf *ORF 2* anschaute. *Dorf vs. Stadt.* Immer mittwochs um zwanzig Uhr. Sie war süchtig danach. Da traten Dorfmenschen und Stadtmenschen in einem Spiel gegeneinander an. Mal ging es darum, wer schneller Holz hacken konnte, wer schneller aus einem dunklen Wald hinausfand, wer bei einer Blindverkostung frische Milch von verpackter unterscheiden konnte. Mal ging es darum, wer sich mehr Haltestellen einer Buslinie einprägen konnte, wer auf einem Wühltisch voller T-Shirts das mit dem größten Preisnachlass auf dem Etikett fand oder wer besser den Geruch einer Tiefgarage und eines U-Bahn-Schachts unterscheiden konnte.

Meistens gewannen die Dorfmenschen, in allen Kategorien. Im Finale musste der Stadtmensch für eine Woche aufs Dorf ziehen, der Dorfmensch in die Stadt. Meistens gab der Stadtmensch noch vor Ende der Woche auf.

Alba hatte es immer gereizt, da einmal mitzumachen, sie glaubte, so könne sie ihre Albträume vielleicht loswerden. Aber sie hatte sich bislang nicht getraut, Johann von der Idee zu erzählen. Ein Kamerateam eine Woche lang auf dem Graunerhof, sie war sich sicher, er würde sich bestenfalls scheiden lassen, schlimmstenfalls einen Herzkasper erleiden.

In der letzten Nacht hatte sie nicht von der Stadt geträumt, denn in der letzten Nacht hatte sie gar nicht geschlafen. Die Sorge um Sara ließ sie nicht los, sie erlaubte ihr nicht, wegzudämmern.

Wieder schaute sie nervös auf die Uhr. Acht nach halb, sie konnte nicht mehr untätig herumsitzen. Er würde schon nachkommen. Sie legte drei Fünfzigcentstücke auf den Tresen, zog den Mantel an, drehte sich zur Tür.

»Uno e settanta, signora«, sagte die Kellnerin freundlich.

»Was?«

Ungläubig kramte Alba noch ein Zwanzigerle aus der Manteltasche. Sie hätte nie gedacht, einmal in einer Welt zu leben, in der ein Schluck Kaffee so viel kostete.

»Wissen Sie, junge Frau, wie viele Eier ich verkaufen muss, um …«

Die Kellnerin hatte sich schon wieder umgedreht, zu einem Stehtisch, wo zwei Bozner Damen in feinen Wollmänteln sich mit Sektgläsern zuprosteten und sich Kekse zwischen die lippenstiftroten Lippen steckten.

Sie lief den verschneiten Bürgersteig an den Talferwiesen entlang. Sie hätte nicht gedacht, dass es auch hier unten in der Stadt so viel schneite. Ihre Socken waren durchnässt, sie spürte die Tropfen im Kragen, doch es machte ihr nichts aus.

Sie erreichte den Eingang der Schule, sah sich um, kurz hoffte sie, Sara zu entdecken. Sie fragte sich, was sie dann tun würde. Die Schüler drängten ins Gebäude, Alba ließ sich von der Masse mitziehen, sie fühlte sich unwohl inmitten des Gedränges. Sie sah das Sekretariat, überlegte kurz, hineinzugehen, doch einfach dort nach Sara zu fragen. Oder zumindest nach der Adresse von Mickeys Mutter.

Aber sie verstand Grauners Sorge, dass die ganze Schule mitbekommen könnte, dass Sara da in etwas hineingeraten war. Außerdem stand eine lange Schlange von Schülern vor der Sekretariatstür. Alba ging weiter.

»Wo finde ich die 5A?«

Das Mädchen, das Alba angesprochen hatte, zeigte zum Ende des Flurs. »Letzte Tür links.«

Alba bedankte sich und schloss sich einer Gruppe Jugendlicher an, die in dieselbe Richtung liefen. Sie spähte ins Klassenzimmer. Der Raum war noch halb leer. Sie kannte nur wenige von Saras Klassenkameraden, keinen der Anwesenden hatte sie schon mal gesehen. Sie wartete vor der Tür, und dann kam Annemarie im Flur auf sie zu, ein Mädchen, das Sara im vergangenen Jahr ein paarmal mit zum Graunerhof gebracht hatte.

Das Mädchen erschrak, als sie Alba vor der Tür stehen sah, sie errötete. Kein gutes Zeichen.

»Guten Morgen, Annemarie«, sagte Alba mit sanfter Stimme.

»Guten Morgen, Frau Grauner.«

Das Mädchen war vor ihr stehen geblieben, sie trat von einem Fuß auf den anderen. Alba rang innerlich mit sich selbst. Dann platzte es aus ihr heraus.

»Annemarie, ich suche Sara.«

Das Mädchen zuckte mit den Schultern. Alba trat näher, sah sie ernst an.

»Ich und … Sara, wir …«

»Wann war Sara das letzte Mal in der Schule?«

Das Mädchen schien zu überlegen. »Vor einer Woche.«

Alba überlegte. Als Sara vor ein paar Jahren wiederholt

die Schule geschwänzt hatte, hatte sich die Schulleitung nach einigen Tagen telefonisch gemeldet. Diesmal nicht. Wahrscheinlich, weil Sara mittlerweile volljährig war.

Sie überlegte kurz.

»Wo … wo kann man hier eine rauchen?«

Annemarie schaute etwas verwirrt. Alba lächelte. Sie hatte ordentlich geraucht. Früher, als Schülerin. Aus Neugierde hatte sie ihrem Opa drei Zigaretten stibitzt. *Nazionali*. Ohne Filter. Die gab es mittlerweile gar nicht mehr. Von der ersten war ihr einen halben Tag lang schlecht gewesen, die zweite hatte ihr geschmeckt, nach der dritten wollte sie gleich eine vierte rauchen.

Grauner hatte ihr gedroht, sie zu verlassen, weil er den Gestank des Rauchs nicht ausstehen konnte, der einzige Gestank, den er akzeptierte, den er sogar liebte, war der von Kuhmist. Doch er hatte sie nicht verlassen. Ein paar Jahre lang rauchte sie eine halbe Packung am Tag, als sie schwanger war, hörte sie auf, als die kleine Sara sich mit zweieinhalb aufführte wie eine Mischung aus einem tollwütigen Yeti und einer wild gewordenen Alpendiktatorin, fing sie wieder an. Zwei, drei Zigaretten am Tag.

Sie liebte den Geruch des verbrannten Tabaks, sie liebte das Kratzen im Hals, sie liebte die betäubende Wärme, die sich in ihrem Körper ausbreitete, abends bei einer Zigarette und einem Glas Schnaps auf dem Balkon, wenn die Kühe versorgt waren, die Hühner auch, wenn die Küche und die Stube wieder sauber waren, wenn alle Glieder schmerzten von der harten Arbeit auf dem Hof, wenn die kleine Sara im Bett tief schlief, wenn Johann auf der Ofenbank schnarchte. Ihre paar Minuten für sich alleine. Mit ihrer kleinen Freundin, der Zigarette. Das entspannte sie so sehr.

Als sie beschlossen, dass sie ein zweites Kind haben wollten, hörte sie wieder auf. Nach vier Tagen drohte Grauner nicht mehr damit, in den Stall umzuziehen, nach sechs Tagen bemerkte sie selbst, dass sie wieder einigermaßen erträglich war. Nach zwei Wochen konnte sie sich nicht mehr vorstellen, jemals geraucht zu haben. Sie schämte sich dafür. Das mit dem zweiten Kind hatte nicht sollen sein. Sie hatte ihren Frieden damit gemacht.

»Überall verboten«, antwortete die Schülerin, winkte Alba dann näher zu sich heran.

Alba bückte sich.

Annemarie flüsterte. »Aber wir verstecken uns morgens immer hinter der Turnhalle. Dort rauchen manchmal auch ein paar Lehrer und das Reinigungspersonal. Rauchen Sie da, da erwischt Sie keiner.«

Alba entdeckte die Uhr, die in der Mitte des Flurs, gegenüber dem Treppenhaus, an der Wand hing. Der Zeiger schob sich auf sieben vor acht. Genug Zeit, um noch eine zu rauchen. Das wusste sie von früher. Vier, fünf tiefe Züge und so eine Zigarette war in einer Minute weg. Schon beim Gedanken, an einer Zigarette zu ziehen, wurde ihr schlecht, aber sie hatte einen Plan gefasst. Denn wo die Raucher waren, waren auch die Kiffer. Wo die Kiffer waren, wusste man über Drogen Bescheid.

Sie trat auf den Hof hinaus, der Schneeregen hatte sich inzwischen in einen dichten Flockentanz verwandelt. Sie stapfte durch den Matsch zur Turnhalle, die sich neben dem Schulgebäude befand, lief um die Ecke, auf einer Treppe saßen ein paar Schüler. Vier Jungs, drei Mädchen.

Weite Skater-Klamotten. Pickelige Gesichter. Hängende Schultern. Keine Lehrer, keine Reinigungskraft. Das war ihr ganz recht.

Die Raucher reagierten nicht, als sie sich zu ihnen stellte. Sie roch den brennenden Tabak, den Geruch ihrer eigenen Schulzeit.

»Hi«, sagte sie und hoffte, dass »Hi« cool war.

»Hi«, antwortete einer der Raucher, er trug ein Käppi der *L.A. Lakers*, machte eine eigenartige Handbewegung und blies ihr den Rauch ins Gesicht. »Was geht?«

Alba hütete sich davor, die Handbewegung zu imitieren. Sie stand ganz still.

»Raucht ihr hier nur – oder kifft ihr auch?«

Nun schauten zwei, drei der Raucher auf, sagten jedoch nichts. Der Typ mit der *Lakers*-Kappe zuckte mit den Achseln.

Alba überlegte einige Sekunden, dann entschloss sie sich, alles auf eine Karte zu setzen. Jetzt war eh alles egal.

»Habt ihr was?«

»Was, *was?*«, fragte der Jugendliche zurück.

»Ihr wisst schon.«

Er beäugte sie skeptisch. »Sind Sie eine neue Lehrerin?«

»Sehe ich aus wie eine Lehrerin?«, fragte sie zurück und freute sich ein wenig über ihre Schlagfertigkeit.

Der Junge beäugte sie von oben bis unten. Sein Blick blieb an ihrem Wolljanker kleben, den sie seit ihrer Jugend fast jeden Tag trug.

»Schlimmer«, sagte er dann.

Sie lachte kurz laut auf, dann wurde sie wieder ernst.

»Ich suche Sara und Mickey. Kennst du die beiden?«

Der Junge grinste.

»Wenn du was brauchst, bist du bei den beiden schon richtig. Die sitzen an der Quelle.«

Alba hatte es die Sprache verschlagen.

Aus der Ferne hörte sie das Klingeln der Schulglocke. Die Schüler warfen ihre Zigarettenstummel zu Boden, trotteten los. Alba stand da, wie erstarrt.

»An der Quelle …«, murmelte sie.

Die Schüler waren schon um die Ecke der Halle gebogen. Sie lief los, holte den Jungen mit dem Käppi am Eingang ein und berührte ihn an der Jacke, er fuhr erschrocken herum.

»Hey!« Er schubste sie weg.

Sie krallte sich an der Jacke fest. »Wo wohnt Mickey?«

Kurz schaute er ihr tief in die Augen, dann nickte er.

»Die Straße runter, bis ganz ans Ende. Das letzte Haus rechts. Ist nicht zu übersehen. Das, das so aussieht, als würde es jede Sekunde zusammenkrachen.«

Sie holte das Handy heraus. Kein Anruf von Johann. Keine SMS. Sie drehte sich um, lief in die Richtung, in die der Junge gezeigt hatte.

4

Kein Anruf von Alba. Keine SMS. Er hatte die Kellnerin nach ihr gefragt. Eine, die nicht aussehe, als komme sie aus der Stadt, so hatte er sie beschrieben.

Ah, die, die blöde Kuh, die sich über die Einssiebzig für den Kaffee aufgeregt hat, hatte die Kellnerin geantwortet. Die sei bereits weg. Zum Glück.

Grauner überhörte ihren gehässigen Ton. Er schaute auf den Siegesplatz. Der morgendliche Verkehr hatte sich etwas beruhigt, die Bars hatten sich geleert, die Bozner saßen nun in ihren Büros, tippten auf ihren Computern herum, auf die Mittagszeit wartend, wenn sie wieder hungrig die Straßen bevölkern würden, in den Lokalen der Innenstadt Knödel und Pasta bestellen würden, dazu ein Glas Weißburgunder. Oder zwei.

In großen Tropfen platschte der Schneeregen von den Bäumen auf die Kartons des Obdachlosen unter der großen Platane. Der Kopf des Schneemanns daneben war zu Boden gestürzt, ein paar Meter gerollt bis zum Rande des Bürgersteigs. Ihm fehlte die Nase. Die Krähen hockten in den Ästen der Bäume. Sie krächzten.

Grauners Handy vibrierte. Alba. Eine SMS.

Bin auf dem Weg zu Mickeys Mutter. Du?

Er überlegte und während er das tat, verflog sein Ärger.

Ich muss in die Talfergasse. Lass uns später telefonieren.

Er schickte die Nachricht ab. Wartete. Wusste, dass er umsonst wartete. Alba gehörte nicht zu den Menschen, die ein finales *Okay* oder ein *Bis später* oder zumindest einen nach oben zeigenden Daumen hinterherschickten. Das machte Grauner verrückt.

Er fuhr zu den Talferwiesen, der Park lag im Nebel, er lenkte den Panda über die Brücke, die in die Altstadt führte, unter ihm rauschte der Bach, am Ufer, zwischen den Steinen, hatte sich eine zarte Eisschicht gebildet. Zwei Enten watschelten ins Gebüsch. Auf der anderen Seite folgte der Commissario den Einbahnstraßen, bog schließlich links ab, fuhr in Schrittgeschwindigkeit, sodass er die Hausnummern sehen konnte, die an den altherrschaftlichen Villen prangten.

6. 4. 2.

Er hielt im Parkverbot, sprang die Marmortreppen hoch, klingelte, wartete, bis der Türsummer ertönte. Dr. Jennys Praxis befand sich in der vierten Etage. Er entschied sich für die Treppe. Fahrstühle waren ihm immer noch unheimlich, auch wenn er seit einiger Zeit nicht mehr von Klaustrophobie befallen wurde.

Neben der Tür, die offen stand, hing ein goldenes Schild.

Dr. Johann Jenny
Facharzt für Abhängigkeitserkrankungen

Er trat ein, sah sich um. Alles war in Weiß gehalten. Die Wände, Lampen, Schränke, der Empfangstisch, die Sessel im Wartezimmer.

»Bitte? Sie haben einen Termin?« Eine ältere Dame saß am Computer. Weiße Hose, weißes T-Shirt, weiße *Birkenstock*-Sandalen, graues, schulterlanges Haar. Sie musterte ihn prüfend.

»Äh, nein …«

»Sind Sie der Vater eines Betroffenen oder selbst Betroffener?«

Er verstand nicht sogleich. »Grauner, ich bin Kommissar der Staatspolizei. Ich … äh …«

Er überlegte, welche Lüge er ihr auftischen sollte, dann entschied er sich doch dafür, einfach die Wahrheit zu sagen.

»Ich bin der Vater einer Betroffenen, ja. Meine Tochter …«

Die Dame trat hinter dem Empfangstresen hervor, zeigte auf das Wartezimmer, legte ihm die Hand auf den Rücken, schob ihn sanft zu einem der Sessel.

»Bitte warten Sie kurz, Herr Grauner, der Herr Doktor hat ganz bestimmt gleich Zeit für Sie.«

Vor Grauner lagen Zeitschriften. Die *Apotheken Umschau. GEO. National Geographic. Brigitte. Sports Illustrated.* Ein Asterix-Heft. *Die goldene Sichel.* Er wollte nach dem Comic greifen, spürte plötzlich, wie ihn alle Kraft verließ. Auch er hatte in der vergangenen Nacht kaum geschlafen, immer wieder war er schweißgebadet aufgewacht. In diesem weißen Wartezimmer realisierte er nun, dass er nicht als Commissario hier saß. Er war Vater. Betroffener. Es ging um Sara. Er hatte keine Ahnung, wo sie war, wie es um sie stand.

Die Tränen schossen ihm in die Augen, liefen ihm über die rauen Wangen. Er versteckte das brennende Gesicht in den Händen, er versuchte aufzustehen, doch es fühlte sich an, als schwankte der Boden, ihm wurde schwarz vor Augen.

5

Normalerweise tranken sie morgens am Automaten in der Kaffeeküche immer zusammen einen Espresso. Der Ispettore lud sie ein, noch nie, kein einziges Mal, hatte sie ihn einladen dürfen. Es war ihr wurscht. Sie hatte keine Lust, zu diskutieren. Sie glaubte nicht, dass der Kampf gegen das Patriarchat am Kaffeeautomaten entschieden wurde. Sie empfand sich als eine pragmatische Feministin, überaus pragmatisch, vor allem morgens vor neun Uhr.

Normalerweise regte Saltapepe sich über die schlechte

Qualität des Kaffees auf. An jedem verdammten Tag. Manchmal nervte es Tappeiner, manchmal pflichtete sie ihm sogar bei. Obwohl es ihr eigentlich egal war, wie der Kaffee schmeckte. Sie machte sich nichts aus Kaffee. Um wach zu werden, mixte sie sich morgens einen Orangen-Bärlauch-Karotten-Kiwi-Mix. Mit einem Schuss Tannenzapfensirup. Ihr Geheimrezept. Ihr persönliches Bio-Doping.

Normalerweise hörte sie sich auf dem Weg zurück zum Schreibtisch an, wie ein perfekter Espresso zu schmecken habe. Brühend heiß. Mildes, klares Aroma. Cremig. Niemals wässrig. Aber, auch das betonte er immer wieder, wer noch nie in Neapel einen Espresso getrunken habe, dem könne man so etwas sowieso nicht erklären. Hoffnungslos.

Normalerweise. Doch diesmal war es anders. Sie wartete vor der Kaffeemaschine, aber Saltapepe kam nicht. Grauner auch nicht. Marché war noch immer auf Fortbildung.

Tappeiner hatte mitten in der Nacht das Hotel verlassen, war am verwaisten Empfangstresen vorbei nach draußen gestürmt. Sie hatte Saltapepe angerufen, immer und immer wieder, aber sie hatte ihn nicht erreicht.

Sie lief eine Weile durch die leeren Straßen. Das Dorf schlief. Der Supermarkt gegenüber der Villa lag im Dunkeln. Nach einer Weile kehrte sie zurück, wieder begegnete sie niemandem in der Lobby des Hotels, sie schlich über den rauen, dunkelroten Teppich, an den Schwarz-Weiß-Fotografien vorbei, zurück in ihr Zimmer.

Sie hatte verwirrt die Koffer gepackt und war zurück zu ihrer Wohnung nach Frangart gefahren, hatte ein wenig geschlafen und sich dann auf in die Questura gemacht.

Sie holte ihr Smartphone hervor. Noch immer kein Anruf von Saltapepe. Und wo blieb Grauner? Hätte sie die Villa nicht verlassen dürfen? War Saltapepe noch im Tal? Im Flur ertönten Schritte, Tappeiner schloss die Augen, konzentrierte sich, das waren die Schritte von mehr als einer Person. Zwei. Das mussten sie sein. Rasch öffnete sie die Augen und trat aus dem Büro, die Begrüßung bereits auf den Lippen: Guten Morgen Johann, hallo Claudio, sag… Sie lag falsch.

Belli. Neben ihm Marché. Sie wunderte sich, sie hatte gedacht, der Sovrintendente wäre auf einer Fortbildung.

»Was machen Sie denn hier?«, fragte der Staatsanwalt mit verwunderter Miene. »Sie müssten doch in Wolkenstein sein?«

»Ich … es ist so, dass …«

»Egal«, unterbrach er sie, versuchte, den dicken Mantel auszuziehen, der ihm mindestens zwei Nummern zu eng war. »Wo ist der Ispettore?«

Sie stockte. Nahm allen Mut zusammen. Ahnend, dass er sie wohl nie, nie wieder ermitteln lassen würde. »Ich weiß es nicht. Letze Nacht …«

Belli führte einen eigenartigen Tanz auf, da er den Mantel mittlerweile auf links gedreht hatte, aber mit den Fäusten darin stecken geblieben war. Er sah aus wie ein Braunbär, der sich aus einer Zwangsjacke zu befreien versuchte.

Er bedeutete Marché, an einem der Ärmel zu ziehen. Sie fasste sich ein Herz und nutzte die Chance, weiterzusprechen.

»Der Ispettore ist verschwunden. Er wollte gestern Abend nur kurz in den Supermarkt gehen, kam aber nicht zurück. Ich habe mehrere Male versucht, ihn zu erreichen, und habe ihn überall gesucht. Vergeblich. Dann bin ich losgefahren, zuerst nach Hause, dann hierher, ich hatte gehofft, er wäre vielleicht irgendwie ...«

Nun wusste sie selbst nicht so recht, wie sie den Satz beenden sollte. Sie schaute zum Staatsanwalt, doch Belli war unter seinem Mantel verschwunden.

»Ich mache mir große Sorgen um ihn.«

Sie überlegte, ob sie auch von den Schritten auf der Treppe erzählen sollte, die sie vernommen hatte. Sie entschied sich dagegen. Vielleicht hatte sie sich die auch nur eingebildet, sie war sich unsicher, schließlich war sie schlaftrunken gewesen.

»Ich fürchte, ihm könnte etwas zugestoßen sein.«

Sie hörte Bellis Stimme nur dumpf. »Cazzate. Blödsinn. Der Herr Ispettore, dieser heißblütige Hengst, hat in diesem Supermarkt sicher ein fesches Skihasi aufgegabelt, mit dem er sich jetzt, während wir uns hier Sorgen machen, vergnügt, der Herr Neapolitaner!« Täuschte sie sich, oder klang Belli nicht nur zornig, sondern auch etwas verunsichert?

Er kroch unter dem Mantel hervor. Auch der finstere Gesichtsausdruck passte nicht so recht zu den Sätzen, die er von sich gegeben hatte. Der Staatsanwalt setzte sich auf Grauners Schreibtisch, erklärte Tappeiner, dass der Fall nun nach dem Protest der Carabinieri, die zuerst am Fundort der Leiche gewesen waren, doch an sie übergeben worden war. Auch dass Grauner krank sei, Burn-out, und dass sie gemeinsam mit Saltapepe, sobald der auftauche, die Aktenarbeit von letzter Woche fortsetzen solle.

Kaum hatte er geendet, rutschte er vom Tisch, bat Marché, ihm den Mantel zu reichen, der Sovrintendente half ihm hinein.

»Verstanden?«, fragte Belli in Tappeiners Richtung. Ohne eine Antwort abzuwarten, verließ er das Zimmer.

»Wenn mich jemand sucht, ich bin nicht zu erreichen«, hallte seine kraftlose Stimme noch durch den Flur. Dann war nur noch das leise Gurgeln der Kaffeemaschine, das Surren der Lampen und das Rauschen des morgendlichen Verkehrs, das durch die dünnen Fensterscheiben drang, zu hören.

»Und jetzt?«, fragte Marché.

Manchmal hasste Tappeiner die Unterwürfigkeit des Sovrintendente.

»Jetzt kümmerst du dich um die Akten«, sagte sie, schnappte sich ihre Jacke, die sie über den Stuhl gehängt hatte, schlüpfte hinein und lief aus dem Büro.

»Und du?«, hörte sie den Sovrintendente rufen.

»Ich suche Claudio«, rief sie, da eilte sie bereits über den Flur in Richtung Ausgang.

6

Erst sah er nur verschwommene Flecken in Rosa, Grau und Weiß, viel Weiß. Langsam wurden die Konturen schärfer. Kurz dachte er, er wäre tot. Hätte Gott vor Augen. Er war ein wenig enttäuscht, dass Gott genauso aussah, wie er und alle anderen ihn sich immer vorgestellt hatten. Ein freundliches Gesicht, lange graue Haare und ein beeindruckender Bart.

»Herr Grauner, Herr Kommissar, hallo, hören Sie mich?«, fragte ihn Gott.

»B… bin ich im Himmel?«, stammelte der Commissario.

»Fast«, sagte Dr. Johann Jenny, grinste und reichte ihm die Hand, »Sie sind immer noch in Südtirol. In Bozen. In meiner Praxis. Sie sind vorhin im Wartezimmer zusammengebrochen, ihr Kreislauf hat versagt. Sie haben das Bewusstsein verloren.«

Der Arzt reichte Grauner ein Glas Wasser, das die Dame vom Empfang gebracht hatte. Er richtete sich auf und trank. Wie gut das tat. Dr. Jenny schloss die Tür, setzte sich zu Grauner auf die Liege.

»Unsere gemeinsame Freundin, Dr. Filippi, hatte Sie angekündigt. Bitte sprechen Sie!«

Grauner nickte. Er wusste nicht so recht, ob er zu weit ausholte, aber er erzählte von Saras Kindheit, von den ersten Schuljahren, von der Pubertät, von den Schwierigkeiten, die sie miteinander gehabt hatten vor einigen Jahren. Er sagte, dass ihr Verhältnis irgendwann besser geworden sei, er nun aber die Drogen in ihrem Zimmer gefunden habe.

Jenny hatte ruhig zugehört, nur manchmal verständnisvoll gebrummt. Als Grauner geendet hatte, sah er eine Weile gedankenverloren aus dem Fenster, dann begann er mit sanfter Stimme zu sprechen.

»Alessandra hat mir per Kurier das hier geschickt.«

Er zog das kleine Plastikdöschen mit dem Pulver darin aus der Kitteltasche.

»Ich habe einen Schnelltest gemacht«, sagte Jenny und drehte das Döschen in der Hand, »das ist kein Kokain. Auch kein Heroin. Für eine genaue Analyse müsste ich die Probe in einem Labor untersuchen lassen.«

Grauner begutachtete das Döschen.

»Aber ich bin mir ziemlich sicher, was dabei herauskommen würde. Wahrscheinlich ist das, was sich in dieser Dose befindet, eines der gefährlichsten Suchtmittel, das mir in meiner Karriere bislang untergekommen ist.«

Grauner lauschte dem Mann angespannt.

»Ich bin mir ziemlich sicher, dass das hier Carfentanyl ist. Das findet gerade mehr und mehr Verbreitung.«

»Kar… was?«, stotterte der Commissario.

»Carfentanyl. Es wird zum Strecken von Heroin oder anderen Substanzen verwendet. Oder auch pur. Es wird jedoch nicht aus Morphin gewonnen, nicht aus Rohopium, nicht aus dem getrockneten Milchsaft der Samenkapseln des Schlafmohns, …«

Grauner befürchtete Schlimmstes: Gewonnen aus Tannenzapfen, Fichtennadeln, Almgräsern, er sah Südtirol schon zum neuen Afghanistan werden. Drogenlabore statt Kuhställe, Bandenkriege statt Wiesenfestraufereien.

»… sondern künstlich hergestellt. Es ist ein synthetisches Opiat, ein Derivat von Fentanyl.«

Das lernte man wahrscheinlich auf den Universitäten, vermutete Grauner mürrisch. Semester eins: alle Knochen auswendig lernen. Semester zwei: operieren. Semester drei: Ärztekauderwelsch.

»Ursprünglich wurde diese Substanz für die Betäubung von Wildtieren eingesetzt, Elefanten, Nashörner …«

»Was passiert, wenn ein Mensch es nimmt?«, unterbrach er ihn. Er wollte wissen, was diese Droge mit seiner Tochter machte. Und wie um Gottes willen sie in den Besitz einer derart gefährlichen Substanz gekommen war.

Dr. Jenny hatte die Hände zwischen die Oberschenkel geschoben, so als ob er sie wärmen wollte. »Die Wirkung kann ganz unterschiedlich sein. Meistens sedierend, manchmal versetzt der Stoff den Konsumenten aber auch in einen

Trancezustand. Er wirkt angstlösend und schmerzstillend, oder auch enthemmend. Das Suchtpotenzial ist immens hoch und eine minimal falsche Dosierung tödlich. Der Tod erfolgt durch eine Atemdepression. Das führt bereits nach drei Minuten zu irreparablen Hirnschäden. Nach fünf Minuten zum Herzstillstand. In den USA gibt es bereits Tausende Todesfälle durch Carfentanyl. Heroin ist out, Carfentanyl ist das neue Teufelszeug.«

Grauner fühlte sich plötzlich so hilflos. Die Welt, alles um ihn herum, bewegte sich wieder einmal so schnell, viel zu schnell, er hasste das Gefühl, nicht mitzukommen. Schon wieder neue Drogen. Neue Techniken. Neue Regeln.

»Warum«, fragte er weiter, »wurde Heroin davon verdrängt?«

Jenny rieb Daumen, Zeige- und Mittelfinger aneinander.

»Es kostet nichts. Es ist scheißbillig. Du brauchst nur eine minimale Menge davon, um high zu werden. Es wirkt fünftausendmal stärker als Heroin, du musst es dir nicht in die Venen spritzen, es noch nicht einmal schnupfen …«

Grauner schaute verwirrt.

»Man kann es über ein Pflaster zuführen – das funktioniert ähnlich wie bei einem Nikotinpflaster. Oder man inhaliert es. Dazu braucht man nur eine Deospraydose. Da fällt auch schon mal der Drogenhund tot um, wenn er zu viel davon einatmet. 2002 hat ein russisches Sondereinsatzkommando bei einer Geiselnahme in einem Moskauer Theater ein Gasgemisch, das Carfentanyl enthalten hat, in die Klimaanlage gejagt, um die Täter zu betäuben. Hundertfünfundzwanzig Geiseln haben das Gift eingeatmet und sind an den Folgen gestorben.«

Grauner starrte den Arzt entgeistert an.

»Vor drei, vier Jahren tauchte der Stoff in Italien auf. Vor einem Jahr in Südtirol. Auch an Schulen.«

Der Commissario stöhnte. Kinder, die Drogen nahmen. Nicht ein bisschen Marihuana, sondern das gefährlichste Zeug der Welt. So günstig, dass das Taschengeld oder das Geld vom Sommerjob dafür reichte.

»Sie sind nicht der erste Vater, Herr Kommissar, der hier sitzt. Es kommen immer mehr Kinder mit diesem Stoff in Kontakt.«

Grauner versuchte, die Informationen sachlich abzuspeichern. Nicht als Vater Grauner. Nur als Commissario Grauner. Es gelang ihm nicht. Er bebte innerlich.

»Woher bekommen die Kinder das Zeug?«

Jenny hob die Schultern, fuhr sich durch das grau-weiße Bartgestrüpp.

»Wie kommt der Stoff nach Südtirol?«

Jenny biss sich auf die Lippen. »Ich bin der Arzt, Sie sind der Ermittler«, sagte er dann, stand auf, ging zu seinem weißen Schreibtisch, schob ein paar Unterlagen hin und her.

»Ich … entschuldigen Sie, Herr Doktor, ich habe schon viel zu viel von Ihrer Zeit gestohlen.«

Grauner wartete auf eine Reaktion des Arztes, der ihm den Rücken zugekehrt hatte.

»Eine Sache wundert mich schon etwas, Herr Kommissar, wenn ich ehrlich sein darf.«

Der Arzt drehte sich um. Grauner rührte sich nicht.

»Sie haben mir nicht gesagt, wie es Ihrer Tochter geht. Mich nicht gefragt, was Sie tun können, wie Sie ihr helfen können.«

Grauner trat an den Mann heran.

»Herr Dr. Jenny, ich weiß nicht, wo sie ist. Sie ist … verschwunden.«

Er sah Mitgefühl in den Augen des Arztes.

»Ich bin … meine Frau und ich … wir sind verzweifelt. Völlig verzweifelt.«

Der Arzt öffnete die Schublade des Schranks, der neben dem Schreibtisch stand, stöberte darin herum. Es raschelte, dann war es still. Der Mann schien nachzudenken.

Schließlich wandte sich Jenny ruckhaft um, sah dem Commissario tief in die Augen.

»Sie wissen, dass ich …«

Grauner nickte. Der Arzt musste nicht weitersprechen.

Jennys Blick wanderte zu der Wand hinter der Liege, auf der er vorhin zusammen mit Grauner gesessen hatte.

Dort hingen Diplome. Universitätszertifikate, die Arztzulassung, daneben, in altdeutscher Serifenschrift, die Kopie eines antiken Manuskripts des hippokratischen Eides.

»Der Eid des Hippokrates verpflichtet uns Ärzte unter anderem zum Schweigen«, sagte Jenny.

Grauner nickte.

»Man kann ihn so auslegen, dass Gespräche, die in diesem Raum geführt werden, diesen nicht verlassen dürfen.«

Grauner nickte erneut.

»Man könnte aber auch sagen, ich darf nur den Inhalt von Gesprächen mit Patienten über ihre Gesundheit nicht weitergeben.«

Wieder nickte der Commissario. Auch das ergab Sinn. Nur war eine Arztpraxis aber nun mal ein Ort, der für Patientengespräche da war. Hier redete man eher weniger übers Wetter oder die Wahlen oder über Gartentipps.

»Man könnte aber auch einfach ganz allgemein sagen, ich

bin verpflichtet, den Menschen zu helfen. Menschen wie Ihnen, Ihrer Frau, Ihre Tochter.«

Grauner nickte heftiger.

»Ich könnte auch einfach hier und jetzt zugeben, dass ich in puncto Verschwiegenheit den verfluchten Eid des Hippokrates in den vergangenen Wochen immer und immer wieder gebrochen habe. Dass es da auf ein weiteres Mal nicht ankommt.«

Der Mann sprach leise und bestimmt, schaute dabei zu Boden, wartete Grauners Reaktion gar nicht erst ab.

»Vor gut einem halben Jahr kamen zwei Kollegen von Ihnen in Zivil zu mir in die Praxis. Sie sagten, sie würden verdeckt ermitteln.«

Grauner runzelte ungläubig die Stirn.

»Sie sagten, sie bräuchten meine Hilfe, sie schlugen eine Zusammenarbeit vor und bestellten mich für den kommenden Tag in die Staatsanwaltschaft ein.«

Grauner dachte fieberhaft nach. Wenn das Kollegen von ihm gewesen wären, Polizisten der Staatspolizei, wüsste er davon. Vermutlich waren es Carabinieri, Drogenangelegenheiten delegierte Belli meist an sie.

»Am nächsten Morgen wurde ich da pünktlich um acht vorstellig.«

Das konnte unmöglich stimmen. Entweder log ihn der Mann gerade dreist an, oder er war in eine Falle geraten. Acht Uhr morgens. Um diese Zeit wurden in der Staatsanwaltschaft von Bozen noch keine Besucher empfangen.

»Ich kam etwas zu spät, da der Zug nach Trient …«

»Nach Trient?«, entfuhr es dem Commissario.

Nun war es an dem Arzt, ihn überrascht anzusehen. »J… ja«, stammelte er.

»Wie heißt der Staatsanwalt, den Sie getroffen haben?«

Der Arzt schüttelte den Kopf.

Grauner versuchte, sich die Namen der Staatsanwälte in der südlichen Nachbarprovinz von Bozen in Erinnerung zu rufen. Vielleicht war es üblich, dass in solchen Fällen zwei Staatsanwaltschaften kooperierten. Was wusste er schon. Er war für Mörder zuständig, nicht für Drogendealer.

»Dottore Salvatore Ranocchia? Dottore Umberto Urlà?«

Der Arzt schüttelte wieder den Kopf. »Herr Kommissar, der Staatsanwalt hat mir seinen Namen nicht genannt. Ich glaube jedoch nicht, dass er tatsächlich dort arbeitet, ich …«

»Warum?«, unterbrach ihn Grauner aufgeregt.

Der Arzt faltete die Hände. Der Commissario verstand, er ließ ihn erzählen.

»Angekommen in der Staatsanwaltschaft, wurde ich zu einem Zivilfahrzeug der Polizei geführt, vier kräftige Männer begleiteten mich, das war … äh … ziemlich einschüchternd. Sie fuhren mich kreuz und quer durch die Stadt. Ich kenne mich in Trient nicht so gut aus, ich hatte aber das Gefühl, dass wir einige Straßen mehrmals abfuhren. Schließlich kamen wir in einer Tiefgarage an, sie führten mich zu einem Aufzug, die Knöpfe waren abgeklebt, und als sich die Türen wieder öffneten, traten wir in einen fensterlosen Raum. Der Mann, der sich mir als Staatsanwalt vorstellte, ohne seinen Namen zu nennen, saß auf einem Sofa, bot mir Kaffee an, er war von weiteren Bodybuilder-Typen umgeben. Er bat mich, mich zu setzen. Er sagte mir, alles, was ich nun erfahren würde, dürfe diesen Raum nicht verlassen.«

Der Arzt machte eine Kunstpause, knetete die Hände. Grauner nickte. Das Nicken besagte: Ich nehme das sehr ernst, was Sie mir hier erzählen.

»Der Staatsanwalt sagte, er leite eine verdeckte Ermittlung. Einer der Männer, die um ihn herumstanden, reichte mir eine Dose mit einem weißen Pulver darin, eine kleine Probe. Carfentanyl. Der Staatsanwalt erzählte mir, dass dieser Stoff zunehmend im Umlauf sei. Auch und vor allem in Südtirol. Er wollte von mir wissen, ob ich das bestätigen könne. Ich bejahte. Dann verlangte er von mir, die Daten aller Patienten, die diesen Stoff konsumierten, an die Sondereinheit weiterzugeben. Er zeigte mir ein Schreiben des Innenministeriums, das garantierte, dass die Daten ausschließlich zum Zwecke und für den Zeitraum dieser verdeckten Ermittlungen verwendet würden, nicht für die Strafverfolgung meiner Patienten. Ich hatte keine Wahl, gab mein Einverständnis, wollte nur raus aus diesem bedrückenden Raum, dieser unangenehmen Situation. Ich wurde von den Männern wieder in die Tiefgarage gebracht, sie fuhren mich zum Bahnhof.«

Eine Weile schwiegen sie.

»Wie ging es weiter?«, fragte Grauner schließlich. »Wie blieben Sie in Kontakt?«

»Per Mail. Zwei Tage nach dem Gespräch erhielt ich eine leere Nachricht von dieser merkwürdigen Adresse: *ciaociao123xyz@pec.it.*

Dort schicke ich nun die Daten aller betroffenen Patienten hin. Ich fühle mich nicht besonders wohl dabei, aber ich hoffe, das Richtige zu tun. Tue ich es?«

Kurz überlegte Grauner, wie er diese Frage beantworten sollte. Er wusste es nicht. Er sah den Arzt ratlos an.

»Die Fälle häufen sich tatsächlich in den vergangenen Wochen und Monaten«, fuhr der Arzt fort.

Grauner schluckte. Das waren viele Informationen, aber

er wusste noch nicht, was er mit ihnen anfangen sollte. Irgendwie könnten sie ihm helfen, Sara zu finden, glaubte er, aber er verstand noch nicht, wie.

»Überlegen Sie, Doktor, woran können Sie sich noch erinnern? Wie sah der Staatsanwalt aus?«

»Er trug einen gepflegten kurzen Vollbart, einen feinen Anzug, eine goldumrandete Brille.«

»Bekommen Sie Antworten auf Ihre Mails?«

Der Mann nickte.

»Ja, sie schicken mir immer wieder Anweisungen, detailliertere Angaben zu machen, den Patienten bestimmte Fragen zu stellen, wogegen ich mich zu wehren versuche. Wenn ich mich eine Weile nicht melde, kommen Fragen, ob es etwas Neues gebe. Einmal …«

Nun stockte er, drehte sich um, ging zu dem Schrank, öffnete die Schubladen, kramte wieder darin herum. Dann kam er zurück, hielt Grauner einen Zettel hin. Es handelte sich um eine ausgedruckte E-Mail. In der Kopfzeile stand ein Datum.

08.12.2020

Und eine E-Mail-Adresse.

carolina.stella@poliziadistato.it

Staatspolizei. Also doch. Grauner war verwirrt. Er las weiter.

Grazie per gli ultimi aggiornamenti. Ulteriori novità?

Grauner übersetzte in Gedanken.

Danke für den letzten Stand der Dinge. Weitere Neuigkeiten?

Er schaute auf.

»Die Dame hat dieses eine Mal die Mail wohl aus Versehen vom falschen Account aus verschickt. Ich habe lange überlegt, sie zu löschen, dann habe ich beschlossen, sie zuvor auszudrucken, sie dort hinten im Schrank unter andere Papiere zu legen.«

Grauner faltete das Blatt zusammen, wollte es in die Jackentasche stecken.

»Nein«, sagte der Arzt und nahm es ihm aus der Hand.

Der Commissario ließ ihn verblüfft gewähren.

»Danke«, sagte er, stand auf und wandte sich zur Tür um. Er hörte ein Rascheln hinter sich, dann das Zischen eines Streichholzes.

Er sah über die Schulter. Der Mann mit dem grau-weißen Bart hatte sich hinter den Schreibtisch gesetzt, er hielt das brennende Papier in der Hand.

»Auf Wiedersehen, Herr Kommissar«, sagte Jenny, sein Gesicht schimmerte im Schein der Flamme, dann ließ er den halb verbrannten Zettel in eine silberne Schale auf dem Tisch fallen, wo er sich völlig in Asche auflöste.

»Ich hoffe, Sie finden Ihre Tochter.«

»Warum haben Sie mir das alles erzählt?«, fragte Grauner noch.

Der Arzt betrachtete die Zertifikate an der Wand.

»Vorhin, als Sie mir von Ihrer Tochter erzählt haben, da haben Sie sich plötzlich ganz leicht gefühlt, für ein paar Sekunden zumindest, nicht wahr?«

Grauner brummte leise, zustimmend.

»Mir geht es nun genauso«, flüsterte Jenny.

7

Alba kannte die Straße nicht, die sie im Schneetreiben entlanglief. Überhaupt kannte sie Bozen kaum. Sie war zwar wie Johann hier zur Oberschule gegangen, aber viel mehr als den Weg vom Busbahnhof zur Schule hatte sie nie gesehen. Sie konnte sich nicht vorstellen, sich so wenig Platz mit so vielen Menschen zu teilen, ihr war das Haus der alten Nachbarin oftmals schon zu nahe an ihrem Hof. Sie hasste es, wenn die wieder einmal über den Zaun lugte, sie beobachtete, sie zu sich heranwinkte, ihr ungefragt Ratschläge erteilte.

»Zwei Hähne? Das geht ja nicht. Das geht nie gut. Hennen brauchen einen Gigger, nicht zwei. Das gibt nur böses Blut.« Oder: »Die Lilien brauchen mehr Wasser. Viel mehr Wasser.« »Warum lasst ihr denn die Stalltür mittags offen? Jetzt im Winter. Die Kühe brauchen Wärme, die erfrieren ja, die armen Dinger …«

Sie betrachtete die Häuser links und rechts der Straße. Da standen alte Villen, etwas in die Jahre gekommen, der Verputz fiel von den Wänden, die Gärten waren überwuchert, die Zäune schief. Altes Bozner Geld.

Daneben standen neue, moderne Einfamilienhäuser. Bodentiefe Fenster, ausgeleuchtet. Neues Bozner Geld.

Kurz stellte Alba sich vor, sie würde in so einem Haus leben, da könnte die Nachbarin sie sogar beim Kochen beobachten, beim Fernsehen, beim Schlafen.

»Das Öl erst nach dem Essig in den Salat geben. Öl ummantelt.« »Warum schaut's ihr nicht den Sonntagskrimi?« »Gute Nacht, Graunerin! Träum schön!«

Am Ende der Straße ragte neben einer Brache ein riesiges Gebäude in die Höhe, eine Burg aus Beton. Neben den Villen und neuen Einfamilienhäusern wirkte es seltsam deplatziert. Die Fenster waren dunkel, die ehemals weiße Wand hatte sich gelb gefärbt, aus den Schornsteinen quoll grauer Rauch.

Neben dem Tor, durch das man in den Innenhof des Gebäudes gelangte, prangten unzählige Klingelschilder.

Alba betrachtete sie unschlüssig. Ihr fiel erneut auf, dass sie Mickeys Mutter kaum kannte.

Sie ärgerte sich nun über ihr Desinteresse. Dabei hatte sie Mickey mit offenen Armen auf dem Graunerhof aufgenommen, während Johann ihm und seinen damals noch grünen Haaren zunächst sehr skeptisch gegenübergestanden hatte. Sie hatte ihn gleich in ihr Herz geschlossen. Sie konnte nicht anders. Wenn Sara sich in ihn verliebt hatte, dann musste Gutes in ihm stecken, da war sie sich sicher. Sie kochte ihm immer ihr Spezialgericht, Spinatknödel, und als er ihr nach Wochen beichtete, dass er Spinat nicht besonders mochte, obwohl er die Knödel immer bis auf den letzten Bissen aufgegessen hatte, war es um sie geschehen.

Sara verriet ihr daraufhin, dass Mickey Pizza über alles liebte. Pizza mit Pilzen. Alba googelte, wie man Pizzateig herstellte, kaufte die Zutaten und sammelte im Wald Schwammelen. Von da an gab es Pizza auf dem Graunerhof, so gut wie immer, wenn Mickey zu Gast war, da konnte ihr Mann noch so viel protestieren.

Mickey, das wusste sie, hieß mit Nachnamen Kaufmann. Doch Kaufmann stand an keiner der Klingeln. In Italien nahmen Ehefrauen nicht den Namen des Gatten an, sie wurden zwar bald so gerufen, auch Alba wurde im Dorf *die Graunerin* genannt, in ihrem Personalausweis aber stand weiterhin ihr Mädchenname: Sonnwieser. Alba Maria Vinzenza Sonnwieser.

Sie hatte keine Ahnung, wie Sabine mit Nachnamen hieß. Sie entdeckte eine Klingel, auf der *S. Laimgruber* stand. Treffer. Nein, da waren noch andere S: *S. Rossi, S. Nothdurfter.* Sie klingelte bei allen dreien. Wartete. Nichts. Dann klingelte sie einfach überall. Was sollte sie auch machen. Wieder gehen?

Die Eisentür surrte, einmal, dreimal, siebenmal. Aus der knacksenden Sprechanlage tönten Stimmen.: »Ja, bitte!«

»Chi è?«

»Wer stört?«

»Chi cazzo è?«

»Ich suche, ich möchte … Sabine?«

Es knackste weiter.

»Ma chi è, il postino?«

»Keine Werbung bitte!«

»Non compro niente.«

Alma trat durch das Tor, sie lief vorbei an einer Reihe von Fahrrädern und an überfüllten Mülltonnen, sie lief über den matschigen Untergrund, der wohl einst als Wiese angelegt worden war, aber eher einem Kartoffelacker glich. Sie erreichte den Eingang des Kondominiums, wie in Südtirol Mehrfamilienhäuser genannt wurden. Als sie die Hand nach der Klinke ausstreckte, wurde die Tür von innen geöffnet. Ein älterer Herr in Rentnerbeige und mit schwarzer Sonnenbrille auf der Nase, den *Corriere della Sera* unter dem Arm, trat heraus. An einer Leine zerrte ein Dackel.

Alba musterte den Mann, sie fand es faszinierend, wie unterschiedlich Menschen aussahen, obwohl sie nur wenige Kilometer voneinander entfernt lebten.

Rentnerbeige und Sonnenbrille, die Uniform der Alten in der Stadt. Im Dorf, oben am Berg, trug kein einziger alter Mensch beige. Sie trugen alle einen blauen Schurz. Niemand las den *Corriere*. Alle lasen den *Südtirol Kurier*. Und war es bewölkt, trug niemand Sonnenbrille – wenn sie so drüber nachdachte, nicht einmal bei Sonnenschein.

»Buon giorno«, sagte der Mann. Der Hund kläffte, was Alba ebenfalls als Gruß interpretierte.

»Puon tschorrno!«, antwortete sie. Sie wusste, dass ihr Italienisch klobig klang. Wie viele deutschsprachige Südtiroler aus den abgelegenen Bergdörfern war es ihr nicht möglich, ein weiches »b« und ein weiches »d« auszusprechen. Auch im Deutschen nicht. Auf Südtirolerisch klang alles hart, je höher das Dorf, desto stärker die Sprachfärbung: »Pozen« statt »Bozen«. »Pis palt« statt »bis bald«. »Teutsch« statt »deutsch«. »Tanke« statt »Danke«.

»Mi skusi«, sagte sie. »Entschuldigen Sie. Wo wohnt denn Sabine?«

Der Mann musterte sie überrascht, zog den Hund an sich heran. Er nahm die Sonnenbrille ab.

»La Sabine? La pazza?« Sabine, die Verrückte?

Alba nickte unsicher, auch wenn sie nicht verstand, warum der Renter sie so nannte.

Er zeigte nach oben.

»Ultimo piano.«

Letzter Stock.

Der Hund schlich sich wieder zu ihr, schmiegte sich an ihre Beine, sie bückte sich, streichelte ihn, er schleckte ihr die Hand ab. Sie mochte Tiere lieber als Menschen, zumindest lieber als die meisten Menschen. Das war schon immer so gewesen.

»Aber seien Sie vorsichtig«, fuhr der Mann fort und setzte die Sonnenbrille wieder auf.

»Die randaliert. Seit Tagen schon.«

Er zeigte auf die verschneite Wiese.

Da lagen verschiedene Gegenstände. Alba ging vorsichtig über den matschigen Boden, an manchen Stellen hatte sich dünnes Eis gebildet, im Schatten der Sträucher türmte sich schmutziger Schnee.

Eine Schöpfkelle, ein Topf, ein paar Teller, einige davon zerbrochen. Kleine gerahmte Bilder. Das Glas zersplittert. Sie hob eines davon auf. Es zeigte Mickeys Mutter. Die Aufnahme musste einige Jahre alt sein. Die Frau lächelte. Sie war wunderschön. Der noch sehr junge Mickey, der auf ihrem Schoß saß, lachte, ihm fehlten die Schneidezähne.

Alba hörte das Knallen des Eisentors. Sie drehte sich um, der Mann und sein Hund waren verschwunden. Sie schaute hoch zu den Fenstern und Balkonen des düsteren Wohnkomplexes. Der Schnee fiel in ihr Gesicht. Eine Balkontür stand offen, der Wind schleuderte sie scheppernd gegen die Wand. Albas Herz pochte heftig.

8

Die Tür war offen. Ihre Kreditkarte lag in zwei Teilen in ihrer Hand.

»Verdammt«, fluchte sie.

An und für sich war die kaputte Kreditkarte kein Weltuntergang, sie trug die Karte eh nur aus Gewohnheit mit sich herum. Sosehr sie es auch zu verdrängen versuchte, ihr war klar, dass ihr die Bank keinen Kredit mehr gewähren würde.

Sie hatte in den vergangenen Wochen und Monaten wieder einmal über ihre Verhältnisse gelebt. Sie hatte sich neue Klettersachen gekauft, eine neue Skiausrüstung, einen Skipass, außerdem hatte sie das Auto in Reparatur geben müssen.

Sie hatte sich an Silvester vorgenommen, von nun an richtig zu sparen. Bisschen asketisch, das ging bei ihr nicht. Entweder in Saus und Braus oder wie ein Mönch leben. Ein paar Tage lang hatte sie auf alles verzichtet. Selbst auf Süßigkeiten. Nach vier Tagen war sie sich bescheuert vorgekommen, ihr war klar geworden, dass sich ein Minus von zehntausend Euro auf dem Konto nicht dadurch ausgleichen ließe, dass sie keine Süßigkeiten mehr kaufte.

Nun wartete sie sehnsüchtig auf den nächsten Monatsanfang. Sie hatte noch etwas von ihrem Weihnachtsgeld in der Tasche und rund fünfzig Euro von den fünfhundert, die sie jedes Jahr von ihrer Tante bekam, was sie süß fand, da die Tante sie immer noch behandelte, als wäre sie Studentin. Und tatsächlich war das Geld überlebensnotwendig. Natürlich konnte sie jederzeit ihre Eltern anpumpen, das wusste sie, die hätten ihr geholfen, aber das zu tun verbot ihr der Stolz. Blöder Stolz.

Sie klopfte leicht gegen die Tür. Nichts. Sie trat ein. Sie war noch nie in Saltapepes Wohnung gewesen, es wunderte sie, wie vertraut ihr das kleine Appartement vorkam. Genauso hatte sie es sich vorgestellt. Bis ins Detail. Der Geruch von

Pasta und Tomatensoße lag in der Luft, in der Spüle türmte sich dreckiges Geschirr. Über der Couch im Wohnzimmer hing ein SSC-Napoli-Schal. Über dem Fernseher ein Plakat von Diego Armando Maradona. Über der Tür ein gerahmtes Heiligenbildchen.

Auf dem Tisch vor dem Sofa lag eine alte Ausgabe der *Gazzetta dello Sport* neben einer Kaffeekanne, einer leeren Tasse und zwei Pizzakartons. Aha, zwei, sie grinste.

Kurz spähte Tappeiner ins Bad. Sie fasste das Handtuch an, das über der Duschwand hing. Feucht.

Sie atmete tief ein. Es roch hier nach Claudios für ihren Geschmack etwas zu süßem Parfum von *Dolce & Gabbana.* Auf dem Waschbecken standen sogar drei Fläschchen davon. In seinem Koffer, den sie nach der Rückkehr aus Gröden bei sich zu Hause abgestellt hatte, den sie geöffnet und begutachtet hatte, hatte sie ein weiteres gesehen. Wieder musste sie grinsen.

Sie ging über den dunklen Flur ins Schlafzimmer. Das Federbett lag verwurschtelt auf der Matratze. Sie stellte erleichtert fest, dass es weiß war. Nicht hellblau mit einem *Forza-Napoli*-Schriftzug.

Die Schranktür stand offen, die Schubladen waren herausgezogen, Kleidungsstücke waren auf dem Boden verteilt. Sie fuhr mit den Fingern über die T-Shirts, die sich im Schrank stapelten, sie entdeckte einen zweiten Bettbezug. Sie musste schmunzeln. Er war hellblau. Sie faltete ihn auseinander, *Forza Napoli* stand darauf.

Sie setzte sich auf das Bett.

»Claudio, wo bist du?«, flüsterte sie.

An der Rückwand der Zimmertür klebten Postkarten. Sieben Stück.

Im Nu war sie aufgesprungen, sie riss die Karten von der Tür. Urlaubskitschbilder: Sonnenuntergang über dem Meer. Berge, die im Abendlicht glitzerten. Altstadtgassen.

Sie legte die Karten auf die Matratze. Sie waren alle von derselben Person geschrieben worden, das erkannte sie sogleich. *Un bacio …*

Sie brauchte einige Sekunden, bis sie den Namen entziffern konnte.

… Alice.

Ja, das musste Alice heißen. *Un bacio, Alice.*

Sie hatte belanglose Sätze geschrieben, diese Alice war keine Dichterin.

Es ist wunderschön hier … das Essen, ein Traum! …

Ja, dachte Tappeiner, sie selbst kannte Saltapepe kaum, aber diese Alice kannte ihn wohl besser. Vielleicht wusste sie, wo er war. Doch wer war sie?

Hoffe, du vermisst mich ein bisschen ;-)

So ein schwülstiger Quatsch, dachte sich Tappeiner, so was würde sie nie schreiben. Aber warum regte sie sich eigentlich so auf? War sie etwa eifersüchtig? Das war doch Blödsinn! Sie war schon seit Jahren nicht mehr eifersüchtig gewesen, auf niemanden. Auf eine heterosexuelle Frau schon gar nicht. Sie seufzte.

Hältst du es überhaupt aus …

»Hältst du es überhaupt aus ohne mich?«, flötete sie gehässig, dann erst bemerkte sie, dass der Satz auf der Postkarte aus Barcelona ganz anders weiterging.

… ohne den von mir gebrühten Espresso und die Hörnchen? Keine Sorge, am 1. August hat das Warten ein Ende! Dann mache ich die Bar wieder auf. Die Renovierungsarbeiten sind fast beendet. Wir feiern ein großes Sommerfest auf

dem Parkplatz vor dem Stadion. Wehe, du kommst nicht! Bis dahin, liebe Grüße und einen dicken Kuss aus Barcelona!

Tappeiner war bekannt, dass Saltapepe jeden Morgen in der *Bar dello Stadio* seinen Kaffee trank und dass er sich abends dort gern einen Aperitivo genehmigte.

Vor dem Fenster rauschte der Verkehr, die Wolken waren aufgerissen, Sonnenstrahlen brachen zart hindurch.

Auf den Dächern der gegenüberliegenden Häuser war der Schnee geschmolzen, auf der Regenrinne stritten sich zwei Spatzen. Das Stadion war nur zehn Minuten von Saltapepes Wohnung entfernt.

9

Es war gespenstisch still in der Questura. Die Jalousien waren geschlossen. Normalerweise drehte Tappeiner morgens eine Runde, ging von Büro zu Büro, öffnete die Fenster für ein paar Minuten, goss die Zimmerpflanzen, die schon seit Ewigkeiten da standen. Es war ein Rätsel für Grauner, dass sie immer noch lebten, dass sie es in diesem Mief aushielten. Wahrscheinlich war das Tappeiner zu verdanken.

Er überlegte kurz, sie zu gießen, doch er ließ es bleiben. Er musste sich eingestehen, dass er nicht die leiseste Ahnung hatte, wo die Gießkanne war.

Alba hatte sich noch nicht wieder gemeldet. Er war die Talfergasse in Richtung Süden gefahren, am Ötzi-Museum, am Museum für Zeitgenössische Kunst und an der Kaserne der Carabinieri vorbei, bis er schließlich an der roten Ampel vor der Questura gestanden hatte.

Ihm war klar, er hatte offiziell Urlaub, Belli hatte das den anderen bestimmt bereits kommuniziert, er hatte sich auch schon eine Ausrede zurechtgelegt, für den Fall, dass die Kollegen ihn fragten, warum er trotzdem hier sei. Er habe Konzertkarten in der Schreibtischschublade vergessen.

Doch er hatte noch niemanden getroffen. Da sie nicht mehr ermittelten, hatte er sie über den Akten sitzend vermutet.

Er setzte sich an seinen Computer und bewegte die Maus. Als ihm Tappeiner vor zwei Jahren erklärt hatte, dass man die Geräte nicht jede Nacht ausmachen musste, war seine morgendliche Bürolaune um ein Vielfaches gestiegen. Die dicken, schweren Maschinen, die auf den Schreibtischen der Questura standen, brauchten länger als jeder Morgenmuffel, um morgens nach dem Einschalten auf Temperatur zu kommen.

Nun aber musste er nur ein wenig die Maus bewegen, sein Passwort eingeben, und schon konnte er anfangen zu arbeiten.

Er loggte sich in das Intranet der Polizia di Stato ein, die Seite sah aus, als stammte sie aus den Neunzigerjahren. Viele seiner Kollegen machten sich darüber lustig, Grauner mochte es. Technischen Entwicklungen stand er skeptisch gegenüber. Als oben im Dorf erste Internetkabel gelegt wurden und Alba ihn zwang, auch für den Graunerhof einen Anschluss zu beantragen, hatte er wochenlang protestiert, bis er verstanden hatte, dass er nicht drum herumkommen würde.

Er tippte *Carolina Stella* in die Suchmaske. Eine Sanduhr erschien, sie drehte sich gemächlich, Grauner wusste aus Erfahrung, dass es nun eine Weile dauern würde. Er ging in die Küche, holte sich ein Glas Milch, er hatte immer mindestens zwei Flaschen im Kühlschrank stehen. Die Milch seiner Kühe brauchte er, um in diesem Wahnsinn nicht den Verstand zu verlieren.

Zurück am Schreibtisch zeigte der Bildschirm einen Treffer an:

Stella, Carolina

Geboren am: 14. August 1988

Geboren in: Trapani

Einsatztruppe: k. A.

Derzeitige Stationierung: k. A.

Mehr stand da nicht.

Er schloss die Augen, überlegte. Es war zu erwarten gewesen, dass die Informationen zu Polizisten, die einer Sondereinheit angehörten und verdeckt ermittelten, nicht für alle einsehbar im Intranet standen.

Er tippte gedankenversunken auf seinem Handy herum. Immer noch keine SMS von Alba.

Er war in eine Sackgasse geraten. Es sei denn … Er wusste, es war riskant. Doch er musste es riskieren.

Er öffnete sein E-Mail-Postfach und begann, eine Nachricht zu schreiben.

Gentile signora Stella …

10

Die Tür öffnete sich, warme Luft strömte Alba entgegen. Sie sah noch die fettigen Haare ihres Hinterkopfs und den zerknitterten Pyjama, bevor sich Sabine wieder ins Dunkel der Wohnung verzog.

Es stank nach kaltem Zigarettenrauch, Erbrochenem, Schimmel. So schlimm stank es in keinem Kuhstall.

Sie stieß die Tür weiter auf, wartete, bis sich ihre feine Nase an den Geruch gewöhnt hatte, dann trat sie ein.

Sie fand Mickeys Mutter auf dem Balkon, sie war in eine dunkle Decke gehüllt, rauchte gierig, starrte dabei auf den zum Teil mit Schnee bedeckten Hof hinab.

»Sabine.«

Die Frau reagierte nicht, lehnte sich über das Geländer.

»Frau … Sabine. Ich bin Alba. Saras Mutter. Sara ist …«

»Haben Sie etwas für mich?!«

Die Frau hatte sich ruckartig zu ihr umgedreht, Alba berührte beschwichtigend ihre Hand.

»Ich … ich …«

»Wo sind die beiden?«, schrie Mickeys Mutter.

Die dunkelblonden Haare fielen ihr schweißnass ins Gesicht. Sie hatte rote Flecken auf der Stirn und blutunterlaufene Augen.

Alba zuckte mit den Schultern.

»Sind Sie eine von denen? Sind Sie gekommen, um mich zu töten?«

»Nein, ich … wie gesagt … ich bin Saras Mutter«, wiederholte Alba.

Die Frau musterte sie skeptisch. »Dieses Mädchen ist eine Ausgeburt der Hölle«, zischte sie.

Alba spürte Zorn in sich aufsteigen, niemand hatte das Recht, ihre Tochter so zu nennen. Sie schloss kurz die Augen, schluckte die Wut runter.

»Und Mickey ist der Teufel«, schrie die Frau, dann sackte sie plötzlich zusammen.

Alba hatte alle Kraft gebraucht, um Sabine hochzuziehen und zu ihrem Bett zu schleppen.

»Danke«, hauchte Mickeys Mutter, die Alba umständlich zugedeckt hatte.

Sie strich ihr übers Haar.

Noch einmal öffnete Sabine die Augen. »Helfen Sie mir!«

Alba drückte ihr fest die Hand und nickte. Dann schloss sie die Fensterläden, ging in die Küche, in einer Ecke stand eine offene Sporttasche, darin lagen Dutzende Spraydosen und Plastiktüten voll mit weißen Pflastern. Alba nahm eine der Dosen in die Hand. Deodorant. Sie wunderte sich, schaute sich weiter um, fand in einer der Schubladen tatsächlich einige Teebeutel. Sie setzte Wasser auf, entschied sich für Kamille.

11

Das Handy piepste. Der Computer auch. Grauner war etwas unentschlossen, womit er sich zuerst befassen sollte. Schließlich entschied er sich für das Telefon. Alba hatte geschrieben.

Ich bin bei Mickeys Mutter. Sie schläft. Eine ganze Weile schon. Es geht ihr schlecht. Ich muss mit ihr reden. Kuss.

Er dachte nach.

Wo genau bist du? Wo wohnt Mickeys Mutter?, schrieb er.

Dann wandte er sich dem Computer zu. Er hatte eine E-Mail erhalten.

Absender: *carolina.stella@poliziadistato.it*

Kein Betreff.

Wieder piepste das Handy.

Ich bin hier. Kommst du?

Er tippte auf den Kartenausschnitt, den Alba ihm geschickt hatte, vergrößerte ihn mit zwei Fingern, tagelang hatte er das im letzten Sommer geübt, nachdem Sara es ihm gezeigt hatte.

Er kannte die Straße. Mit dem Panda würde er in zehn Minuten da sein.

Ja, schrieb er zurück.

Dann öffnete er die Mail.

Trient. Piazza Dante. 12 Uhr?

Verblüfft starrte Grauner auf den Bildschirm. Er hatte keine andere Wahl.

O. k., schrieb er, zögerte kurz, dann schickte er die Antwort ab.

Während er über den Flur der Questura lief, tippte er eine Nachricht ins Handy.

Nein, ich komme doch nicht. Ich muss nach Trient. Ich melde mich. Pass auf dich auf.

12

Mickeys Mutter schien tief zu schlafen. Wie ein Kind. Friedlich. Alba hatte sich erneut zu ihr gesetzt, sie brachte es nicht übers Herz, sie zu wecken.

Die Decke hob und senkte sich sanft, die Frau schnarchte leise, Alba wünschte ihr, dass sie etwas Schönes träumte.

Als Sabine schließlich erwachte, verschwand Alba kurz in der Küche, kochte erneut Tee auf, kam mit der Tasse zurück ins Zimmer. Mickeys Mutter hatte sich aufgesetzt, sie wirkte viel ruhiger als vorhin, schlürfte den heißen Tee.

Alba wartete. Sie wusste nicht, welche Frage sie zuerst stellen sollte. Sie hoffte, Sabine würde den Anfang machen, ganz offen sprechen.

Sie ging zum Fenster, öffnete die Läden.

Mickeys Mutter hielt sich die Hand vor die Augen. Als sie sich an die Helligkeit gewöhnt hatte, trank sie noch einen Schluck Tee und begann zu sprechen.

»Ich brauche meinen Stoff, ich … ich schaffe es sonst nicht. Ich schaffe es einfach nicht.«

»Haben Sara und Mickey Ihnen den Stoff weggenommen?«

Sabine zuckte mit den Schultern.

Alba war sich sicher, sie sprach von den Drogen, die sie in Saras Zimmer gefunden hatten. Alles in ihr sträubte sich dagegen, die nächste Frage zu stellen.

»Haben Mickey und Sara Ihnen die Drogen geklaut?«

Die Frau nickte.

»Nehmen die beiden Rauschgift?«

Sie stellte die Tasse beiseite. »Entweder die nehmen das selbst oder sie verkaufen es an ihre Mitschüler. Ich weiß es nicht.«

»Wo ist Mickey?«

Sabine schwieg.

»Wann haben Sie ihn zuletzt gesehen?«

Alba gefiel sich in der Rolle der Kommissarin, die eine Verdächtige verhörte, überhaupt nicht. Sie stellte diese Fragen nicht gerne. Sie würde sie auch nicht gestellt bekommen wollen. Sie nahm sich vor, einen anderen Ton anzuschlagen. Mütterlicher. Freundschaftlicher.

»Gestern Nacht waren sie hier. Und vorgestern auch. Und …«, flüsterte Sabine.

»Beide? Mickey und Sara?«

Die Frau nickte. Albas Herz klopfte heftig.

»Was … was haben sie hier gemacht? Wo sind sie hin?«

Feindselig starrte die Frau sie an. Alba schluckte, zwang sich, weiterzufragen.

»Wo finde ich die beiden?«

Keine Antwort.

»Kommen sie zurück?«

»Ich hoffe, sie kommen nie wieder.«

»Woher haben Sie das Rauschgift?«

Nun grinste die Frau. Doch es lag keine Freude in ihrem Blick.

»Wenn ich Ihnen das sage, dann bin ich tot.«

Alba stand auf, sie spürte kein Mitleid mehr, nur noch Wut und Verzweiflung.

»Haben Sie etwas?«, wimmerte Sabine.

Alba reagierte nicht.

»Geben Sie mir Geld! Haben Sie Geld dabei?«

Alba öffnete ihre Brieftasche, zog einen Zwanzigeuroschein heraus und drückte ihn ihr in die Hand. Zwanzig Euro, dafür konnte sie sich nie und nimmer Drogen kaufen, dachte sie. Aber Tee, Brot, Marmelade.

»Wo kann ich die beiden finden?«

»Am alten Busbahnhof«, flüsterte die Frau, »dort treiben sie sich oft herum.«

»Suchen Sie sich Hilfe«, flüsterte Alba, dann trat sie auf den Flur hinaus. Als sie die Wohnung verlassen hatte und die Treppe hinabstieg, spürte sie, wie ihre Knie weich wurden. Sie eilte nach draußen, atmete gierig die frische, eiskalte Luft ein. Vor dem Eisentor blieb sie noch einmal stehen, drehte sich um.

Sie sah, wie Gläser, Flaschen, dann sogar eine Schublade vom Himmel fielen. Sie hörte Sabines Schreien noch, als sie die Straße hinunterhastete und Grauners Nummer wählte. Er nahm nicht ab.

13

Es herrschte kaum Verkehr, Grauner hatte noch nie zuvor ausprobiert, wie schnell der Panda fahren konnte, jetzt wusste er es. Hundertsiebenunddreißig Stundenkilometer, dann begann alles zu klappern und es fühlte sich an, als säße er in einer Seifenkiste.

Der Commissario war nicht oft in Trient, drei-, viermal im Jahr vielleicht. Immer für Fortbildungen. Die waren Pflicht, auch wenn er dort kaum etwas Nützliches lernte. Nur graue Theorie, die er in der Realität nicht anwenden konnte.

Er fuhr über die Etsch in die Altstadt hinein, fand in einer schattigen Allee einen Parkplatz und lief zum Bahnhof. Es war kurz vor zwölf, er verspürte keinen Hunger. Er setzte sich in ein Café am Bahnhofsvorplatz, bestellte einen Espresso, betrachtete prüfend die jungen Frauen, die über die Wiese liefen.

Die Minuten verstrichen, er sah niemanden, der sich auffällig verhielt. Jemand setzte sich an einen der Tische weiter links von ihm, Grauner lugte kurz hinüber, ein junger Mann, grauer Mantel, Baseballmütze, Sonnenbrille, er entfaltete die *Gazzetta dello Sport*, bestellte ein Glas Orangensaft. Es war mittlerweile drei nach zwölf, Grauner beschloss, zu zahlen und sich dann auf den Sockel der

Marmorstatue von Dante Alighieri, dem italienischen Nationaldichter, zu setzen.

Er rief den Kellner herbei, gab ihm zwei Euro, sah im Augenwinkel, dass auch der Mann mit der Baseballmütze ein paar Münzen auf den Tisch gelegt hatte und aufstand. Er kam zu ihm herüber, legte die *Gazzetta* auf das Tischchen des Commissario neben die leere Espressotasse.

»Grazie per il prestito«, sagte er. Danke fürs Ausleihen. »Schade, dass Neapel am Sonntag immer noch auf Dries Mertens verzichten muss. So gewinnen sie nie gegen die Scheißjuve.«

Grauner wollte etwas erwidern, doch da hatte sich der Mann schon umgedreht.

Verblüfft sah er ihm hinterher, dann nahm er die Zeitung in die Hand. Der Commissario kannte sich mit Fußball überhaupt nicht aus, hatte keine Ahnung, wer der eigenartige Mann war, der oben ohne auf dem Titelbild jubelte.

Mit einem Mal entdeckte er, dass jemand etwas an den oberen Rand der Zeitung gekritzelt hatte. In Großbuchstaben. Es war leicht zu entziffern.

CASTELLO DEL BUONCONSIGLIO
ORE 16

»Um vier Uhr«, murmelte Grauner, ließ die Zeitung auf den Tisch fallen, sah den Mann im Getümmel verschwinden.

14

Sie lief durch den heruntergekommenen Park. Alles hier wirkte trist. Warum Städte Parks anlegten, wenn sie sie dann so verkommen ließen, war Alba ein Rätsel. Jeder Acker war schöner als diese braungrüne Ecke der Südtiroler Hauptstadt. Unter den dicken Ästen der Platanen kauerten einige Gestrandete. Flüchtlinge aus Afrika, die es noch nicht über den Brenner geschafft hatten, und Kleinstadtkriminelle, die ihre Köpfe zusammensteckten. Alba zögerte.

Zwei junge Männer kamen auf sie zu. »What you want?«, fragte einer. »Fumo, coca, eroina? Robba sintetica?«

Sie schaute sie entsetzt an, wollte sich bereits abwenden, da kam ihr ein Gedanke.

»Ja«, sagte sie.

»Ja, was?«

»Koka.«

Die beiden schauten sie prüfend an, sie schienen ihr nicht zu trauen.

»Ein Gramm?«, flüsterte der eine.

Sie verneinte.

Er hob eine Augenbraue. »Un grammo, minimo!«

»Ich bin auf der Suche nach mehr, viel, viel mehr«, sagte sie bestimmt.

Er schaute sich verstohlen um, sein Kumpel, der die ganze Zeit schwieg, kaute noch schneller auf seinem Kaugummi herum.

»Ich brauche … äh … hm … ein halbes Kilo«, sagte sie.

Fast ein wenig ehrfürchtig traten die beiden einen Schritt zurück.

»Da kann ich dir nicht weiterhelfen«, sagte der Erste wieder.

Alba nahm im Augenwinkel wahr, dass die anderen unter den Bäumen sie beobachteten.

»Wer kann mir weiterhelfen?«

Ihr Gegenüber starrte zu Boden. Alba nahm allen Mut zusammen, packte ihn an der Schulter.

»Woher bekommst du den Stoff zum Weiterverkauf?«

Der stumme Typ hatte aufgehört zu kauen, er ballte die Fäuste. Der andere zögerte, eine Sekunde, zwei, dann stammelte er los.

»Drüben, am alten Busbahnhof. Im Untergeschoss, in der Spielhölle. Da musst du fragen.«

Sie ließ ihn los, sah ihm noch einmal ins Gesicht. In die dunklen Augen. Sie versuchte, ihn nicht zu hassen.

Alba lief zum alten Busbahnhof, hinter dem ein Hochhausrohbau in den Himmel ragte, Bagger wühlten im Schutt, Kräne schwebten im Nebel, in der Ferne rauschte ein Zug.

So musste es auch in der Hölle aussehen, dachte sie und sehnte sich zurück auf ihren Hof.

Alba roch die Abgase der Autos, den Dreck der Schornsteine, sie stapfte durch den schmutzigen Stadtschnee am Straßenrand, die trüben Pfützen.

Ein Bus kam an einer provisorischen Haltestelle vor dem alten Terminal zum Stehen, die Bremsen quietschten, zwei Schüler stiegen aus, sie waren ungefähr in Saras und Mickeys Alter. Sie schauten sich verstohlen um, dann eilten sie auf ein heruntergekommenes Gebäude zu. Über der Tür stand *Bar* in dunkelroten Lettern, doch die Fensterläden waren geschlossen, auch dieses Gebäude würde wohl bald abgerissen werden. Die Jugendlichen wandten sich nach links und stiegen eine Treppe hinab, die neben einer Garageneinfahrt in die Tiefe führte.

Alba überquerte die Straße, sah gerade noch, wie die beiden hinter einer Tür verschwanden. Sie folgte ihnen, ihr Blick streifte im Vorbeigehen die Graffiti an der grauen Mauer.

Forza FC Südtirol.

Sex, Drugs & Skifahren.

Fuck Knödel.

Bozen sucks.

Überall lagen Zigarettenstummel. Sie öffnete die Tür, es roch nach kaltem Rauch und schalem Bier. Ein roter Vorhang versperrte ihr den Blick. Sie hörte das Klirren von Gläsern, das Klimpern von Münzen, piepsende Melodien.

Sie holte tief Luft und schob den schweren Stoff beiseite.

»Einen Saft, bitte.«

Der Mann hinter dem Tresen polierte mit ausdruckslosem Gesicht ein Glas.

»Was für einen Saft?«, fragte er.

Alba schaute auf die Flaschen, die über dem Spiegel hinter dem Tresen standen, dann wieder ins Gesicht des Mannes.

»Habt ihr Holunder?«

Der Mann polierte in aller Ruhe weiter, hielt das Glas gegen das Licht, stellte es vor sie, dann schob er ihr eine verstaubte Flasche Orangensaft hin.

Sie nickte.

»Spielen Sie Billard?«, fragte er.

Sie schüttelte den Kopf.

»Flipper? Glücksspiel?«

Wieder das Kopfschütteln.

Nun hob er die Augenbrauen. »Was um Gottes willen machen Sie dann hier?«

Alba wusste es selbst nicht. Sie nahm die Flasche, schenkte sich einmal ein, trank das Glas leer. Dann begann sie leise, aber bestimmt zu sprechen.

»Ich suche meine Tochter. Sie heißt Sara. Sara Grauner.«

Der Mann nahm die Flasche, schenkte ihr nach.

»Das hier …«

Er wies mit dem Kinn auf den dunklen Schankraum, die Schüler lehnten an einem der Billardtische, sie hatten ihre Rucksäcke an die Wand gestellt, sie rauchten und ordneten die Kugeln. Weiter hinten, bei den Spielautomaten, standen einige Arbeiter. Sie starrten auf die Bildschirme und hielten große Biergläser in den Händen.

»… das ist kein Ort, an dem Namen genannt werden.«

»Das ist auch kein Ort, an dem Schüler sich herumtreiben sollten«, sagte sie böse zischend.

Nun grinste der Mann. »Warum nicht?«, fragte er.

Sie antwortete nicht. Trank erneut. Der Saft schmeckte schcußlich.

»Sie hängen hier rum, das machen Jugendliche nun mal so«, fuhr er fort.

»Sie schwänzen die Schule«, konterte Alba.

»Was sind Sie? Lehrerin?«

Alba antwortete nicht, sprach weiter. »Sie trinken hier Alkohol und verfallen dem Glücksspiel.«

»Die spielen Billard, das ist gut für die Konzentration. Keiner, der unter achtzehn ist, bekommt hier auch nur einen Schluck Alkohol von mir«, erwiderte der Mann und hob die Hand wie zum Schwur. »Ich frage immer nach dem Ausweis.«

Alba spürte Hass in sich. »Mir hat jemand gesagt, dass man hier Drogen bekommt.«

Er hob noch einmal die Flasche, sie legte die flache Hand aufs Glas. Genug. Er schnitt eine Unschuldsgrimasse.

»Für Drogen müssen die nicht zu mir kommen, da können die sich leicht oben im Park etwas besorgen.«

Sie fixierte ihn. »Und wenn es nicht nur um ein paar Gramm geht, sondern um mehr? Dann kommen sie hierher, nicht wahr?«

Sie konnte selbst nicht fassen, was sie da sagte. Ihr war klar, wie gefährlich es war, auf eigene Faust in diesem Milieu zu ermitteln. Doch sie war bereit, jedes Risiko einzugehen, um Sara zu finden. Sie hoffte, auf irgendein Zeichen, auf irgendeinen Hinweis zu stoßen.

Der Mann stellte den Orangensaft zurück in den Kühlschrank, Albas Glas in die Spüle.

»Sind Sie von der Polizei?«

»Ich bin eine besorgte Mutter.«

Er lehnte sich über die Theke, griff nach ihrer Hand. Sie ließ es geschehen.

»Wie, sagten Sie, heißt Ihre Tochter?«

»Sara. Sara Grauner. Ihr Freund heißt Mickey. Michael Kaufmann. Sie sind beide seit Tagen verschwunden.«

»Grauner …«, murmelte er. »Grauner. So wie Graun. Das Dorf?«

Sie nickte.

»Grauner«, flüsterte er noch einmal. »Wie sehen die beiden aus?«

Alba beschrieb sie. Sara: braune Haare, schulterlang. Blasses Gesicht. Neongelbe Windjacke, rot-weiße Mütze. Schwarzer Rucksack. Zerrissene Jeans, Lederstiefel. Mickey: rosa gefärbtes Haar, schmale Statur, einen goldenen Ring im rechten Ohr.

Der Mann schien kurz nachzudenken. »Rosa Haare, das würde einem doch auffallen. Nein, tut mir leid, nie gesehen.«

15

Er saß einfach nur da. Wie ein Rentner. Als hätte er alle Zeit der Welt. Er hatte verstanden, wie naiv er gewesen war. Wie hatte er nur denken können, Carolina Stella würde auf dem Bahnhofsvorplatz auf ihn warten.

Als wäre sie eine dumme Polizeianwärterin. Wer in einer geheimen Sondereinheit arbeitete, wusste, wie man jemanden ausfindig machte und geheime Treffen arrangierte. Und so schwer hatte er es ihr nicht gemacht. Schließlich hatte er ihr von seiner dienstlichen E-Mail-Adresse aus geschrieben. Es war ein Leichtes, ein Bild von ihm im Internet zu finden.

Ihr Gesicht allerdings war Google unbekannt.

Er war zu früh am Schloss, das auf einem Felsvorsprung über der Stadt thronte, er spazierte umher, sah sich die Freskenmalereien aus dem 16. Jahrhundert an, die Bilder der Renaissance, konnte sich jedoch schon wenige Minuten später nicht mehr an die Motive erinnern. Seine Gedanken waren ganz woanders. Er setzte sich in den Garten. Hinter den Burgmauern, an die sich Efeu krallte, waren die Dächer der Stadt zu sehen, die waldigen Hügel, die Trient umgaben, und die weißen Gipfel des Trentino.

Die Sonne war bereits weit in den Westen gewandert, bald würde sie die Berge zum Leuchten bringen, dann würde es dunkel werden. Am späten Nachmittag. Grauner mochte die kurzen Tage in dieser Jahreszeit.

Er spürte, wie die Kälte ihm in den Kragen kroch. Er spürte, dass jemand von hinten an ihn herangetreten war. Er zuckte nicht zusammen, als er eine Stimme vernahm. Es war die Stimme einer Frau, sie klang dunkel, viel dunkler, als er vermutet hatte.

»Sie werden einiges von mir erfahren, Commissario Grauner. Wenn Sie sich jedoch umdrehen, werde ich sofort gehen, ohne ein weiteres Wort.«

Die Frau musste sich auf einen Mauerabsatz hinter ihm gesetzt haben.

»Sie müssen mit den Informationen, die ich Ihnen gebe, behutsam umgehen.«

Er nickte. Er wusste, er sollte sie reden lassen. Doch zu viele Fragen brannten ihm auf der Seele.

»Für welche Einheit arbeiten Sie?«, platzte es aus ihm heraus.

»*DIA*«, antwortete sie knapp.

Grauner zuckte zusammen. »Antimafia?«

»Ja. Geheime, verdeckte Ermittlungen in Wolkenstein, Gröden, hier von Trient aus. *Operation Nuvola*.«

Grauner fuhr zusammen. Antimafia. *Operation Nuvola*. Operation Wolke. Gröden. Die Villa Wolkenstein. Der tote Dorfpolizist. Die Gedanken in seinem Kopf überschlugen sich. Belli hatte sie abgezogen, weil der Mord nun ein Fall für die *DIA* war.

»Die Drogen … das Carfentanyl … und Gröden. Der tote Gemeindepolizist, dieser Höller …« Er stockte.

»Unsere *Operation Nuvola* läuft seit anderthalb Jahren in Wolkenstein.«

Grauner schwieg betroffen. Belli hatte behauptet, die Kollegen von der Antimafiaeinheit erst vor einigen Wochen in die Grödensache eingeweiht zu haben.

Carolina Stella sprach langsam weiter. »Wir arbeiten mit verdeckten Ermittlern. Wie Sie sicher wissen, ist Gröden ein beliebter Urlaubsort russischer Milliardäre, die fallen im Winter in Horden in das Tal ein.«

Ja, Grauner wusste davon. Gestern war ihm zudem aufgefallen, dass zahlreiche Speisekarten und Hinweisschilder dort auch in kyrillischer Schrift verfasst waren, dass die Getränkekarten fast so viele Wodkasorten wie Weinoptionen enthielten, dass riesige Limousinen mit russischen Kenntafeln die Straßen säumten. Er wusste, dass sich manch reicher Oligarch mit dem Hubschrauber vom Flughafen in Venedig ins Herz der Dolomiten fliegen ließ, dass sie ganze Hoteletagen reservierten, dass sie ihre Fahrer mit den Luxuskarossen auf dem Landweg nachkommen ließen, manchmal begleitet von ganzen Lkw-Flotten, weil sie auf ihre Couch aus ihrem Luxusappartement in Moskau und St. Petersburg auch im Urlaub nicht verzichten wollten, dass sie manchmal ganze Skipisten für sich sperren ließen, die mit exquisiten Winterklamotten gefüllte Luxusboutiquen leer kauften und die Beute am Ende der Urlaubswoche im Hotel zurückließen.

Grauner hatte immer geglaubt, dass die meisten dieser Geschichten maßlos übertrieben waren.

»Ja, und?«, fragte er. Er verstand nicht, was russische Edeltouristen mit einem toten Gemeindepolizisten, der italienischen Antimafia-Einheit, Sara und den Drogen zu tun hatten.

»Wo sich reiche Russen tummeln, ist auch die russische *Mafija* nicht weit«, fuhr die Frau mit kalter Stimme fort. »Wir haben das ein paar Jahre lang beobachtet, aus der Distanz. Uns war es egal, wo die russische *Mafija* ihren Urlaub verbrachte, das war Sache der russischen Kollegen, solange sich deren Mafiosi bei uns halbwegs normal aufführten.«

Grauner brummte.

»Doch die *Mafija* ist nie im Urlaub.«

Grauner verstand.

»Lange war Mitteleuropa von dem neuen Stoff, von dem sie eben gesprochen haben, Carfentanyl, verschont geblieben. Das Heroingeschäft über den Iran und den Irak und das Kokaingeschäft mit den Kolumbianern lief gut. Seit einigen Jahren aber überschwemmt China den Kontinent mit dem Teufelszeug. Über das Darknet. Jeder kann sich das Gift online bestellen. Frei Haus. Die süditalienische Mafia hat die technischen Entwicklungen vollends verschlafen. Sie setzte weiter auf Dealer, während sich der Handel längst ins Netz verlagert hatte. 'Ndrangheta, Camorra, sie blieben außen vor, aber auch die Narcos, die Iraker und Iraner. Zuerst reagierten die Platzhirsche panisch. Heroin und Kokain wurden spottbillig auf den Markt geworfen. Doch mit den Dumpingpreisen dieser neuen Droge konnten sie trotzdem nicht mithalten. Schließlich versuchten die Kalabresen und die Camorra aus Neapel irgendwie selbst an den Stoff zu kommen, um zumindest hier in Italien den Markt zurückzuerobern. Mittels eines Umwegs über Russland hat sich ein Weg aufgetan, um an Ware aus China zu gelangen. Der Garebani-Clan aus Neapel spielt eine entscheidende Rolle. Die Garebanis …«

»Garebani?«, unterbrach der Commissario sie flüsternd. Garebani, den Namen kannte er. Er hatte ihn irgendwo in seinem Hinterkopf abgespeichert.

»Giorgio Garebani, U Luna…«, murmelte er.

»U Lunatico, der Launische«, beendete sie seinen Satz. »Ja, die Garebanis kontrollieren seit einem Bandenkrieg vor über sechs Jahren wieder einen Großteil der Stadt. Damals wurde U Lunatico, der Familienboss, von den verfeindeten Secchesi an uns, die *DIA*, verraten. Ein Tabubruch. Giorgio Garebani kam hinter Gitter.«

Grauners Erinnerung kam zurück: Saltapepe war Teil der Einsatztruppe gewesen, die damals in Neapel Giorgio Garebani festgenommen hatte. Er soll den Boss sogar eigenhändig gefasst haben. Eine Heldentat. Das hatte der Commissario in den vergangenen Jahren nicht vom Ispettore selbst, sondern über drei Ecken erfahren. Doch dann, unmittelbar nach der Festnahme, musste irgendetwas gehörig schiefgelaufen sein. Saltapepe, so die Gerüchte, soll beim Verhör handgreiflich geworden sein. Was auch immer passiert war, der Ispettore war zur Strafe nach Südtirol versetzt worden. Grauner hatte nie verstanden, warum es sich dabei um eine Strafe gehandelt haben sollte. Ins Paradies versetzt, das war doch ein Lottogewinn. Aber da war, das wusste er, der Ispettore ganz anderer Meinung.

»U Lunaticos stumme Tochter, Cleo, A' silenziòs, wie sie alle nennen, führte in den Monaten darauf einen erbitterten Kampf, sie hatte die meisten anderen Clans und Familien auf ihrer Seite. Ein Verrat an die Polizei, das war nicht zu akzeptieren. Darin waren sich alle einig. Die Secchesi wurden ermordet. Alle. Bis auf den einen Verräter, der die Omertà durchbrochen hatte, der sich hatte festnehmen lassen, um uns das Versteck zu verraten, in dem sich U Lunatico verkrochen hatte, der später als *pentito*, als Kronzeuge ausgesagt hatte.«

Grauner fand das spannend, aber anderes war nun dringlicher. »Der Weg des Carfentanyls der Russen …«

»… führt über Gröden. Und gelangt ganz traditionell von dort zu den Zwischenhändlern, den Straßendealern, den Endkonsumenten in Norditalien. Zuerst zu denen in Südtirol und hier im Trentino …«

Grauner räusperte sich.

»Wie … ich meine, warum … warum erzählen Sie mir das? Warum haben Sie auf meine Nachricht geantwortet?«

Eine berechtigte Frage, wie er fand, die ihm die ganze Zeit schon auf den Lippen gelegen hatte. Schließlich brachte es dieser Frau keinen Vorteil, sich mit ihm zu treffen.

»Aus zwei Gründen, Commissario. Sie haben in der Mail Ihre Tochter erwähnt …«

»Was wissen Sie? Was hat sie mit alldem zu tun? Bitte …«

Er rutschte auf der Bank hin und her. Krallte die Finger in das Holz.

»Ich weiß nichts über Ihre Tochter, Commissario, ich kenne nicht einmal ihren Namen. Ich weiß aber, dass die Drogendealer der hier ansässigen Camorristi Kinder und manchmal auch abhängige Eltern benutzen, um Heroin gestreckt mit Carfentanyl unter die Leute zu bringen …«

Kurz stockte sie.

»… es an Schulen an Schüler zu verteilen.«

Er beugte sich nach vorne, vergrub das Gesicht in den Händen. »Sie wollen sagen, dass unsere Sara eine Drogendea…«

»Ich weiß es nicht, Commissario.«

Er sackte in sich zusammen, am liebsten hätte er losgeheult, er hatte sich noch nie so elend gefühlt.

»Ich … wir … mein Freund, auch er arbeitet bei der *DIA*, auch er ist in diese Operation involviert, er hat einen jüngeren Bruder. Hatte. Wir …«

Er vernahm das Beben in ihrer Stimme.

»Wir haben ihn verloren. An die Drogen. An die Dealer. In Caserta.«

Grauner dachte an den Mann vorhin im Café, der Mann mit der *Gazzetta*, das war wohl ihr Freund, vermutete er.

Wieder packte sie ihn am Arm. »Ich bete für Sie, dass Sie Ihre Tochter wiederfinden, dass sie heil da rauskommt.«

Er schluckte.

»Sie sagten, es gebe zwei Gründe, warum Sie sich mit mir getroffen haben. Was ist der zweite?«

»Claudio.«

»Claudio?«, fragte er überrascht. Er hatte in den vergangenen Sekunden beinahe wieder vergessen, dass dieser Fall auch etwas mit der Vergangenheit des Ispettore zu tun zu haben schien.

»Wie … woher? Woher kennen Sie Claudio?«

»Ich kenne ihn aus Neapel. Wir waren in der gleichen Einsatztruppe und wir, Claudio und ich …«

Sie schluckte vernehmlich.

»Wir haben U Lunatico geschnappt.«

Ruhig sprach sie weiter.

»Ich war dabei, als U Lunatico ihm Rache schwor.«

Sie räusperte sich.

»Wir wissen seit einigen Wochen, dass ein Treffen zwischen der Camorra und den Russen in Gröden stattfinden soll. Vor wenigen Tagen haben wir erfahren, dass A' silenziòs wohl höchstpersönlich nach Südtirol kommen wird. Vielleicht ist sie bereits da. Bei dem Treffen geht es wohl um logistische Fragen, um die Lagerung und Verteilung des Stoffes. Auch um die Organisation der Geldwäsche. In Geschäften, Hotels, Pizzerien. Vielleicht geht es aber auch um …«

»Rache«, zischte Grauner.

»Das ist gut möglich«, flüsterte Stella. »Ich habe von Kollegen gehört, dass Claudios Name gefallen sein soll. In einem vertraulichen Gespräch mit einem Südtiroler Staatsanwalt.«

Grauner biss sich auf die Lippen. Zwang sich, zu schweigen.

»Claudio ist nicht mehr sicher. Auch deshalb bin ich hier. Kümmern Sie sich um ihn! Schaffen Sie ihn weg! Er muss sich verstecken, zumindest so lange, bis das alles vorbei ist.«

»Alles vorbei«, murmelte der Commissario. Er dachte an Sara, er hielt es nicht aus, sie nicht in Sicherheit zu wissen. Wie sollte er die Kraft aufbringen, sich auch noch um seinen Kollegen zu kümmern? Wenn er es nicht einmal schaffte, seine Tochter zu beschützen. Es zerriss ihn.

»Wir wurden von dem Fall abgezogen. Saltapepe ist nicht mehr in Wolkenstein. Wahrscheinlich …«

»Da habe ich andere Informationen …« Sie sprach nicht weiter.

Grauner hörte ein Rascheln hinter sich, ein tiefes Einatmen. Stella musste aufgestanden sein. Er spürte eine Hand auf den Schultern.

»Holen Sie Claudio aus der Schusslinie. Bringen Sie ihn weit, weit weg. Tun Sie, was ich Ihnen sage, und danach vergessen Sie, dass Sie mich getroffen haben.«

Die Hand löste sich von seiner Schulter.

»Warten Sie, nein, bleiben … ich muss … ich habe …«

Die Schritte entfernten sich.

»Ich habe noch so viele Fragen …«, flüsterte er.

Die Schritte waren nicht mehr zu hören, er drehte sich um, starrte in die Dämmerung.

Er saß noch eine Weile stumm da. Dann löste er sich langsam aus seiner Starre. Er holte sein Handy hervor. Mehrere Anrufe in Abwesenheit von Alba. Was sollte er ihr sagen? Er, der seine verdammte Pflicht, ihre Tochter zu beschützen, nicht wahrzunehmen schaffte. Er, der nun wusste, dass sie da in etwas Großes, viel zu Großes hineingeraten waren. Nicht er als Commissario. Er als Vater. Sie als Eltern.

»Da habe ich andere Informationen …«, wiederholte er flüsternd Stellas Worte. »*Operation Nuvola*. Bereits seit anderthalb Jahren. Belli hat mir gesagt, er habe die Kollegen von der *DIA* erst vor einigen Tagen eingeweiht … Claudios Name … in einem vertraulichen Gespräch mit einem Südtiroler Staatsanwalt …«

Er scrollte sich durch die letzten Anrufe. Fand Claudios Nummer. Tippte auf den grünen Hörer. Wartete. Kein Freizeichen.

Questo numero non è al momento raggiungibile. Le chiediamo gentilmente di riprovare più tardi.

Diese Nummer ist derzeit nicht …

Er fluchte.

16

Sie quetschten sich durch den Bauzaun hindurch. Zuerst Sara, dann Mickey. Sie betrachteten den Rohbau, er wirkte einschüchternd. Wie ein Steinmonster. Es schien sich niemand auf der Baustelle zu befinden, weiter vorne standen Betonmischer und zwei Lkws. Außerhalb der Grundstücksgrenzen lärmte das graue Bozner Industriegebiet.

»Sicher hier?«, fragte Mickey.

Sara holte noch einmal ihr Smartphone hervor, tippte darauf herum, öffnete die WhatsApp-Nachricht, die sie bekommen hatte. Von einer unbekannten Nummer. Sie tippte den Standort an, zog die Karte größer, wies auf den Punkt, der darauf verzeichnet war.

»Ja«, sagte sie und las noch einmal die Zeilen, die der unbekannte Absender mitgeschickt hatte. »*Der Rohbau im Süden der Industriezone. Ganz oben, auf der Parkfläche. Siebzehn Uhr. G.*« Der kalte Wind verschluckte halb die Worte.

Sie vermutete, dass das *G* für Gianni stand, wissen konnte sie es nicht.

Sie konnten nur diese Baustelle gemeint haben. Sie war die einzige, hier, ganz am Ende der Stadt. Weit weg vom Zentrum, vom Waltherplatz, den Lauben, der Universität, den Talferwiesen, dem Bahnhofspark.

Sara war fasziniert von der Hässlichkeit dieses Ortes. Hier, wo die letzten Gebäude Bozens standen und das Grau ins Grün überging, auf der anderen Straßenseite lagen Apfelbaumplantagen, begann das Land.

Sie mochte beides. Das Morbide der Stadt und die Schönheit der Natur. Sie wollte, auch wenn sie nicht wusste, wie sie es ihrem Vater beibringen sollte, bald von zu Hause weggehen. Weit weg. Sie wusste, er dachte, dass sie sich längst entschieden hätte, gemeinsam mit Mickey auf dem Hof zu arbeiten, ihn irgendwann zu übernehmen. Würden sie ja auch vielleicht, irgendwann. Aber zuerst wollten sie beide die Welt sehen.

Sie stapften die Treppen des Rohbaus hoch.

Sie würde in wenigen Monaten die Matura hinter sich bringen. Irgendwie. Dann bloß nicht studieren. Einfach wegziehen. Irgendetwas arbeiten. In London vielleicht. In Berlin. Oder ihretwegen auch in Nordfriesland. Irgendwo, wo es flach war. Anders war.

In den Bergen hatte sie sich immer eingeengt gefühlt. Sie mochte sie, aber sie bereiteten ihr auch Unbehagen. Ja, vielleicht würde sie sich irgendwann zurücksehnen, sich mit allem versöhnen, mit dem öden Alpenprovinzdasein, aber dafür musste sie erst einmal weggehen. Sich andere Provinznester anschauen, auch die Metropolen dieser Welt.

Aber zuallererst mussten sie das hier beenden. Sie konnte kaum glauben, was sie hier taten, in was sie hier hineingeraten waren. Sie hätte am liebsten alles hingeworfen, doch sie konnte nicht, weil sie ihn liebte. Sie liebte ihn so sehr.

Sie drehte sich um, sah, dass Mickey ebenso langsam die Treppen hochging, sie wusste, dass er Angst hatte. Sie hatte auch Angst vor dem, was als Nächstes geschehen würde. Doch seine Angst war eine andere. Es war die Angst eines Sohnes um seine Mutter.

Sie waren letzte Nacht bei ihr gewesen. Und die Nächte zuvor. Sie hatten ihr mit feuchten Tüchern den Schweiß von der Stirn gewischt, sie hatten sie festgehalten, wenn sie um sich geschlagen, gebissen, geschrien hatte.

Sie hatten sich zu ihr gelegt, sie gestreichelt, wenn sie gewimmert und geweint hatte, sie hatten sie angefleht, etwas zu essen, Tee zu trinken.

Als Sabine endlich eingeschlafen war, im Morgengrauen, hatten sie sie alleine in der Wohnung zurückgelassen, in der Hoffnung, sie würde schlafen, ihr Körper würde sich erholen, vom kalten Entzug. Sie hofften, sie würde die Kraft haben, die Sucht zu bekämpfen.

Sie hatten nicht bei ihr bleiben können. Sie mussten diese Sache in Ordnung bringen. Sonst würde nicht der Stoff sie töten, sondern die Menschen, die sie jetzt trafen. Ja, sie mussten das hinter sich bringen. Durften mit niemandem darüber reden. Schon gar nicht mit Papa. Nicht mit Mamma. Gott, wenn diese Leute erfahren würden, dass sie die Tochter eines Kommissars der Staatspolizei war, der Mordkommission, sie wollte sich nicht ausmalen, was dann geschehen würde.

Sie erreichten die letzte Etage des Rohbaus, Sara vermutete, dass hier ein Einkaufszentrum entstand. In einem halben Jahr würden sich darin viele Menschen tummeln. Aus Bozen, aus der Umgebung. In der ersten Etage würden sie Gemüse, Brot, Fleisch und Milch finden, vielleicht auch eine kleine Spielecke für Kinder, einen Buchladen, in der zweiten die Sportabteilung, einen Sonnenbrillenladen, ein Haushaltswarengeschäft, im dritten Stockwerk Restaurants, eine Pizzeria vielleicht, eine Salatbar.

Sie erreichten die letzten Stufen, traten auf das Parkdeck. Früher einmal hatten sich Sara und Mickey in der Stadt nachts immer wieder in Rohbauten wie diesen geschlichen, sie waren ganz nach oben geklettert, hatten dort gemeinsam geraucht, etwas Marihuana, dann hatten sie sich geküsst, ihr war immer leicht schwindelig geworden, vor Glück, vom Rauchen, dann hatte sich eine wohlige Wärme in ihr ausgebreitet.

Sie rauchte gerne ab und an etwas, es beruhigte sie, aber sie hatte zu viel Angst, etwas anderes zu probieren. Etwas Härteres, so etwas wie das, das sie gerade in der dunklen Lederschultasche mit sich herumtrug. Was auch immer das genau sein mochte.

Sie sah auf der anderen Seite der Plattform vier Personen stehen. Zwei lehnten an einem silbernen Wagen. Ein Mercedes C-Klasse. Die zwei anderen hockten etwas abseits auf Motorrädern. Sie mussten schon lange vor ihnen hier angekommen sein.

Langsam kamen Sara und Mickey näher, langsam erkannte Grauners Tochter die Gesichter. Da stand Joe, der Barmann. Der neben ihm musste Gianni sein. Er war dick, schwitzte. Glatze, verwaschene Jeans, Karohemd. Genau so hatte Sabine ihn beschrieben.

Die beiden auf den Motorrädern, eine junge Frau und ein junger Mann, hatte sie noch nie gesehen. Die Frau trug ihr langes blondes Haar offen. Sie hatte kirschrote Lippen. Der Mann hatte sich das schwarze Haar zu einem Zopf gebunden. Er war käseweiß, die Wangen waren eingefallen. Auf der linken prangte eine Tätowierung. Drei Kreuze.

Fünf Meter vor ihnen blieben sie stehen. Sara spürte das Herz pumpen, so stark, es raubte ihr fast den Atem. Dreimal versuchte sie, einen Satz zu beginnen. Dreimal gelang es ihr nicht. Sie stöhnte nur.

Die Blonde ging einen Schritt auf sie zu, dann drehte sie sich zu dem anderen Motorradfahrer um, winkte ihn herbei. Sie gestikulierte nur wortlos. Sara brauchte einige Sekunden, um zu verstehen, dass die Frau stumm war, dass sie Gebärdensprache nutzte. Der junge Mann mit der Tätowierung im Gesicht übersetzte, er sprach nur gebrochen Deutsch und hatte einen starken osteuropäischen Akzent.

»Ihr habt etwas, das uns gehört.«

Sara bemühte sich, keine Reaktion zu zeigen. Im Augenwinkel sah sie Mickey nicken. Sie zuckte zusammen. Sie hatten besprochen, dass sie das Sprechen übernehmen würde.

»Ihr seid hier, um es uns zurückzugeben?«

Sie nickte nicht. Mickey auch nicht. Sie krallte die Finger in die braune Tasche, die sie vor dem Bauch hielt. Sie öffnete den Mund, spürte, wie trocken er war.

Sie straffte die Schultern.

»Zwingt sie nicht mehr, für euch zu dealen.«

Der Motorradfahrer grinste.

»Seine Mutter«, er zeigte auf Mickey, »hat Ware und Geld gestohlen. Eine große Menge Ware. Viel Geld.«

Jetzt war der alles entscheidende Moment gekommen. Sara öffnete die Tasche, zog eine kleine Tupperdose voller Päckchen mit Stoff heraus. Auch einige Geldbündel. Sie hielt der blonden Frau die Dose und das Geld hin, beides wog schwer in ihrer Hand.

Die Frau drehte sich zu Gianni um, winkte ihn herbei. Er kam zu ihnen, nahm die Drogen und das Geld wortlos entgegen und reichte sie weiter zu der Blonden. Sie hielt die Dose in den grauen Himmel, betrachtete sie. Dann nickte sie.

Gianni sprach. »Wo ist der Rest? Das hier«, er zeigte auf die Ware, »ist nicht alles. Wo ist der Rest des Stoffs?«

Sara schluckte, dann begann sie zu sprechen.

»Sabine wird in Sicherheit gebracht, heute Nacht. Sobald ich weiß, dass sie weit weg ist, bringe ich euch alles.«

Die Blonde drehte sich zum Tätowierten. Er gestikulierte. Sie schnalzte mit der Zunge, zeigte auf Mickey. Der erbleichte. Sara kapierte sofort, was sie wollte. Und Mickey hatte es wohl auch verstanden.

»Okay, er bleibt bei euch. In der Zwischenzeit.«

Sie wartete auf eine Reaktion. Wieder gestikulierte der Tätowierte. Die Blonde zögerte, nickte schließlich.

Auch Mickey nickte. Gianni kam näher, baute sich vor Mickey auf, hob die Hand, wollte sie wohl auf die Schulter des Jungen legen. Mickey schlug sie weg, ging zum Auto, der Dicke trottete hinterher. Für den Bruchteil einer Sekunde sah Sara den Griff einer Pistole aus seinem Hosenbund hervorblitzen. Sie spürte, wie ihre Knie weich wurden, sie hoffte, bei Sinnen zu bleiben.

Die Blonde drückte dem Tätowierten den Stoff in die Hand, der öffnete seine Lederjacke, schob die Dose ins Innere, zog den Reißverschluss wieder zu.

Auch die Blonde setzte sich auf ihr Motorrad, beide machten die Maschinen an, sie heulten auf. Dann rollten sie langsam auf Sara zu, blieben stehen, der Mann mit den Kreuzen auf der Wange schob das dunkle Visier hoch.

»Übermorgen, wieder hier. Sechs Uhr früh, wenn nicht, Sara Grauner, Tochter des Kommissars der Mordkommission, dann …« Er strich sich mit der Hand über die Kehle, schloss das Visier, dann drehten sie ab, fuhren zur Rampe, verschwanden.

Sara sah zum Auto, Joe wartete bereits darin. Der schwitzende Gianni hielt Mickey die Hintertür auf, der ein letztes Mal zu Sara schaute, er war blass. Dann schloss der Dicke die Tür und stieg auf der Beifahrerseite ein.

Sobald der Mercedes nicht mehr zu sehen war, sank Grauners kleines Mädchen in sich zusammen. Sie legte den Kopf auf die Knie, plötzlich spürte sie die Kälte, sie sehnte sich nach Mickey, danach, ihn im Arm zu halten, sie sehnte sich nach Mamma, nach Papa, sie begann hemmungslos zu weinen.

17

Tappeiner war von Saltapepes Wohnung zur *Bar dello Stadio* gelaufen. An der Tür hatte ein Schild gehangen, auf dem zu lesen war, dass diese montags erst abends öffnete. Sie war zur Questura gelaufen, hatte versucht zu arbeiten, was ihr nicht gelungen war. Sie hatte überlegt, Grauner anzurufen, doch sie hatte ihn nicht stören wollen. Burn-out, hatte Belli gesagt. Sie hatte dagesessen, in die Luft gestarrt, nicht einmal das Kletterspiel auf dem Computer hatte sie abgelenkt, mittags hatte sie keinen Hunger gehabt, am frühen Nachmittag war sie rausgegangen, sie hatte es nicht mehr ausgehalten.

Sie lief das Ufer des Eisacks auf und ab, sie versuchte, an etwas anderes zu denken, doch es gelang ihr nicht.

Normalerweise liebte sie solche Spaziergänge, die Gedanken schweifen zu lassen, das hatte sie als Jugendliche schon gemocht, lange hatte sie gedacht, etwas stimme nicht mit ihr, sie müsse lernen, im Hier und Jetzt zu leben, heute dachte sie das nicht mehr. Sie sah es als Geschenk an, eine Träumerin zu sein.

Sie träumte davon, unbezwingbare Wände hochzuklettern, von einem ruhmreichen Leben, von absoluter Freiheit.

Sie träumte von einem Menschen, er hatte weder ein Gesicht noch ein Geschlecht in ihrer Vorstellung, der immer an ihrer Seite war, mit dem sie über alles reden konnte, zu dem sie sich hingezogen fühlte, den sie uneingeschränkt liebte, mit dem sie ihre Leidenschaft auskostete.

Doch heute wanderten ihre Gedanken immer wieder zurück zu dem Fall, zu Saltapepe, während sie am Ufer des reißenden Flusses saß, Steine ins Wasser warf und sich freute, wenn der Stein mit einem dumpfen *Plopp* im Wasser versank.

Irgendwann legte sie sich auf den Rücken, beobachtete die Wolken beim Wandern, bis es dämmerte.

Am frühen Abend erreichte sie erneut das Stadion von Bozen, nebenan, vor dem Hallenbad, parkten unzählige Autos, sie roch das Chlorwasser, sie liebte diesen Geruch, sie sah das Flutlicht im Stadion, hörte die Schreie, da trainierte wohl eine Mannschaft. In der *Bar dello Stadio* brannte Licht, Tappeiner trat ein, im Inneren hielten sich keine Gäste auf, hinter der Theke stand eine Frau, Alice wohl, und schaute zum Fernseher, der in einer der Ecken hing.

Fußball. Serie A. Irgendein Spiel. Tappeiner interessierte sich nicht sonderlich für Mannschaftssport.

Sie räusperte sich. Erschrocken fuhr die Frau hinter dem Tresen herum, sie hatte wohl keine Gäste erwartet.

»Buona sera«, sagte Tappeiner.

»Ciao«, sagte Alice und hatte sich schon wieder zum Fernseher gedreht. Murmelnd.

Silvia setzte sich an die Theke, versuchte, das Murmeln zu verstehen. Sie schaute auf den Bildschirm.

Napoli – Atalanta stand da, das Bild zeigte jubelnde Spieler in schwarz-blauen Trikots.

Der Fernseher war auf lautlos gestellt. Im Hintergrund lief leise Radiomusik. Irgendein italienischer Sänger schnulzte seinen Herzschmerz vor sich hin.

0–1 stand neben den Namen der beiden Mannschaften. Tappeiner hörte schließlich, dass Alice leise fluchte. Atalanta musste das Führungstor soeben geschossen haben. Als sie sich schließlich erneut ihr zuwandte, bestellte Tappeiner einen Espresso, den sie in zwei tiefen Schlucken austrank.

»Kommt Claudio heute nicht?«, fragte sie so beiläufig wie möglich, so als ob sie jeden Abend hier säße.

Die junge Frau hob die Schultern. »Keine Ahnung«, sagte sie schließlich, »gestern war er auch nicht hier. Seltsam.« Sie verzog den Mund zu einer Schnute. »Wird Überstunden machen müssen.«

Tappeiner musterte die junge Frau. Auf so etwas stand Claudio also, dachte sie und schmunzelte.

Das Mädchen war hübsch, keine Frage, aber auch ein bisschen zu schön, ein bisschen langweilig schön, ein bisschen billig schön. Sie bemerkte, dass es sie ein wenig ärgerte, dass der Ispettore mit ihr wohl etwas am Laufen hatte.

»Ich bin eine Kollegin von Claudio«, fuhr sie fort. »Ich …«, kurz dachte sie nach, »ich bin auf der Suche nach ihm. Das Handy hat er ausgeschaltet und zu Hause ist er auch nicht.«

Die Barfrau grinste.

»Wenn einer wie Claudio das Handy ausschaltet und nicht zu Hause ist, dann ist er bei einer seiner Freundinnen, die denkt, dass es nur sie gäbe. Sonst noch Fragen, Signora Ispettoressa?«

Alice schaute Tappeiner verächtlich an und bückte sich, um einige Weinflaschen aus einer Kühltruhe zu ziehen. Tappeiner verzichtete darauf, die Frau zu korrigieren, ihr zu sagen, dass sie überhaupt keine Inspektorin sei, sie legte zwei Euro auf den Tresen, schaute kurz zum Fernseher. Wieder jubelten die Männer in den schwarz-blauen Trikots, versammelten sich und tobten.

»Ciao«, sagte sie zur Barfrau und nickte zum Fernseher hinüber.

Das Fluchen verfolgte sie, als sie ins Dunkel hinaustrat. Sie lief unter den Platanen die Triesterstraße entlang, erneut drang ihr der Chlorgeruch des Hallenbads in die Nase, sie hörte das Rufen der Männer vom Fußballplatz, sie wich Pfützen aus geschmolzenem Schnee aus.

Sie hatte sich vorgenommen, noch einmal zu Saltapepes Wohnung zu gehen, sollte er immer noch nicht da sein, wollte sie Grauner anrufen, ihm Bescheid geben. Sie lief an der Hecke vorbei, die das Freibad von der Straße abgrenzte, sie blickte auf die nackten Wiesen, den Schnee, den Matsch, das leere Becken, den verwaisten Zehnmeterturm, es gab nichts Trostloseres als ein Freibad im Winter, dachte sie.

Weiter vorne an den wildwüchsigen Büschen sah sie im Schatten jemanden stehen.

Erst dachte sie, es wäre ein Hundebesitzer, der darauf wartete, dass sein Vierbeiner im Gebüsch sein Geschäft verrichtete.

Sie kam näher.

Da war keine Hundeleine, da war kein Hund.

Sie kramte in ihrer Tasche, nichts, verdammt, in solchen Situationen gab es ihr ein Gefühl von Sicherheit, ihr Pfefferspray zu umklammern, auch wenn sie es noch nie verwendet hatte. Aber das Spray musste in irgendeiner anderen Jacke stecken. In Gedanken ging sie die Griffe durch, die sie bei einem Selbstverteidigungskurs gelernt hatte, den sie mit einer Freundin vor einem halben Jahr absolviert hatte.

Man musste das Gegenüber fest am Unterarm packen, schnell, überraschend, ruckartig ziehen, sich bücken, zur Seite drehen.

Wenn alles nicht klappte: schreien, um sich schlagen, kratzen, beißen, in die Eier treten.

Sie erinnerte sich an die Worte des Kursleiters: »Wenn es darauf ankommt, müsst ihr alles tun, um euch zu verteidigen. Haltet euch an keine Regeln, werdet zu wilden Furien, zu Bestien, schlagt das Gegenüber in die Flucht. Am besten aber ist es, es gar nicht erst so weit kommen zu lassen. Wechselt die Straßenseite, wenn ihr euch unwohl fühlt. Das ist scheiße, dass ihr das tun müsst, aber in so einem Moment ist das einzig Wichtige, dass euch nichts passiert.«

Sie war noch sieben, sechs, fünf Meter von der Gestalt entfernt, die ihr nun tatsächlich etwas Angst einjagte. Sie stand einfach nur da, im Schatten des Busches, regungslos.

Tappeiner schaute kurz nach rechts, auf die Straße, kein Auto in Sicht, die Laternen klatschten milchig gelbes Licht auf den nassen Asphalt, sie drehte ab, überquerte die Fahrbahn, horchte, vernahm keine Schritte hinter sich, gleich würde sie die andere Straßenseite erreichen, drüben, etwa hundert Meter vor ihr an der Rombrücke, sah sie Passanten, dort wäre sie in Sicherheit.

»Pssst«, hörte sie eine Stimme hinter sich.

Sie beschleunigte die Schritte.

»Pssst! Silvia, ey!«

Tappeiner erstarrte. Sie kannte die Stimme. Drehte sich um, die Gestalt war in das Licht der Laterne getreten. Grauners Assistentin schaute nach links und rechts. Dann lief sie zu ihm hinüber. Er zog die Kapuze vom Kopf.

»Claudio, verdammt!«, zischte Tappeiner.

Der Ispettore hob beschwichtigend die Hände.

»Was soll das? Was machst du?«, sie zog an seiner Jacke.

»Silvia, ich muss weg hier. Aber ich weiß nicht, wohin. Seit Stunden streune ich durchs Viertel. Ich traue mich nicht …«

Sie ergriff seine kalten Hände. Noch hatte sie die leise Hoffnung, dass das alles nichts als ein blöder Scherz war.

Er zog sie mit sich.

»Da drüben, am anderen Ende der Brücke, steht mein Alfa.«

Auf dem Parkplatz vor dem Stadion heulte ein Motorrad auf, das weiße Scheinwerferlicht erfasste die Straße, die Maschine verschwand schließlich in die entgegengesetzte Richtung. Tappeiner drückte sich fest an den Ispettore.

18

Sie standen am neuen Busbahnhof. Er war grell beleuchtet. Viel zu grell für Grauners Geschmack.

Sie hatten sich am Waltherplatz wiedergetroffen, er war mit dem Panda so schnell wie möglich nach Bozen zurückgekehrt. Viel zu schnell. Normalerweise war er kein Raser. Hundert Stundenkilometer waren ihm eigentlich schnell genug. Wenn er schneller fuhr, kam es ihm immer so vor, als würde auch das Leben schneller vergehen, was ihm missfiel. Er liebte Gemächlichkeit, Gemächlichkeit empfand er als Luxus.

Er hatte das Gaspedal erneut voll durchgetreten. Der Panda hatte wieder zu wackeln begonnen, der Motor hatte sich angehört wie ein vor Schmerzen trötender Elefant. Der Commissario, ansonsten ein überzeugter Rechtsfahrer, hatte die linke Spur nicht verlassen, während er auf dem Handy herumtippte. Er hatte mehrmals versucht, den Ispettore zu erreichen. Nichts. Also eine SMS.

Claudio, wo steckst du? Melde dich sofort!

Erst wollten sie sich in ein Café oder ein Restaurant setzen. Doch dann bemerkten sie, dass sie weder durstig noch hungrig waren.

Alba hatte Grauner alles erzählt, was sie in den vergangenen Stunden erlebt hatte. Er war froh, dass sie nun wieder zusammen waren. Sie liefen zu den Lauben der Altstadt hoch, aus den Lokalen drang Gelächter, Geschrei, der Duft von Knödeln, Sauerkraut und Pizza.

Geschäftige Bozner eilten an ihnen vorbei, die noch

letzte Besorgungen verrichten wollten, bevor die Geschäfte schlossen. Bäckerei, Parfümerie, Herrenausstatter. Grauner und Alba bogen ab, sie liefen durch eine enge Gasse, die schiefen Wände zu ihren Seiten schienen beinahe auf sie herabzustürzen, sie erreichten die Dr.-Josef-Streiter-Gasse, vor einem Kino hatte sich eine Menschentraube versammelt.

Der Commissario begutachtete kurz das Filmplakat. Zwei Männer in Uniform standen sich gegenüber. Beide hatten einen Schnauzbart. Einer trug eine Soldatenmütze, der andere eine runde Brille. *L'ufficiale e la spia,* stand auf dem Plakat. Grauner interessierte sich nicht fürs Kino, es war ihm ein Rätsel, wie sich Menschen freiwillig in dunklen Räumen versammelten, wo es doch daheim, in der Stube, viel gemütlicher war.

Auch er erzählte Alba, was er in den vergangenen Stunden erlebt hatte. Es hatte keinen Sinn, ihr irgendetwas zu verschweigen. Das hier war kein Fall. Hier ging es um ihre Familie. Und nun kam auch noch die Sache mit Saltapepe dazu. Die Vorschriften waren ihm egal. Sie kämen nicht weiter, hielten sie sich an die Vorschriften.

»Du nimmst den letzten Bus, der ins Dorf fährt«, sagte er, »ich werde hier weiter nach ihr suchen. Und nach Claudio. Und … ich muss noch jemandem einen Besuch abstatten.«

Sie nickte nur.

»Du musst die Kühe melken. Und vielleicht …«, er stockte kurz, er wusste, wie hilflos die folgenden Worte klingen würden. »Vielleicht ist Sara inzwischen ja …«

Er schaffte es nicht, den Satz zu Ende zu bringen.

Sie liefen am Kapuzinerkloster vorbei, an einem dunklen Park. Für eine Sekunde hoffte er, sie dort einfach sitzen zu sehen, rauchend, eine Flasche Wein in der Hand, neben ihr Mickey. Und alles wäre wieder gut. Er wäre nicht böse auf sie, nein, er würde sie umarmen, so fest, wie er sie noch nie umarmt hatte, er würde sie nie wieder loslassen, ihr sagen, wie sehr er sie liebte.

Alba hielt sich die Hand vors Gesicht, sie schluchzte, er legte ihr den Arm um die Schultern, drückte sie an sich, schob sie sanft voran. Sie durften nicht stehen bleiben. Sie durften sich nicht von der Verzweiflung überwältigen lassen. Er musste stark sein. Alba war sonst immer die Starke, jetzt war es an ihm, keine Schwäche zuzulassen.

Alba stieg in den Bus, suchte sich einen Platz weit hinten, Grauner sah sie durch die Fenster und winkte. Es war, als wären sie noch einmal jung, die Liebe zu ihr übermannte ihn, er hatte das Gefühl, er müsse sich für eine lange, lange Zeit von ihr verabschieden, so wie damals, als sie beide siebzehn waren und sie für einen Sommer nach Rimini ging, um dort in einer Bar zu arbeiten.

Als sie ihm zwar ihre Liebe versichert, er jedoch trotzdem die Eifersucht in sich gespürt hatte, den fürchterlichen Gedanken, sie vielleicht zu verlieren, an irgendeinen Strandgigolo.

Würde er sie verlieren, würden sie Sara verlieren, er sähe keinen Sinn mehr in diesem Leben. Mahler. Er würde Mahler nicht mehr hören können. Nicht mehr im Stall arbeiten können. Erst recht nicht mehr in der Questura. Mahler, der Hof, die Kühe – all das war ohne Alba, ohne Sara nichts.

Er spürte einen heftigen unbekannten Schmerz, als der Bus im Dunkeln verschwand.

Er ging ein paar Schritte, dann vibrierte es in seiner Jacke. Hastig holte er das Handy hervor, es fiel ihm zu Boden, er bückte sich, sah das Display. Tappeiner. Nicht Sara. Enttäuscht hob er ab.

»Silvia!«

Er lief ein paar Schritte schneller, dann blieb er stehen.

»Ja. Ja, ja. Ich? Krank? Nein. Wieso? Hm. Ja. Unbedingt. Wann? Mitternacht! Einverstanden. Wo?«

19

Sie lief von der Industriezone ziellos in Richtung Norden. Das Ufer des Eisacks entlang, sie klappte den Kragen der Jacke hoch, das Rauschen des Wassers, der Wind, alles fühlte sich so laut, so nah an. Sie sah jemanden unten bei den Steinen am Wasser liegen. Welcher Idiot lag bei dem Wetter am Wasser, dachte sie sich. Sie ging weiter.

Sie überholte einige Passanten, Büromenschen auf dem Weg nach Hause, Mütter, die Kinderwagen vor sich herschoben, Pärchen, eng umschlungen. Sie wurde überholt, von klingelnden Fahrradfahrern, von schnaufenden, schwitzenden Joggern. Sie erreichte die Stelle, wo die Talfer in den reißenden Eisack floss, sie schaute auf das schäumende Wasser, die Wellen, die miteinander zu ringen schienen. Der Anblick erschreckte sie, sie wusste nicht, warum.

Sara überquerte die Stahlbrücke, die sich hinter der Questura über das Wasser spannte, sie schaute zum Gefängnis hinüber, dort brannte vereinzelt Licht. Was die Gefangenen wohl gerade machten? Lesen? Fernsehen? Weinend in den Betten liegen? Sie konnte es sich nicht vorstellen, nicht frei zu sein.

Sie überlegte, ob ihr Vater vielleicht im Büro saß. Auch in der Questura brannte hinter einigen Fenstern noch Licht. Wie er und Mamma ihre Zeilen wohl aufgenommen hatten? Hoffentlich machten sie sich nicht zu viele Sorgen. Sie dachten vermutlich, dass sie ein paar Tage mit Mickey verbringen wolle. Sie war ja auch früher schon ab und zu abgehauen, ja, nie so lange, aber dennoch. Alles cool.

Den Stoff konnten sie nicht gefunden haben. Nie im Leben würden sie in ihrer alten Spielzeugkiste herumstöbern.

Sie lief ziellos durch die Innenstadt, über den Waltherplatz, durch die Lauben, sie hörte das Lachen und das Schreien in den Lokalen, sie roch die Knödel, das Sauerkraut, die Pizzas, die Nudeln, die in den Restaurants zubereitet wurden, sie sehnte sich nach den Schlutzern von Mamma, sie ahnte, dass sie zwar hungrig war, aber keinen Bissen hinunterbekommen würde.

Immer wieder zischte ihr durch den Kopf, was Mickey ihr gesagt hatte. Wie alles ablaufen sollte. Dass er alles mit seinem Vater, Sabines Exmann, der in der Nähe von Innsbruck lebte, besprochen habe.

Die grünen Stände auf dem Obstmarkt waren geschlossen. Sara lief an den Bars vorbei, in denen sie so gerne mit Mickey trank, sich mit Freunden traf, Spaß hatte. Vorbei am Kapuzinerkloster, auf den dunklen Spielplatz, der dahinterlag, vorbei an der Rutsche, an den Schaukeln. Sie kroch in das kleine Hexenhäuschen neben dem Sandkasten. Hier hatte sie eines Nachts Mickey zum ersten Mal geküsst.

Sie lehnte den Kopf an die Holzwand, schloss die Augen, öffnete sie immer wieder, schaute auf ihr Handy. Der Anruf, den sie erwartete, er kam nicht. Sie mussten doch längst da sein. Sie schaute aus dem Fensterchen hinaus, sah Schatten um die Häuserwände spazieren, eilen, bummeln. Sie konnte die Gesichter nicht erkennen, hörte die Stimmen nur leise aus der Ferne.

Immer und immer wieder kreiste die eine Frage in ihrem Kopf herum. Warum, verdammt, wussten sie, wer sie war, wie sie hieß?

Wieder und wieder flüsterte sie die Worte des jungen Mannes auf dem Motorrad mit den drei Kreuzen auf der Wange: *Wenn nicht, Sara Grauner, Tochter des Kommissars der Mordkommission, dann …*

Kurz überlegte sie, Mamma anzurufen. Ihr alles zu erzählen. Doch sie entschied sich dagegen. Nein, das konnte sie nicht tun. Sie hatte es Mickey versprochen. Das würde Sabine ins Gefängnis bringen. Ganz sicher. Wahrscheinlich. Sie wusste es nicht. Mamma würde doch alles Papa erzählen. Nein, das wäre verrückt. Papa würde sie für immer hassen. Er würde Probleme bekommen. Nein, dass mussten sie und Mickey alleine klären.

20

Die Stadt glitzerte orange. Die Berge lagen im Dunkeln, nur im Osten, über dem Grödnertal, über den Dolomiten, ließ der wolkenverhangene weiße Mond die schneebeladenen Spitzen leuchten.

Irgendwo da, tief in den Schluchten, hatte er gestern noch

einem toten Dorfpolizisten in die Augen geschaut, dachte Grauner, als er den Panda ausrollen ließ. Hinter der schmalen Leitplanke fiel der Felsen steil ab.

Er hatte die Wartezeit in der Questura totgeschlagen, dann war er losgefahren. Über schlängelnde Serpentinen, durch mehrere Tunnel hatte ihn die Straße hier hoch, zu dem Parkplatz auf halbem Weg von der Provinzhauptstadt zum Plateau von Jenesien, geführt.

Zwei Gestalten lehnten an der Leitplanke, als das Licht des Panda sie erfasste, wandten sie die Köpfe ab, sodass ihre Gesichter nicht zu erkennen waren.

Tappeiner und Saltapepe. Er betrachtete sie für einen Moment, bevor er ausstieg. Beinahe wirkten sie wie ein Paar. Er hatte ja keinen Riecher für so etwas. Hatte er noch nie gehabt. Nicht bei den Menschen, auch nicht bei den Viechern. Dass der Henry lieber mit der Mitzi und nicht mit der Martha – das hatte er anfangs nicht glauben können. Was hatte dieser Stier vom Oberhofer Fritz aus dem Nachbardorf nur für einen eigenartigen Geschmack.

Dass seine Tochter Sara in Mickey verliebt sein könnte, musste ihm seine Frau Alba auch dreimal sagen, bis er es kapiert hatte. Er hatte gedacht, die beiden spielten einfach gerne zusammen Computer. Als es in Saras Zimmer rhythmisch quietschte, dachte er, sie stelle ihre Möbel um. Wieder musste Alba ihm behutsam beibringen, dass seine Tochter kein Mädchen mehr war, sondern eine junge Frau.

Sie nickten ihm wortlos zu.

»Grauner«, flüsterte Saltapepe schließlich in die kalte Luft hinein, weiße Wölkchen bildeten sich vor seinem

Mund. »Die sind hinter mir her. Es ist so weit, die wollen mich jetzt holen.«

Auch Tappeiner blickte den Commissario erwartungsvoll an.

»Ja«, flüsterte Grauner dann, »ja, womöglich. Aber es geht um viel mehr.«

Saltapepe zuckte zusammen. Der Commissario sah, dass ein Auto unten am Eingang des Sarntals auf die Serpentinenstraße bog. In knapp einer Minute würde es bei ihnen sein.

»Was … woher weißt du … ?«, flüsterte der Ispettore.

Ganz im Süden, am Ende der Industriezone, blinkte die Landebahn des Flughafens.

»Sara ist verschwunden. Sie ist weg, seit Tagen schon.«

Saltapepe runzelte die Stirn. Tappeiner schlug sich die Hand vor den Mund.

»Wir haben Drogen in ihrem Kinderzimmer gefunden. Carfentanyl. Das ist so eine Art synthetische Teufelsdroge. Sehr viel stärker als Heroin.«

Tappeiner stöhnte auf.

Saltapepes Gesichts verlor alle Farbe. »Cazzo.«

Das Auto bog um die Ecke, sauste an den dreien vorbei, kurz hatten die Scheinwerfer die Parkbucht gestreift.

Grauner berichtete, was er und Alba in den vergangenen Stunden erlebt hatten. Er erzählte von seinen Gesprächen mit Filippi, mit Dr. Jenny, von seiner Fahrt nach Trient, vom Treffen mit Carolina Stella.

»Caro«, hauchte Saltapepe.

Grauner nickte. »Ja, sie sagte mir, ich solle dich sofort in Sicherheit bringen. Aber du bist ja bereits abgetaucht.«

Sie brachten Grauner auf den neuesten Stand.

Sie waren mit Saltapepes Alfa nach Frangart gefahren, zu Tappeiner nach Hause, hatten einen großen Umweg gemacht, um mögliche Verfolger abzuschütteln.

Sie hatten den Alfa in die Garage gestellt, in ihrer Küche im Stehen gegessen, aufgewärmtes Risotto mit Erbsen, einen Schwarztee dazu, sie hatte ihm seinen Koffer zurückgegeben, dann hatten sie Grauner angerufen.

»Ich habe A' silenziòs auf dem Motorrad sofort erkannt«, sagte Saltapepe. »Ich kenne ihr Gesicht nur aus den Zeitungen und den Polizeiakten, aber es ist eines der Gesichter, die ich in meinem Leben nicht mehr vergessen werde. Sie ist gekommen, um mich zu töten, Grauner.«

Der Commissario schob mit der Stiefelspitze die Parkbuchterde hin und her.

»Vielleicht, vielleicht war aber auch alles nur ein Zufall …«

»Zufall?«, zischte der Ispettore.

»Ja, Zufall. Vielleicht ist sie ausschließlich wegen des Drogenhandels in Wolkenstein, um sich mit den Russen zu treffen. Vielleicht hat sie Klaus Höller erschossen oder erschießen lassen. Saras Verschwinden und der tote Dorfpolizist, da gibt es wohl irgendeinen mir bislang unerklärlichen Zusammenhang. Aber A' silenziòs und du? Vielleicht weiß sie gar nicht, dass sie dir so nahe gekommen ist. Vielleicht bist du rechtzeitig verschwunden.«

Saltapepe fuhr sich durchs Haar. Das machte er sonst nie. Die Frisur!

»Vielleicht, ja, aber darauf will ich mich nicht verlassen.«

Grauner legte ihm die Hand auf die Schulter.

»Natürlich nicht.«

Tappeiner trat an die beiden heran.

»Sara?«, fragte sie.

Grauner senkte den Kopf.

»Dieser Arzt, Jenny, er sagte mir, dass dieses synthetische Zeug in den Schulen kursiert. Stella hat bestätigt, dass die Mafia Kinder zum Dealen zwingt. Auch hier in Südtirol. Sara ist wohl da … da hineingerutscht. Irgendwie … wir … ich … Alba … Wir wissen nicht, wo sie ist.«

Saltapepe atmete scharf ein. »Wir finden sie, wir kriegen diese Schweine.«

Grauner schob ihn von sich weg.

»Du musst verschwinden. Hast du einen Ort …«

»Ja, ich habe mir etwas überlegt«, unterbrach ihn Tappeiner.

Der Commissario schaute zu ihr, dann zu Saltapepe. »Gut«, sagte er.

Eine Weile sprachen sie nicht.

»Grauner, was glaubst du? Was ist hier los? Wo sind wir da hineingeraten?«, fragte Tappeiner schließlich vorsichtig.

Der Commissario antwortete zögernd, wählte seine Worte mit Bedacht.

»Ich weiß nicht, ob wir da wirklich einfach so hineingestolpert sind, oder …«

Er bereute bereits, den Satz begonnen zu haben.

»Oder?«, fragte seine Assistentin fordernd.

Er straffte die Schultern. »Oder ob wir da eher hineingestoßen worden sind«, sagte er schließlich. »Zumindest einer von uns.«

Er fixierte den Ispettore. Vielleicht war es nur ein Hirngespinst. Aber in ihm war ein Verdacht herangereift, den er noch nicht auszusprechen wagte. Dem galt es nun nachzugehen. Er war überzeugt: Nur wenn er sämtliche Zusammenhänge erkannte, gab es eine Chance, Sara zurückzubekommen. Und Claudio zu retten.

Der Commissario bat Silvia, noch einmal kurz zusammenzufassen, was sie im Fall des toten Gemeindepolizisten herausgefunden hatten. Dies war ja nun doch wieder ihr Fall, wenn auch im Geheimen. Tappeiner berichtete von den ergebnislosen Befragungen der Familie des Opfers. Der Mutter, die auch in Wolkenstein lebte. In einem Altenheim. Des Bruders, der als Weinvertreter arbeitete und zwischen Verona und Meran pendelte. Die Mutter und der Bruder seien schockiert gewesen, sie hätten keine Idee gehabt, wer so etwas getan haben könnte. Höller habe keine Feinde gehabt. Sie bestätigten, dass er leidenschaftlicher Amateurfilmer gewesen sei und dass er sich mehrmals vergeblich bei der Polizia di Stato beworben habe.

Im Dorf kursierten viele Gerüchte. Dass der Höller ein Geheimagent gewesen sei, dass er übers Internet mit illegalen DVDs aus Thailand gehandelt habe, dass er die reichen Russen im Dorf bespitzelt habe, aber auch die Bauern, die Skiliftbesitzer, den Bürgermeister, den Pfarrer, dass er ein Satanist gewesen sei, dass er in seiner Wohnung heimlich mit russischen Prostituierten Sexfilme gedreht habe, dass er schwul gewesen sei, dass er auf einer Schweizer Alm Marihuana im großen Stil angebaut habe, dass er einer Gesundheitssekte namens *Die Jünger des Apfelsafts* angehört habe.

Unbrauchbare Auskünfte.

Weiherer habe ihr geschrieben, Höller sei mit einer Beretta 92 erschossen worden. 9 x 19 Millimeter. Mit einer Pistole, wie sie die Polizia di Stato und die Carabinieri benutzten. Wie sie auch der noch immer verschwundene Dardelli besaß. Doch das musste nichts heißen. Auch jeder zweite Kleinkriminelle und Mafioso hatte eine solche Waffe.

Sie standen noch eine Weile da, schwiegen. Der Verkehr in der Stadt war weniger geworden, der Himmel war sternenklar. Die Luft eisig kalt. Dann stiegen sie in ihre Autos und fuhren langsam hintereinander die Serpentinen hinunter.

Am Siegesplatz trennten sich ihre Wege. Tappeiner bog nach rechts in die Freiheitsstraße ab, Grauner fuhr in Richtung der Talferbrücke. Er sehnte sich nach seinem Zuhause, das ohne Sara unvollständig war, doch er musste noch etwas erledigen. Er fuhr um die Altstadt herum, bei der Questura nach links, am Stadttheater vorbei, passierte den Bahnhof, schließlich bog er wieder links ab, erreichte die Hörtenbergstraße. Dort parkte er den Wagen. Ging zu Fuß in Richtung der St.-Oswald-Promenade. Er wusste nicht genau, wo der Staatsanwalt wohnte, aber hier irgendwo musste es sein. Er würde es schon finden.

21

Sie schreckte aus dem Schlaf hoch. Sie spürte das Vibrieren ihres Smartphones, hörte es leise klingeln.

Hastig zog sie es aus der Hosentasche, realisierte erst jetzt, wo sie sich befand. Sie saß immer noch im Hexenhäuschen, auf dem Spielplatz hinter dem Kapuzinerkloster, ihr war eiskalt, kurz dachte sie darüber nach, dass sie vielleicht erfroren wäre, wenn das Klingeln sie nicht geweckt hätte.

Sie schaute auf das Display. Unterdrückte Nummer. Ihre Hände zitterten, sie nahm den Anruf an.

»Ha … Hallo!«, stammelte sie.

Sie hörte die Stimme am anderen Ende der Leitung klar und deutlich.

»Sara?«

»Ja«, antwortete sie und schloss die Augen.

»Es ist alles gut, Sara, Sabine ist bei mir, sie ist in Sicherheit.«

Sie hatte Sabines Exmann erst zwei- oder dreimal gesehen, doch sie erkannte seine Stimme. Sara spürte, wie das Gewicht, das auf ihren Schultern lastete, leichter wurde.

»Hier wird sie niemand finden.«

»Ja«, antwortete sie leise. Sie wusste, dass noch ein weiter Weg vor ihnen lag, bis das alles vorbei war.

Dann hörte sie ein Klacken, er hatte aufgelegt.

Sie sackte erschöpft in sich zusammen, richtete sich nach wenigen Sekunden jedoch wieder auf. Sie durfte nun auf keinen Fall noch einmal einschlafen. Sie kramte in der Hosentasche, holte ein paar Geldscheine hervor. Einen Fünfer, einen Zehner. Sie schaute auf die Uhr. Eine zerkratzte Casio mit aufgemaltem Pandabären, die ihr Mamma und Papa zur Erstkommunion geschenkt hatten. Ein paar Jahre hatte sie die Uhr nicht mehr getragen. Pandas, voll uncool. Nun passten sie wieder zu ihrem Style, hatte sie befunden.

Es war kurz nach halb eins. Sie überlegte, wo sie noch etwas zu essen bekommen könnte. An den Automaten am Bahnhof vielleicht. Oder am Würstelstand'l am Bozner Boden, das rund um die Uhr geöffnet hatte. Irgendwie würde sie hoch ins Dorf kommen müssen. Zu Fuß? Zu weit. Per Anhalter? Vielleicht. Frierend ging sie los.

22

Nur zwei Buchstaben. *M. B.* Martino Belli, das musste es sein. Bellis Villa war von hohen Hecken umgeben. Sie schmiegte sich an die Felsen am Hörtenberg, die Bozen nördlich abgrenzten.

Grauner versuchte, durch die Hecken zu spähen. Nichts. Er lugte durch die Ritzen des hohen Eisentors, fuhr erschrocken zurück, als plötzlich ein grelles Licht anging, drehte sich um, lief ein paar Schritte die Straße entlang.

Er hatte die ganze Sache wieder einmal nicht zu Ende gedacht. Ein Fehler, den er immer wieder machte.

Da geisterte noch immer dieser Verdacht in seinem Kopf herum. Ließ ihn nicht mehr los. Es war nun bereits kurz nach eins. Er konnte doch nicht einfach so klingeln. Ja, Belli war auch unangekündigt bei ihm auf dem Hof aufgetaucht. Aber Belli war sein Chef, ein Staatsanwalt, der konnte sich alles erlauben. Außerdem: Was sollte er sagen? Was sollte er ihn fragen? Was würde Belli antworten? Das war Irrsinn. Aber was sollte er dann tun? Im Auto warten? Bis morgen früh?

Als er von der Hörtenbergstraße in die St.-Johann-Gasse lief, sah er weiter vorne, zwischen anderen parkenden Autos, eine schwarze Lancia-Limousine stehen. Er zwang sich, langsam weiterzugehen. Das war kein normales Auto, keines, das für gewöhnlich in einer Wohngegend herumstand. Die Scheiben waren verdunkelt.

Er bog rechts in eine Seitengasse ein, schlug den Mantelkragen hoch, versuchte, das Kennzeichen zu entziffern. Das war kein normales Kennzeichen. Es ähnelte dem von

Bellis Dienstlimousine. Nur waren die Buchstaben und Ziffern anders angeordnet. Das war der Wagen eines Staatsanwalts.

Grauner erkannte die Silhouette einer Gestalt, da wartete jemand im Auto auf seinen Chef. Er ging möglichst unauffällig langsam weiter, als ob er ein Anwohner wäre, der von einem Barbesuch heimkehrte. Er lief einmal um den Häuserblock, erreichte wieder Bellis Villa, ohne erneut am schwarzen Lancia vorbeilaufen zu müssen.

Es gab nur zwei Möglichkeiten: entweder er klingelte jetzt und riskierte, in eine Situation hineinzuplatzen, die unberechenbar war. Oder er verschob das Ganze bis morgen früh und fing Belli beim Verlassen des Hauses ab.

Er entschied sich, abzuwarten. Nach Hause zu fahren, Alba zu drücken, sie zu küssen, ein, vielleicht auch zwei Stunden zu schlafen, die Viecher zu versorgen, um sechs Uhr zurückzukehren.

Im Augenwinkel sah er, dass sich vorn im Dunkeln etwas bewegte, geistesgegenwärtig sprang er zur Seite, versteckte sich hinter einem Rosenstrauch, der vor einem Hauseingang wucherte.

Er hörte das Zufallen von Bellis Villentor. Schritte. Das Knirschen von Kieselsteinen. Drei Männer kamen schnellen Schrittes den Weg herauf. Er drückte sich noch tiefer in den Strauch. Er erkannte ihre Gesichter. Zwei junge muskelbepackte Hünen in dunklen Bomberjacken. Personenschützer, da war er sich sicher. Zwischen den beiden ein älterer, kleiner Mann. Er hatte einen Bart, trug einen Anzug unter einem dünnen, feinen Mantel. Brille, goldumrandet. Sie gingen am Rosenstrauch vorbei.

Grauner wartete, bis er nichts mehr hörte. Zählte langsam bis fünfzig. Dann lief er entschlossen zu Bellis Villa. Er hörte sein eigenes Schnaufen. Das Knirschen der Kieselsteine unter seinen Schuhen. Am Tor angelangt, klingelte er sofort. Einmal, zweimal. Bevor er es sich anders überlegen konnte.

Die Sprechanlage knackste. Bellis Stimme ertönte scheppernd.

»Sebastiano, hai dimenticato qualcosa?«

Hast du etwas vergessen?

Grauner überlegte kurz. Er hielt sich die Hand vor den Mund, antwortete.

»Sì, i guanti.«

Ja, die Handschuhe.

Das Tor surrte, Grauner drückte sich dagegen.

23

Ja, er hatte Cecconi versprochen zu schweigen, aber nein, er hatte es nicht ausgehalten, er hatte sprechen müssen, mit irgendwem. Er hatte sich dem Höller anvertraut, dem Klaus, den er schon als kleinen Bub gekannt hatte, der schon in der Schule ein schlaues Kerlchen gewesen war, der einst weggegangen war aus dem Tal, wieder zurückgekommen war, über den sie unten im Dorf alle ein bisschen lachten, aber Hinteregger wusste, im Dorf lachten sie immer über die, die ihnen ein wenig zu schlau erschienen. Über die, die sie eigentlich fürchteten. Auch über ihn lachten sie.

Ja, er hatte dem Höller alles erzählt, der Höller hatte nicht gelacht, der Höller hatte ihm zugehört, lange geschwiegen, dann hatte er ihm gesagt, dass sich unten, in ihrem Dorf, seltsame Gestalten rumtrieben, dass ihr schönes Dorf ein dunkler Ort sei, dass er mit Cecconi sprechen wolle.

Hinteregger hatte den Eindruck, dass Cecconi wütend war, als sie sich zum ersten Mal zu dritt trafen in Hintereggers Stube, bei Wein, Speck und Schüttelbrot. Doch bald merkte er, dass es nicht die Wut war, die da in seinem Nachbarn tobte, sondern die Furcht.

Er realisierte, dass es wohl ein Fehler gewesen war, Cecconi zu überreden, manchmal mit ins Dorf hinunterzukommen. Mal im *Rössl* ein Glas'l zu trinken, ein paar Leute aus dem Dorf kennenzulernen, bei ein, zwei Vereinen mitzumachen, bei der Feuerwehr, beim Kegelklub. Weil das Leben ja kein Leben war ohne Freunde, ohne Vereine, weil über die, über die man am wenigsten wusste, ja noch viel mehr geratscht und getuschelt wurde. Weil nur der, der ein kleines bisschen von sich preisgab, den ganzen dunklen Rest verschweigen konnte. So hatte er damals gedacht, der Hinteregger, doch so dachte er nun nicht mehr.

Er stocherte in der Glut herum, er musste bald neues Holz von draußen in die Höhle holen, es würde für den Rest der Nacht reichen, hoffte er, wenn die Dämmerung einsetzte, musste er wieder raus. Raus ins Schneetreiben, raus in diese böse Welt.

Er rang mit sich. Er wollte verschwinden, einfach nur verschwinden. Er, der Feuerwehrmann, der Dorfmuseumsmitarbeiter, der Ratscher, der Witwer, der Hilfspfarrer, der Hosenscheißer, er konnte sein Dorf, sein Tal aber doch nicht den Bösen überlassen. Er nahm die Kamera, er zog den Zettel, den Höller ihm gegeben hatte, aus der Jackentasche, legte beides vor sich auf den sandigen, kalten Höhlenboden. Er holte Papier und einen Kugelschreiber aus dem Rucksack hervor, er starrte ins flackernde Feuer, dann begann er zu schreiben.

18. Januar

1

Sara starrte ihn an. Sie hoffte, er interpretierte das Starren nicht falsch. Sie war sich ziemlich sicher, dass er es falsch interpretierte. Er starrte zurück, lächelte selbstbewusst. Sie biss noch einmal in ihren Hamburger, kippte einen Schluck Cola hinterher. Sie hatte einige Stunden im warmen Innenraum des Würstelstand'ls ausgeharrt. Sie schaute auf den Parkplatz, wo der junge Mann vor wenigen Minuten den weißen Lkw abgestellt hatte. Auf der Plane des Anhängers war eine Comic-Kuh abgebildet, sie lächelte, daneben ein Milchkanister.

Sara kannte die Zeichnung. Sie kannte sie schon seit ewigen Zeiten. Früher, als kleines Kind, hatte sie manchmal mitten in der Nacht am Zimmerfenster gesessen und auf die lächelnde Kuh gewartet, die mit dem Lkw in die Berge kam, um die Milch von den Bauernhöfen abzuholen.

»Hi«, sagte sie. Der junge Milchmann nippte an einem Kaffee. Sie schätzte ihn auf dreißig, höchstens. Sie musterte ihn.

Milchblasse Haut. Zarter Bartwuchs. Pickel um die Mundwinkel. Gelbe Zähne. Dreck unter den Fingernägeln. Typ Nerd. Nicht ihr Typ.

»Was ist denn deine Tour?«, fragte sie.

»Hi«, antwortete er. Grinste und zwinkerte ihr zu.

Sie nahm noch einen Schluck von der Cola, rülpste so laut sie konnte. Hoffte, dass er nicht auf rülpsende Mädchen stand.

Er verzog angewidert das Gesicht. Wirkte nun etwas eingeschüchtert.

Bingo.

»Also, deine Route?«

»Äh … äh … ich fahre die Höfe hier im Eisacktal an.«

»Gut«, sagte sie und schob sich zufrieden das letzte Stück des Hamburgers in den Mund. »Dann kannst du mich ja mitnehmen. Ich muss hoch zum Graunerhof.«

Sie wartete sein Nicken nicht ab, zog ihn am Ärmel von seinem Schemel herunter.

»Also los!«

Sie ging ganz nah an ihn heran. Nahm seinen Mundgeruch wahr.

»Und wehe, du rührst mich an. Dann beiße ich dir die Eier ab.«

2

Der Staatsanwalt hatte sich einen Brandy eingeschenkt. Den dritten. Sovrintendente Marché saß im Halbschatten auf einem Stoffsessel, der viel zu groß wirkte. Überdimensioniert, so wie alles in Bellis Wohnzimmer. Der Kronleuchter an der Decke, die schreiend bunten Bilder an den Wänden. Die übertrieben verzierten Teppiche auf dem Boden, die Kristallgläser auf dem leuchtend goldenen Beistelltisch neben der dunkelroten Couch. Genauso hatte sich Grauner diese Wohnung immer vorgestellt.

Er war durch das Tor in den Garten gegangen, über die Marmorplatten am kleinen Teich vorbei, er hatte die Frösche quaken gehört, war froh gewesen, dass bei ihm oben am Hof keine Frösche quakten, da muhten nur die Kühe, und ab und an heulte in der Ferne ein Hund. Viel angenehmer.

Belli war in der Haustür aufgetaucht. »Ich kann die Handschuhe …«

Dann war er erstarrt, hatte kein Wort mehr gesagt. Auch Grauner hatte geschwiegen. Belli hatte ihn hineingebeten. Ihm ungefragt einen Brandy eingeschenkt. Dem Commissario war nicht nach trinken zumute gewesen. Als er das Wohnzimmer erreicht hatte, war er zusammengezuckt. Marché hatte er hier nicht erwartet.

Er schaute dem Sovrintendente tief in die Augen, dann sah er zum Staatsanwalt. Der nickte. Sie kommunizierten, ohne zu sprechen.

Sie werden alles erfahren, besagte Bellis Nicken.

Dann setzten sie sich. Belli auf die Couch, Grauner auf den Stuhl.

Belli sprach, Grauner war nach wenigen Worten klar, dass der Staatsanwalt ihn nicht anlog, dass er nun mit der Wahrheit rausrückte. Rausrücken wollte. Belli schien erleichtert, endlich alles loswerden zu dürfen. Der Staatsanwalt – Grauner kannte ihn nun lange genug – war nicht gut darin, große Geheimnisse zu wahren. Er war kein schlechter Mensch. Er war nur schwach. Schwachen Menschen darfst du nicht böse sein, dachte Grauner stets. Er stand immer auf der Seite der Schwachen.

Er wusste aber auch: Wenn das, was Belli ihm nun erzählen würde, tatsächlich mit dem Verschwinden von Sara zu tun hatte, wenn Sara etwas geschehen war, wenn er sie nie mehr wiedersehen würde, wenn Belli daran Schuld trug, dann würde er für nichts garantieren können. Er spürte einen Hass in sich, der ihn erschreckte.

»Sebastiano, ihm ist die … er … er leitet von Trient aus eine delikate Operation. Die *Operation Nuvola*«, sagte Belli schließlich. »Zu Beginn dieser Operation, das ist bereits viele Monate her, kam er auf mich zu. Klärte mich auf. Sie wissen ja, Grauner …«

Ja, er wusste, dass Belli ein opportunistischer Feigling war. Ein Karrierist, der längst nicht dort war, wo er seines Erachtens hingehörte. Grauner war klar, dass der Staatsanwalt viel lieber in Mailand oder in Rom sitzen würde. Doch er saß seit Jahren in Bozen und kam von hier nicht weg. Grauner konnte es sich nicht vorstellen, wie es war, in der Provinz zu sitzen und die Provinz nicht zu mögen.

»Ich wurde damals zu einem geheimen Treffen nach Trient eingeladen, dabei klärten mich die Kollegen von der *DIA* über die Machenschaften der Mafia hier in Südtirol, speziell im Grödnertal, auf …«

Nun unterbrach ihn der Commissario doch. Das ging ihm alles nicht schnell genug. »Saltapepe sollte gar nicht aus Wolkenstein abgezogen werden, so wie Sie mir das gestern gesagt haben, oder?« Er beugte sich vor. Die Lippen des Staatsanwalts zitterten. »Er sollte als Köder dienen.«

Belli nickte leicht.

»Sie haben denen einen Ihrer Männer, einen meiner Männer zum Fraß vorgeworfen. Und Tappeiner mit dazu.« Er schrie nun. »Warum? Ich will jetzt alles wissen, Belli. Zuallererst: Was ist damals in Neapel passiert? Was ist da zwischen Saltapepe und der Camorra vorgefallen? Zwischen ihm und diesem U Lunatico? Warum taugt der Ispettore als Köder?«

Belli zögerte, er biss sich auf die Unterlippe.

Grauner fasste zusammen, was er wusste. Was er über die Jahre hinter vorgehaltener Hand erfahren hatte.

»Er ist beim Verhör des Bosses ausgerastet, ja?«

Belli nickte.

»Er hat ihm eine geknallt, dann hat Garebani Rache geschworen?«

Belli schüttelte den Kopf. Grauner verstummte. Der Staatsanwalt sprach langsam, mit klarer Stimme.

»Saltapepe hat nach der Verhaftung einen Gefängniswärter bestochen, der hat ihn in Garebanis Einzelzelle gelassen. Einige Minuten war der Ispettore mit dem Boss alleine, dann hat der Wächter Schiss bekommen und Alarm geschlagen.«

Belli schenkte sich nach, nahm einen tiefen Schluck. Grauner wartete geduldig.

»Sie fanden Garebani über die Kloschüssel gebeugt, die Handgelenke mit einem Schnürsenkel hinter dem Rücken zusammengebunden. Kopf und Haare nass. Beide Arme gebrochen. Saltapepe hockte in der Ecke der Zelle. Total erschöpft, wie von Sinnen. Er muss den Boss übel malträtiert haben, er hat ihn in der Kloschüssel beinahe ertränkt. Niemand weiß, ob er U Lunatico tatsächlich töten wollte. Er hat gewimmert. *Assassino. Vigliacco. Pezzo di merda. Questo era per il mio fratello. Per Roberto. Mörder. Feigling. Stück Scheiße. Das war für meinen Bruder.* Sie müssen wissen, Saltapepes Bruder ist bei einer Schießerei im Hafen von einem Querschläger getötet worden. Der Schütze gehörte dem Garebani-Clan an.«

Grauner traute seinen Ohren kaum. Das hätte er Saltapepe nicht zugetraut. Dann dachte er an Sara. Er war ein erfahrener Polizist, aber erst durch ihr Verschwinden hatte er realisiert, welche Abgründe sich auch in ihm auftun konnten.

»Er hätte ihn beinahe ermordet«, sagte er mit schwacher Stimme. »Wa… warum kam er nicht ins Gefängnis?«

Eine Weile schwieg Belli, er atmete schwer.

»Weil U Lunatico nicht aussagte. Ihn nicht anzeigte. Weil einer wie Garebani nicht mit dem Staat kooperiert. Auch nicht, wenn er beinahe ermordet worden wäre. Diese Menschen, Grauner, haben nichts Menschliches mehr an sich. Der hat noch nicht einmal geschrien, als Saltapepe ihm die Glieder gebrochen hat. Die Kollegen in Neapel versuchten, Saltapepes Fehltritt unter den Teppich zu kehren, seine Identität geheim zu halten. Zur Strafe – und zum Schutz – wurde er hier hoch versetzt.«

Grauner hatte immer an das Gute geglaubt, nun, in diesen Minuten, fürchtete er, dass es damit für immer vorbei war.

Belli lehnte sich nach vorne. »Garebani sitzt seitdem in einem Sicherheitsgefängnis – in Isolationshaft. *41-bis.*«

»41-bis«, murmelte Grauner. Er wusste, was das bedeutete.

Er wusste, dass die Mafia einst in den Gefängnissen Süditaliens entstanden war, in den Wirren des Risorgimento, dass sich ihre Machtbasis über Jahrzehnte hinweg hinter den Gefängnismauern befand. Einem Mafiaboss machte das Leben in einer Zelle nichts aus. Außerhalb der Gefängnisse wohnten sie selten in protzigen Villen, das echte Mafialeben war nicht wie bei Marlon Brando in *Der Pate,* nicht wie bei Al Pacino in *Scarface,* sie versteckten sich oft jahrelang in Steinhütten, in Höhlen, in Kellern. Ein ganz normaler Gefängnisalltag, das war für sie Luxus. Sie waren dort Könige und, was noch viel wichtiger war: Sie hatten Kontakt nach draußen. Sie konnten von ihren Zellen aus problemlos und ungestört ihr Imperium leiten.

Bis der italienische Staat Mitte der 1990er-Jahre, nach den Morden an den Antimafiajägern Giovanni Falcone und Paolo Borsellino, hart durchgriff. Nach Artikel *41-bis* durften besonders gefährliche Verbrecher in Isolationshaft gesteckt werden. Kein Kontakt nach draußen. Ohne die Möglichkeit der Kommunikation, machtlos, hilflos. Wie tot. Nichts fürchteten die Mafiabosse mehr.

Grauner war froh, dass es so etwas in Bozen nicht gab. Das Gefängnis hier war zwar ein schäbiges Drecksloch, aber es war keine Mafiahochburg. Hier gab es keine Isolationshaft. Er hatte es immer vermieden, über die Frage nachzudenken, was mit einem Mafiaboss zu tun sei, der seelenruhig vom Gefängnis aus Morde in Auftrag gab, Frauen und Kinder umbringen ließ, während der Staat hilflos zuschaute. Was war die letzte Konsequenz? Die Todesstrafe? Totale, unmenschliche Isolation? Er war froh, mit alldem nichts zu tun zu haben.

Bis jetzt. Er schüttelte den Gedanken ab.

»Wer darf zu Garebani?«, fragte er.

»Nur engste Verwandte. Die Treffen werden abgehört.«

»Wer besucht ihn?«

»Seine Frau.«

»Wer noch?«

»Seine Tochter.«

»A' silenziòs«, schoss es aus Grauner heraus.

Belli schaute überrascht, sprach jedoch weiter. »Sie ist der neue Boss in einigen Vierteln Neapels. Sie ist stumm.«

»Ich weiß«, sagte der Commissario.

Der Staatsanwalt musterte ihn einige Sekunden lang.

»In Wolkenstein sollte in den kommenden Tagen ein Treffen zwischen der russischen *Mafija* und der Camorra stattfinden.«

Grauner schwieg.

»Dieses Treffen sollte beschattet werden. Die Russen und die Neapolitaner handeln wohl neue Bedingungen für eine Drogenroute über Gröden aus.«

Der Commissario ließ Belli reden, er wollte ihn nun nicht mehr unterbrechen.

»Die Russen haben den Sohn des greisen Bosses Alexej Koloff von Moskau nach Südtirol geschickt, sein Name ist Igor Koloff, aber alle nennen ihn nur Иисýс. Jesus. Er soll eine Armee von *Wory* um sich geschart haben …«

»*Wory?*«, fragte Grauner.

»Ja, *Wory*, *Diebe im Gesetz*, so heißen die russischen Mafiosi, die sich nach Zusammenbruch der Sowjetunion weltweit organisiert haben. Jesus hat drei tätowierte Kreuze auf der linken Wange.«

»Drei Kreuze«, flüsterte Grauner, »deshalb Jesus …«

»Deshalb, ja«, antwortete Belli leise. »Und weil er seinen Feinden am liebsten Nägel in die Hände, in die Füße und ins Hirn rammt.«

Grauner schluckte. Jesus. Die Stumme. Wie in den Dörfern Südtirols, spielten auch in der Unterwelt echte Namen kaum eine Rolle.

Belli schwieg einige Sekunden, dann sprach er langsam weiter.

»A' silenziòs und Jesus, die Kollegen von der *Operation Nuvola* hofften darauf, beide zu erwischen. Das wäre ein einmaliger Schlag …«

»Wo sollte das Treffen stattfinden?«, unterbrach Grauner ihn.

Belli schien mit sich zu kämpfen. Er fuhr sich immer wieder durch die Haare. »In der *Villa Wolkenstein*. Im Hotel, in dem Höller erschossen aufgefunden wurde. Es gehört den Russen.«

»Aber das ist doch ein Hotel in Familienbesitz …«

»Es *war* in Familienbesitz«, fiel Belli ihm ins Wort, »doch der heutige Besitzer, Lorenz Meyerle, ist ein Strohmann der *Mafija*. Sie haben ihm vor Jahren das Haus abgekauft. Zu einem mehr als fairen Preis. Er muss sein Leben lang keinen Finger mehr rühren. Als Gegenleistung verlangen sie, dass er die Villa zum Schein weiterführt. Und dass er sie ihnen zur Verfügung stellt, wann immer sie sie brauchen. Für geheime Treffen und anderes.«

Der Commissario drehte sich zu Marché. Der Sovrintendente kaute nervös auf seiner Unterlippe herum.

»Anderes«, murmelte Grauner.

Belli nickte ernst. »Anderes. Als Ort für Übergaben womöglich. Um Leute dort festzuhalten. Für …«

»Für Morde?«

Der Staatsanwalt zuckte mit den Schultern.

»Für Morde?«, fragte Grauner erneut.

»Die Kollegen wissen es nicht«, sagte Belli.

»Warum lag Höller ausgerechnet in dieser Villa?«

Belli hob die Arme.

»Was ist mit dem Carabiniere, mit diesem Dardelli, dem Höller auf der Spur war, für wen arbeitet der noch mal? Die Camorra?«

»Für die Kalabresen. Die 'Ndrangheta.«

Camorra, 'Ndrangheta, russische *Mafija*, Grauners Kopf drohte zu platzen. »Wo ist dieser Dardelli? Wurde der endlich verhört?«

Der Staatsanwalt schaute zur Decke, atmete tief ein. »Grauner, ich … soweit ich weiß, wurde er immer noch nicht gefunden. Wahrscheinlich ist er längst untergetaucht.«

Grauner hörte die Antwort kaum, seine Gedanken waren schon wieder woanders. »Jemand hat eine Leiche an dem Ort platziert, an dem ein geheimes Treffen zwischen der *Mafija* und der Camorra geplant war, zwischen A' silenziòs und Igor Koloff. Vielleicht jemand, der wollte, dass dieses Treffen nicht stattfand. Er hat damit den Russen und den Neapolitanern einen Strich durch die Rechnung gemacht …« Er stockte. »Und auch der Sondereinheit, die bei diesem Treffen zuschlagen wollte.«

Belli nickte. »Abichtlich oder aus Versehen«, fügte er hinzu.

Grauner schloss die Augen, rieb sich das Gesicht. »Die Kollegen von der Sondereinheit wollten aber nicht aufgeben. Sie suchten nach einer neuen Möglichkeit, die Mafiosi zu schnappen.«

Belli seufzte.

»Also Claudio«, zischte Grauner voller Zorn, »er sollte den Neapolitanern, er sollte A' silenziòs über den Weg laufen. Beschattet von den Kollegen der *DIA*. Sie sollte einen anonymen Hinweis bekommen, dass der Mann, der ihren Vater gedemütigt und übelst zugerichtet hat, sich im Tal aufhält. Doch Claudio ist abgehauen, bevor er von der Mafia gefunden werden konnte.«

Diese ganze Aktion kam ihm hanebüchen vor. Viel zu riskant. Er vermutete, dass Höller gar kein leichtsiniger Idiot gewesen war, dass ihm nie Polizeischutz angeboten worden war. Weil Polizeischutz zu auffällig gewesen wäre. Weil Höller der Sonderkommission völlig egal war. Er verstand auch, warum er selbst nicht eingeweiht worden war. Weil er eine viel zu kleine Nummer war. Nur ein kleiner Provinzcommissario, der, hätte er von den Plänen gewusst, sich dagegen gewehrt hätte. Der nicht zugelassen hätte, dass seine Leute in Gefahr gebracht wurden. Der auch nicht mit Sonderprämien oder der Aussicht auf eine Beförderung weichzukochen war.

Anders als Belli.

»Ihr habt mit Claudios Leben gespielt«, platzte es aus Grauner heraus. Er war aufgesprungen.

Belli stand nun ebenfalls auf, ging langsam um die Couch herum.

»Mir waren die Hände gebunden. Saltapepe, so mein Kollege von der Sondereinheit, sei ein *omm mortò ca' cammìn*, wie die Neapolitaner sagen. Ein wandelnder Toter. Die Camorra habe längst beschlossen, dass er sterben müsse, sie würden seine Identität von irgendeinem Spitzel erfahren und zuschlagen, es sei nur eine Frage der Zeit.

Aber glauben Sie mir, Grauner, auch ich will verhindern, dass dem Ispettore etwas geschieht. Ich bin überzeugt davon, dass er da heil rauskommt. Man versicherte mir, die Kollegen von der Sondereinheit würden sich stets in seiner Nähe aufhalten, sie würden bei Gefahr sofort eingreifen.«

Grauner schaute ihn verächtlich an.

»In seiner Nähe? Pah! Sie waren so nah, dass er einfach abhauen konnte, als er A' silenziòs zufällig gesehen hat.«

Belli musste nun kapiert haben, dass er Saltapepe erneut getroffen hatte, dass er wusste, wo der Ispettore war. Eigentlich hatte Grauner vorgehabt, dem Staatsanwalt alles zu sagen. Nun hatte er beschlosen, es nicht zu tun.

»Grauner, wenn Sie wissen, wo Saltapepe sich aufhält, dann müssen Sie mir das jetzt mitteilen. Die Aktion, ihn als Köder zu benutzen, um A' silenziòs hier in Südtirol dingfest zu machen, kann noch erfolgreich zu Ende geführt werden. Dafür würden wir gefeiert werden. Wir würden in höhere Posten berufen. Nach Mailand, Rom. Noch fühlen sich A' silenziòs und Jesus sicher …«

Heiliger Josef! Er wollte nirgendwohin versetzt werden. Höchstens in den Vorruhestand, sollte das alles hier irgendwie glimpflich über die Bühne gehen. Morgens melken, dann ein Nickerchen in der Stube, dann Knödel, dann noch ein Nickerchen, dann ein bisschen Stallarbeit, das war ihm lieber als alles andere, dann ein Spaziergang über die Almen, abends ein paar Schlutzer mit Parmesan oder eine Gerstsuppe, zwei, drei alte Derrick-Folgen und ab ins Bett. Mehr Geld wollte er auch nicht. Was sollte er damit? Mehr Kühe kaufen? Dafür war der Stall zu klein. Stall vergrößern? Nein, nein, nein. Mehr Geld brachte mehr Probleme, verkomplizierte das Leben, und das war ihm eh schon kompliziert genug.

Man hätte ihn höchstens mit Vereinfachung locken können.

Er verstand durchaus, warum das Leben seiner Kollegen aufs Spiel gesetzt werden sollte. Weil es um etwas Großes ging. Um den Kampf gegen die Mafia. Weil Kollateralschäden da in Kauf genommen wurden. Ihm war klar, dass er damit nicht leben könnte. Er hatte gehofft, dass er als Provinzcommissario nie in solche Situationen geraten würde.

Er hatte bereits viele Fälle lösen müssen. Da hatte es einen Toten oder zwei gegeben, einen Mörder, der alles getan hatte, um nicht als Mörder entlarvt zu werden. Nun hatte er es mit Mächten zu tun, für die das Töten nichts Besonderes war. Töten war für die eine Form der Kommunikation.

»Die spielen mit uns.«

Belli nickte.

»Die Mafiosi und die Kollegen von der Sonderkommission.«

Belli schaute bedrückt zu Boden.

»Wie heißt dieser Staatsanwalt, dein Freund Sebastiano, wie lautet sein Nachname?«

Belli schwieg, Grauner verstand, dass es keinen Sinn hatte, nachzubohren, es würde ihm auch nichts bringen. Was sollte er tun, wenn er den Namen kannte?

Ein leichtes Schwindelgefühl überkam ihn. Er hatte nichts gegessen, nichts getrunken. Er war schwach, müde, fertig. Er wusste, würde er noch einen Tag so weitermachen, würde er zusammenklappen. Er war ja keine vierzig mehr.

Aber er konnte sich keine Pause erlauben. Er musste Sara finden.

»Wir müssen den Ispettore aufspüren, Grauner«, flehte Belli, »Sie müssen uns dabei helfen. Er ist in großer Gefahr, wenn wir ihn nicht beschützen.«

Grauner trat nun ganz nah an den Staatsanwalt heran. Er griff nach dem Brandyglas, das bis zu diesem Moment noch unberührt neben ihm gestanden hatte. Er leerte es. Wie gut das Brennen des Alkohols in der Kehle tat. Er schaute Belli noch einmal tief in die Augen, dann wandte er sich um, würdigte Marché keines Blickes, ging über die gemusterten Teppiche zur schweren Haustür, trat ins kalte Dunkel hinaus. Er schritt über die Marmorplatten durch den Vorgarten, der Rasen war nass, es regnete leicht. Oben in den Bergen, in Gröden, schneite es vermutlich wieder.

»Je weiter der Ispettore von euch entfernt ist, desto sicherer ist er«, flüsterte er in sich hinein, während er das Gartentor öffnete.

Er kramte das Handy aus der Tasche. Kein Anruf, keine SMS. Nichts.

3

Sie wusste nicht, wann sie es getan hatte. Im Schlaf hatte sie den Arm um ihn gelegt. Sie atmete in seinen Nacken, spürte, wie sein Brustkorb sich hob und senkte. Sanft. Sie war schon seit Jahren keinem Mann mehr so nahe gewesen. Sie hätte nicht gedacht, dass es jemals wieder dazu kommen würde. Auch wenn nichts passiert war. Natürlich nicht. Nichts passieren würde. Ganz sicher nicht. Doch sie musste zugeben, dass sie sich wohlfühlte in seiner Gesellschaft.

Sie waren mit seinem Alfa zurück zu ihrer Wohnung nach Frangart gefahren. Sie stellten den Wagen in die Garage, tranken noch einen Tee, dann schlichen sie sich in die Wohnung ihrer Eltern eine Etage tiefer, suchten und fanden den Hotelschlüssel, sie fuhren mit dem alten Ford Kuga ihrer Mutter los. Erneut bat er sie, nicht den direkten Weg zu nehmen, um zum Parkplatz am Waldrand zu gelangen.

Sie marschierten los, verschwanden zwischen den Bäumen. Wie gut die kalte Waldluft tat. Nach etwa einer halben Stunde erreichten sie den kleinen See. Als wäre es Teil einer vergessenen Filmkulisse, lag das Seehotel am Ufer. Dunkel. Verlassen.

»Und du hast den Schlüssel? Du bist heimlich reich? Du bist tatsächlich einer von diesen komischen Menschen, die ihren Reichtum nicht verkraften und deshalb einem normalen, langweiligen, nervigen Job nachgehen? Kündige deinen Job, Amore! Und: Willst du mich heiraten? Lass uns dieses Hotel verkaufen und irgendwo ganz neu anfangen, ja? Paris? Wie schmeckt der Kaffee in Paris?«

Er grinste. Sie lachte, erklärte ihm dann alles. Ihr Vater hatte sein halbes Leben lang als Concierge in diesem Hotel am Montiggler See gearbeitet. Nun war er in Rente, schaute jedoch in den Wintermonaten, wenn das Haus geschlossen war, alle paar Tage nach dem Rechten.

Sie entdeckten in der Bar eine Flasche Lagrein, fläzten sich im Wintergarten auf die Couchgarnitur, tranken den Wein mit Aussicht auf den See. Sie genossen den Moment. Der einsame See, die Wälder rundherum, die schneebedeckten Gipfel im Hintergrund. Wenn sie einmal alt war, dachte sich Tappeiner, wollte sie an genau so einem Ort leben. Am See, im Wald, die Berge nicht fern. Der Mond spiegelte sich auf der schwarzen Wasseroberfläche. Sie lachten viel, witzelten über Kollegen. Über Bellis Parfum. Über Grauners Begriffsstutzigkeit, wenn es um Technik ging. Über Marchés lange Leitung, vor allem … bei allem!

Als sie die Müdigkeit überkam, holten sie sich zwei Decken und nickten irgendwann ein.

Sie hörte das Vibrieren seines Handys, sah das Licht des Displays blinken. Schnell zog sie den Arm weg, drehte sich um. Als er aufwachte und sich ruckartig aufrichtete, schloss sie die Augen. Er schien nach dem Telefon zu tasten.

»Hallo Giancarlo«, flüsterte er schließlich.

Tappeiner war sich sicher, dass er sie anschaute, wohl vermutete, dass sie schlief.

Es war totenstill im Haus. Nur von draußen war das Rauschen des Windes im Wald zu hören. Dumpf hörte sie die Stimme des Mannes am anderen Ende der Leitung.

»Ciao, Claudio. Scusami, dass ich dich um diese Uhrzeit störe. Ich habe jetzt erst gesehen, dass du …«

Sie hatte keine Ahnung, wie spät es war. Vier vielleicht? Oder sechs?

»Mamma? Wie geht es ihr?«, sagte Saltapepe.

»Ich war am Nachmittag bei ihr. Ich habe ihr gesagt, sie soll zu ihrer Schwester nach Campobasso fahren, so wie du es mir aufgetragen hast. Aber du weißt ja, ihr Sturschädel …«

Tappeiner verstand jedes Wort, auch wenn sie neapolitanischen Dialekt sprachen. Sie hatte einmal einen Freund aus

Neapel gehabt. Einen Pizzaiolo, der in Frangart arbeitete. Vor einer Ewigkeit. Seine Eifersucht war ihr irgendwann zu anstrengend geworden.

»Merda! Fottuta merda! Verdammte Scheiße. Auf mich hört sie auch nicht. Ich habe sie heute drei Mal angerufen. Du musst sie wegbringen, Giancarlo!«

»Ich kann sie nicht zwingen, Claudio.«

Saltapepe schlug mit der Hand gegen die Scheibe des Wintergartens. Tappeiner drehte sich um, er stand mit dem Rücken zu ihr, er schaute auf die Wiese unten am See.

»Ich muss zu ihr. Ich …«

»Das ist keine gute Idee, Claudio. Neapel ist zu heiß gerade …«

»Hier ist es auch heiß. Sie sind mir auf den Fersen. Sie ist hier, Giancarlo. A' silenziòs ist in Südtirol.«

»Ja, aber da oben im Norden, das ist nicht ihr Revier. Sie werden sich hüten, dich dort … die ermorden keine Polizisten außerhalb ihres Gebiets. Claudio, du musst …«

»Ich weiß, was ich tun muss.«

Er drückte den Anruf weg. Ließ das Handy sinken, lehnte sich gegen die Scheibe.

»Claudio …«

Er fuhr erschrocken herum.

»Du …«

»Ja, ich habe alles gehört.«

Sie konnte seine Gesichtszüge nicht erkennen, das Gesicht lag im Schatten, aber sie sah, dass seine Hände zitterten.

»Wir müssen hierbleiben, Claudio. Hier sind wir in Sicherheit.«

Er setzte sich auf den Rand der Couch, schlüpfte in die Schuhe, dann stand er auf, nahm die dicke Winterjacke vom Stuhl, öffnete die Tür und verschwand nach draußen.

Sie schloss kurz die Augen. Fluchte in Gedanken, dann sprang sie auf. Tastete im Licht des Mondscheins nach ihren Sneakers.

»Warte!«

4

Sie erwachte, schaute sich schlaftrunken um. Es war zu dunkel, um etwas erkennen zu können, ihr war kalt. Sie zog die Decke hoch, bis zum Kinn, blinzelte, wartete darauf, dass die Augen sich an die Dunkelheit gewöhnten.

»Johann«, flüsterte sie.

Nun nahm Alba ein gleichmäßiges Geräusch neben sich wahr, ein zartes Atmen. Das war nicht Grauners Atmen, ihr Mann atmete viel tiefer.

»Mamma, ich bin's.«

Sie spürte, wie sie ein heißer Feuerball der Erleichterung durchfuhr. Sie tastete hektisch nach dem Lichtschalter neben dem Bett, fand ihn nicht, nach dem kleinen Knipser, mit dem sich die Bettkästchenlampe anmachen ließ, fand auch ihn nicht, sie spürte die Hand auf dem Unterarm, die zarten Finger. Sie drehte sich zur Seite, griff ins Dunkle, berührte die Schultern ihrer Tochter, die Haare, den Kopf, sie drückte sie ganz fest an sich.

»Sara.«

Sie drückte ihre Tochter, sie schluchzten beide, weinten. Sie sagten lange nichts, hielten sich einfach nur fest, dann löste Alba sich behutsam aus Saras Armen und stand auf, die Augen hatten sich an die Dunkelheit gewöhnt. Sie warf sich den Nachtmantel über, ging mit Sara in die Küche, machte das Licht an und setzte eine Krafthühnerbrühe auf. Sara nahm am Ecktisch Platz, schweigend.

Sie sah schlecht aus. Alba wollte sie nicht sofort mit Fragen überschütten, sie ließ sie schweigen, sie war so froh, sie wiederzusehen.

Sara aß gierig. Sie schüttete die Suppe in sich hinein, tunkte Vollkornbrotscheiben in die dampfende Flüssigkeit, Alba holte ein paar eingelegte Gurken aus einem Glas, schnitt Speck auf, stellte ein Stück des Apfelstrudels dazu, den sie vor zwei Tagen gebacken hatte. Sie schaute auf die Uhr, die leise neben dem Herd tickte. Es war halb vier Uhr morgens.

Dann legte Sara den Löffel beiseite und begann zu sprechen.

»Mamma.«

Alba setzte sich neben sie, es sollte sich nicht wie ein Verhör anfühlen, sie legte die Hand auf die ihrer Tochter, Sara ließ den Kopf auf ihre Schulter sinken.

Sara erzählte von Mickeys Mutter, dass sie da in etwas hineingeraten sei. Dass sie drogenabhängig sei. Kokain, Heroin. Dass sie bereits zum dritten Mal eine Entzugstherapie abgebrochen habe. Dass sie viel, viel Geld verloren habe. Dass sie sich prostituiert habe. Dass sie angefangen habe, selbst zu dealen. Dass sie immer weiter in die Misere hineingerutscht sei. Dass sie und Mickey vor einigen Wochen Tupperdosen voller Drogen und Bargeld, viel Bargeld, in ihrer Wohnung gefunden hätten.

Sabine habe diesen Stoff, irgendein neues, gefährliches

Zeug, einem gewissen Gianni gestohlen, mit dem sie geschlafen habe, der wohl eine Größe im Bozner Drogenmilieu sei. Sie habe die Drogen in ihrer Verzweiflung eigenhändig strecken und weiterverkaufen wollen. Sara und Mickey hätten beschlossen, den Stoff zu verstecken, ihn Gianni zurückzugeben, Sabine freizukaufen. Vor zwei Tagen hätten sie Sabines Exmann eingeweiht, der in der Nähe von Innsbruck lebe. Er habe angeboten, ihnen zu helfen.

Sabine sei jetzt bei ihm, in Sicherheit, während Mickey sich in den Händen der Dealer befinde. Sie selbst sei hier, um die anderen Tupperdosen abzuholen, um Mickey freizubekommen, dann werde alles vorbei sein, dann werde sie nach Hause kommen.

Alba schwieg lange, als ihre Tochter aufgehört hatte zu sprechen. Sie dachte an die Deosprays und Pflaster in der Sporttasche in Sabines Küche. Sie drückte Sara noch fester an sich.

»Sara. Ach, Sara.«

Sie erzählte ihr, wie Johann und sie sich auf die Suche nach ihr gemacht hatten. Sie versuchte, nicht allzu vorwurfsvoll zu klingen. Und doch streng zu sein.

»Wir bleiben jetzt hier und warten auf Papa.«

Sie spürte, dass Sara etwas zur Seite rutschte.

»Wo ist der Stoff?«

Alba schwieg.

»Mamma, wo? Ich war vorhin in meinem Zimmer, da ist er nicht mehr.«

»Sara, es ist wirklich besser …«

Sara sprang auf, schritt in der Küche auf und ab, raufte sich die Haare.

»Mamma, du verstehst nicht, sie haben Mickey, ich muss ihnen alles geben.«

Nun verdunkelte sich das Gesicht ihrer Mutter.

»Sara, *du* verstehst nicht. Hier geht es um mehr, viel mehr, die Mafia, es gab einen Toten …«

»Und willst du, dass es noch einen gibt? Mickey? Willst du, dass sie ihn umbringen? Dass sie uns alle umbringen?«

Sie ging auf Alba zu, schüttelte sie.

»Mamma, wo sind die Drogen? Die Zeit läuft ab.«

Alba war erschrocken, so aufgewühlt hatte sie ihre Tochter noch nie erlebt. Sie war froh, dass Sara ihr alles erzählt hatte, sie war froh, dass sie und Mickey die Drogen nicht selbst nahmen. Vielleicht hatte Sara recht, vielleicht sollten sie den Stoff einfach zurückgeben, dann würde sich die Polizei um alles Weitere kümmern. Sie musste ihr Kind beschützen, von allem Bösen fernhalten, sie durfte sie nicht noch einmal alleine lassen.

»Wir haben es nach Bozen gebracht in die Gerichtsmedizin, um es dort untersuchen zu …«

Noch bevor sie den Satz zu Ende gesprochen hatte, bereute sie es.

Sara hastete zur Küchentür, dort stoppte sie, drehte sich noch einmal um. Alba sprang auf.

»Ich liebe dich, Mamma«, flüsterte Sara mit Tränen in den Augen, dann verschwand sie in der Dunkelheit des Flurs.

»Sara, nein, Sara …«, schrie Alba flehend.

Sie eilte ihr hinterher, ihre Knochen schmerzten, sie stolperte, fiel hin, schlug sich den Kopf an der Kante des großen Bauernschrankes an, sie spürte, wie ihr warmes Blut über die Schläfe lief, sie rappelte sich wieder auf, lief schwankend weiter zur Tür, die offen stand.

Draußen leuchtete der Mond auf den Hof, am Zaun, der das kleine, steile Waldstück vom Hof abgrenzte, stand ein Wagen. Ein silberner Mercedes. Hinter dem Auto sah sie zwei Motorräder. Die Scheinwerfer gingen an, ihr Lichtstrahl erfasste Sara, die in Richtung der Straße gelaufen war. Nun stoppte sie, erstarrte, drehte sich zum Haus um.

»Nein, nein!«, schrie Alba, die am Eingang stand.

Die Türen des Mercedes öffneten sich. Ein dicker Mann stieg aus, eine Pistole in der Hand, er richtete sie auf Sara.

Er winkte sie mit der Pistole zu sich heran.

Er ging ein paar Schritte rückwärts, ohne das Mädchen aus den Augen zu lassen, öffnete die Hintertür.

Alba stürzte auf den Hof. Nie hätte sie es sich verzeihen können, ihre Tochter nun, in dieser Sekunde, alleine zu lassen, auch wenn sie dadurch sich selbst in Gefahr brachte.

Auf einmal spürte sie etwas Schweres, Kaltes im Nacken. Sie vermutete, dass es sich um den Lauf einer Pistole handelte.

Sie drehte sich um, sah in das grinsende Gesicht eines jungen Mannes. Langes Haar, weiße Haut, auf der linken Wange erkannte sie eine Tätowierung. Drei Kreuze. Am Hals eine weitere. Jesus mit der Dornenkrone.

Der junge Mann packte sie am Arm, zog sie brutal mit sich.

Sie hörte Saras Schreien aus dem Inneren des Wagens.

»Mamma, nein, Mamma, bitte, nein!«

Der Tätowierte warf sie auf den Boden, ein scharfer Schmerz schoss ihr in die Knie, als sie auf dem vereisten Steinboden landete. Sie drehte sich um. Sie sah in die schwarzen Augen des Mannes, sie wirkten wie tot. Er hatte die Pistole auf sie gerichtet. Sie begann, murmelnd zu beten.

»Vater unser, der du bist im Himmel, geheiligt …«, dann stoppte sie das Gebet und begann zu schreien.

»Sara, sei stark, mein Kind, ich werde dich immer lieben, wir werden dich immer lieben, wir werden immer bei dir sein.«

Wieder sah sie dem jungen Mann direkt in die Augen.

»Gott wird Ihnen vergeben«, flüsterte sie. »Bitte tun Sie meinem Kind nichts.«

Der Mann wandte den Blick ab, reckte den Kopf, sodass Jesus' dornengekröntes Haupt immer weiter unter dem Kragen hervorkroch.

Alba bemerkte nun die junge Frau, die aus dem Schatten der Bäume hervorgetreten war. Ihre blonden Haare leuchteten im Mondlicht.

Die Blonde gestikulierte.

Alba schloss die Augen.

5

Grauner lenkte den Wagen die kurvige Straße hinauf zum Dorf. Es kam ihm zugute, dass er diesen Weg in- und auswendig kannte. Er konnte keinen klaren Gedanken fassen. Ihm war, als wäre er in einem bösen Traum gefangen, aus dem er nie wieder erwachen würde.

Ein Wagen kam ihm entgegen, in wenigen Sekunden würden sie aneinander vorbeifahren. Er überlegte, wer das wohl sein konnte. Vielleicht der Milchmann, der die Milch von allen Höfen eingesammelt hatte und wieder ins Tal fuhr.

Er bog um eine Kurve, die Scheinwerfer des anderen blendeten ihn, es war nicht der Milchmann, dann zog er vorbei, es war ein helles silbernes Auto, ein Mercedes vielleicht, er konnte es nicht genau erkennen. Der Höfler Josef, fiel ihm ein, hatte einen alten silbernen Mercedes. Er fragte sich, was der Höfler um diese Zeit unten im Tal wollte. Vielleicht fuhr er mit seiner Freundin, der Pardatscher Uschi, in den Urlaub. Was wusste er schon.

Kurz vor dem Dorf bog er links zu seinem Hof ab, er sah sofort, dass im Küchenfenster Licht brannte. Alba war wohl wach, sie konnte bestimmt nicht schlafen.

Er parkte den Panda vor dem Stall, ging noch kurz zu den Kühen hinein, sie rührten sich kaum, nur die Margarete schnaubte nervös.

»Ruhig, Margarete, ruhig.«

Dann stapfte er über den Hof hinüber zur Haustür. Als er sie erreicht hatte, bemerkte er, dass sie einen Spaltbreit offen stand. Er stutzte, drehte sich um. Plötzlich war ihm, als beobachtete ihn jemand, kurz überlegte er, ob er eintreten solle, dann entschied er sich, zum Panda zurückzulaufen.

Er öffnete die Beifahrertür, das Handschuhfach, zum ersten Mal in seinem Leben fühlte er Erleichterung, als er nach der Beretta griff.

6

Sie stand am Fenster, immer noch barfuß, die Sneakers in der Hand. Sie sah, wie er am Ufer des Sees entlang in Richtung des Waldes lief. Er musste die Lampe seines Handys angeschaltet haben, ein schwaches, weißes Licht leuchtete vor ihm auf den Boden.

Sie beschloss, ihm hinterherzurennen, sie konnte ihn jetzt nicht alleine lassen. Doch in der Sekunde, in der sie sich vom Fenster abwenden wollte, loslaufen wollte, erstarrte sie. Sie entdeckte weitere kleine Lichter am Waldrand. Die Lichter kamen auf den Ispettore zu. Sie sah, wie Saltapepe stoppte, sich umdrehte, zurücklief, doch auch vom Ufer des Sees aus bewegten sich Lichter auf ihn zu, umzingelten ihn. Neun Gestalten, der Kreis um ihn wurde kleiner, enger.

»Nein«, zischte Tappeiner hinter dem Fenster und sah, wie die Männer mit dem Ispettore im Wald verschwanden.

Nur ein mattes weißes Licht blieb auf dem Wiesenboden am See zurück.

Sie lief auf das Licht zu, es war das Handy des Ispettore, das im feuchten Gras lag. Er musste es fallen gelassen haben, als sie ihn überwältigt hatten. Sie steckte es in die Tasche, sah sich um.

Tappeiner lief nicht auf dem sandigen Waldweg zurück. Sie schlug sich durch das Dickicht, umkurvte Büsche, Bäume, sie war schnell, sie lief seit ihrer Jugend, mindestens dreimal pro Woche. Immer rund eine Stunde. Intervall, fünf Minuten schneller, fünf Minuten langsamer, zehn Minuten schneller, zehn Minuten langsamer, und dann noch mal.

Sie rannte wie eine Gazelle, sie atmete leise, manchmal sogar nur durch die Nase. Sie schwitzte kaum. Weiter vorne, das wusste sie, weil sie hier am Montiggler See, in den Wäldern rund um Bozen, viel unterwegs war, würde es etwas abwärtsgehen, sie blieb stehen, ja, da sah sie die Lichter. Sie zuckten im Wald umher, sie würde sie bald erreicht haben.

Sie duckte sich hinter einen umgefallenen Baumstamm, spähte zum Parkplatz, dort standen einige Autos. Unauffällige Kleinwagen, Familienkutschen. Nichts, das nach protzigen Limousinen aussah.

Der Ford Kuga ihrer Eltern parkte etwas abseits. Die Gestalten schienen sich nicht um den Ford zu kümmern, sie vermuteten wohl nicht, dass ihnen jemand gefolgt war. Erleichtert atmete sie auf. Sie wartete, bis der Ispettore in eines der Autos geschoben wurde, in einen unscheinbaren Passat, bis sich die Männer auf die Wagen verteilt hatten, es standen dort noch ein alter Alfa 159 und ein ebenso alter 3er-BMW, sie wartete, bis die Motoren gestartet wurden, bis sie leise und langsam vom Parkplatz fuhren und im Dunkel der Waldstraße verschwanden. Sie schloss die Augen, nahm sich vor, in Gedanken bis hundert zu zählen.

Siebenunddreißig, achtunddreißig, scheiß drauf!

Sie lief zum Ford, sperrte ihn auf, drehte den Zündschlüssel, gab Gas, der Wagen setzte sich nur behäbig in Bewegung, die Reifen eierten, ächzten.

Sie schlug aufs Lenkrad, stieg wieder aus, lief um das Auto herum, alle vier Reifen waren platt, Saltapepes Entführer mussten sie zerstochen haben, bevor sie zum Seehotel gekommen waren.

Auf dem Parkplatz waren noch ein alter Ford Escort, ein VW Polo und ein Audi Quattro geparkt. Sie wog zwei Übel gegeneinander ab. Wollte sie möglichst schnell sein? Sie ging schon in Richtung des Audi. Oder wollte sie den kleinstmöglichen Schaden anrichten? Sie schaute noch einmal zu dem alten Escort hinüber, dachte an ihr Bankkonto, schaute auf den Boden, fand schnell einen passenden Stein, der gut in der Hand lag, entschied sich dann doch noch mal um.

Die Fensterscheibe des Audi zersprang beim dritten Wurf, sie öffnete die Tür, bückte sich, löste die Plastikverkleidung über den Pedalen, riss an den Kabeln, zog sie hervor, schaltete die Taschenlampe ihres Handys an, klemmte es zwischen die Zähne, hielt zwei der Kabel aneinander. Drückte mit dem Ellbogen auf die Kupplung des Wagens.

Es zischte, sie legte den Leerlauf ein. Ein kurzes, warmes Glücksgefühl überkam sie. Eine Jugendfreundin hatte ihr den Trick einmal gezeigt, sie waren sechzehn gewesen. Sie hatten es am Auto des Vaters ihrer Freundin ausprobiert, es hatte geklappt, sie waren mit dem Auto nachts losgefahren, von Frangart nach Eppan, die Bergstraße hoch auf die Mendel. Sie hatten den Wagen auf einer Lichtung am Waldrand abgestellt, hatten sich auf die Motorhaube gesetzt, sie hatten geredet, warmes Bier getrunken. Sie hatten sich verraten, auf welche Jungs aus der Klasse sie standen, sie hatten sich verraten, dass sie noch mit keinem im Bett gewesen waren. Dann hatten sie sich geküsst, nur so zum Spaß. Es hatte sich schön angefühlt. Nur beim Klettern hatte sie noch einmal solch eine Freiheit verspürt.

Natürlich war alles aufgeflogen, vier Wochen Hausarrest. Aber das war es wert gewesen.

An der Kreuzung, die nach Bozen und ins Unterland führte, hatte sie die beiden Wagen eingeholt. Sie fuhr langsamer, zwei der Wagen bogen nach links ab, der Passat, in dem Saltapepe saß, fuhr nach rechts. Sie folgte ihm in Richtung Bozen.

In manchen Häusern brannte bereits Licht, Frühaufsteher, es war, als hätte sich ein zarter Feuerteppich über der Stadt ausgebreitet. Weit im Westen lagen die weißen Berggipfel der Texelgruppe über Meran noch im Dunkeln, im Osten würde bald die aufgehende Wintersonne die Spitzen des Rosengartens und die Silhouette des Schlern zum Leuchten bringen.

Hätte sie sich glücklich und zufrieden gefühlt, hätte sie alle Zeit der Welt gehabt, so dachte Tappeiner, während sie fuhr, dann hätte sie nun angehalten, ein paar Fotos vom funkelnden Bozen für Instagram gemacht.

#happy #soschoen #bozen@night #lovesuedtirol

Vielleicht hätte sie auf Facebook nachgeschaut, was ihre Jugendfreundin gerade machte, vielleicht wäre sie auch online gewesen, vielleicht hätte sie ihr geschrieben: Hey, Lust auf einen Trip auf die Mendel? Jetzt, sofort! Kuss, Silvia!

Doch sie war nicht glücklich, sie war nicht zufrieden, sie hasste ihr Leben, so wie es jetzt war, sie hatte sich immer mehr Action gewünscht, es frustrierte sie, dass all ihre Kollegen ständig da draußen waren, da, wo was los war, wo gemordet wurde, während sie die Einzige war, die immer im Büro sitzen musste. Das hatte sie nun davon. Sie wünschte sich ihren ruhigen, stinklangweiligen Arbeitsalltag zurück.

Sie bog auf die MeBo in Richtung Bozner Industriezone ab, im Tunnel unter dem Berg von Sigmundskron leuchteten die orangen Lampen. Auf der anderen Seite des Tunnels angekommen, schaute sie auf Saltapepes Smartphone, das sie auf den Beifahrersitz gelegt hatte. Sie zog ihr eigenes Handy aus der Tasche, drückte darauf herum, mit einem Auge die Fahrbahn im Blick behaltend, sie bog hinter Passat rechts ab, in den Süden der Industriezone, sie drosselte die Geschwindigkeit, sah links die Baustelle mit dem großen Rohbau, der sich bald in ein neues, großes Einkaufszentrum verwandeln würde, sie fuhr im Kreisverkehr auf eine Parallelstraße ab, gab Gas, bis sie glaubte, ungefähr auf der Höhe des Passats zu sein, immer wieder lugte sie zur Seite, erhaschte einen Blick auf den Wagen, der nun an einer Ampel hielt. Auch sie bremste, wartete.

Die Ampel schaltete auf Grün, der Passat fuhr an, Tappeiner ebenso, sie sah, dass der Passat nun in Richtung Flugplatz abbog.

Sie drückte auf das Display ihres Handys. Freizeichen. Sie wartete, dann knackste es.

»Ja, Silvia?«

Sie hörte sofort die Verzweiflung in Grauners Stimme.

»Silvia, ich … du … was …«

Mehrmals setzte der Commissario zu einem Satz an, verhaspelte sich, schluchzte, flüsterte. Sie verstand ihn nicht.

»Sie haben Saltapepe«, unterbrach sie ihn schließlich.

Grauner schwieg.

»Ich bin ihnen gefolgt, sie bringen ihn zum Flughafen.« Sie hielt auf dem ersten Parkplatz, den sie fand, der Passat verschwand am Eingang des Terminals aus ihrem Blickfeld.

Sie stieg aus, näherte sich bis auf ein paar Meter dem Eingang, versteckte sich hinter zwei Mülleimern. Noch immer hielt sie das Handy ans Ohr gedrückt.

»Ich denke, sie bringen ihn …«, sie beendete den Satz nicht.

Sie schaute fassungslos auf die erleuchtete Szenerie vor ihr. Auf dem Flugplatz, neben dem Passat, stand ein weiterer Wagen. Ein silberner Mercedes. Ein dicker Mann stieg aus, er zerrte ein Mädchen aus dem Wagen, dann eine ältere Frau. Silvia erkannte die beiden. Es waren Alba und Sara Grauner. Albas Gesicht war blutüberströmt. Der Mann schob sie ins Innere des Flughafengebäudes.

Dann öffneten sich auch die Türen des Passats. Saltapepe wurde herausgezogen, ebenfalls ins Gebäude geschleppt, er wehrte sich, zweimal schlug ihm einer der Männer ins Gesicht, dann fügte er sich.

Tappeiner eilte gebückt zwischen den Autos zur Straße, lief an der Mauer des Terminals entlang zum Zaun, der das Rollfeld begrenzte. Ein kleiner Privatjet stand im Halbdunkel.

Sie wartete, dann sah sie, wie die Gruppe zum Jet ging. Schnell. Sie erkannte Alba. Ihr waren die Augen nun mit einem weißen Tuch verbunden. Daneben eine junge blonde Frau. Sara war nicht zu sehen. Auch der Ispettore nicht. Doch auch sie mussten da in der Mitte des Getümmels sein.

»Silvia, Silvia, bist du noch dran?«

Sie hörte Grauners Stimme wie durch Watte. Sie schaffte es nicht, ihm zu antworten. Wie versteinert stand sie am Zaun.

Einige Minuten vergingen, dann setzte sich der kleine Jet langsam in Bewegung, er rollte wie in Zeitlupe auf die Startbahn, die Düsen lärmten, dann startete er durch, beschleunigte, hob knapp vor den ersten Reihen der Apfelbäume ab, flog schon bald auf der Höhe des Mitterbergs, der sich wie ein Schildkrötenrücken über der Stadt erhob und auf dem die Leuchtenburg thronte. Dann verschwand er in der Dämmerung.

»Johann, ja, ich …«

Aus der Industriezone wehten Motorengeräusche zu ihr herüber, hinter den Parkplätzen ratterte ein Zug in Richtung Bahnhof.

»Silvia?« Grauner schrie.

Sie krallte die Finger in den Maschendrahtzaun.

»Silvia!«

Sie schluchzte.

»Grauner, wo bist du? Wir sollten uns treffen.«

7

Er hatte auf dem Hof nach Alba und Sara gerufen, sie gesucht, in jedem Zimmer. Nichts. Er hatte sich schließlich an den Küchentisch gesetzt, vor sich hingestarrt, versucht, einen kühlen Kopf zu bewahren. Einen Plan zu schmieden. Er hatte die Beretta vor sich liegen gehabt.

Er hatte sich daran erinnert, was ihm der Ispettore bei einem gemeinsamen Essen einmal erzählt hatte. Dass sich die Polizisten und Carabinieri in Neapel stets vom eigenen Geld zusätzliche Patronenpackungen kauften. Denn für jeden Schuss werde man zum Staatsanwalt zitiert, man müsse sich rechtfertigen, einer Untersuchungskommission Fragen beantworten, fürchten, suspendiert zu werden. Um dies zu umgehen, schossen sie, wenn möglich, mit den eigenen Patronen. Wenn bei der Kontrolle keine Patrone fehlte, war auch nicht geschossen worden. Problem gelöst.

Tappeiners Anruf hatte ihn aus den Gedanken gerissen. Nachdem sie aufgelegt hatten, überlegte er, wo er den Schlüssel für den dritten Keller hingelegt hatte. In einer der Schubladen im alten Schrank im Stall fand er ihn schließlich. Das Schloss war etwas verrostet, er musste drücken und rütteln, dann öffnete sich ächzend die schwere Kellertür. Staub wirbelte auf, eine zentimeterdicke Dreckschicht lag auf den Steinstufen, die nach unten führten. Er tastete nach dem Lichtschalter, die Lampe blinzelte, dann strahlte sie matt die Mitte des Raums aus. Sandboden, Steinwände.

An der einen Wand stapelten sich drei Weinfässer, im hinteren Teil stand eine alte Traubenpresse, daneben lagen einige leere Kisten, rechts befand sich ein Holzregal mit alten verstaubten Flaschen darin. Grauner wusste nicht, was sie enthielten, wahrscheinlich Wein, der längst zu Essig vergoren war, er wusste auch nicht, was in den vorderen beiden Fässern war, ob sie überhaupt gefüllt waren. Nur der Inhalt des dritten Fasses war ihm bekannt.

Der muffige Geruch des Kellers katapultierte ihn sofort in seine Kindheit zurück. In eine Zeit, die er fast vergessen hatte. In die Zeit, als er hier unten seinem Vater geholfen hatte, Wein zu keltern. Er hatte ihn gefragt, warum sie das dritte Fass nie füllten, Trauben hatten sie genug, aber einen Teil davon hatten sie immer den Nachbarn gegeben.

Er erinnerte sich an das Schweigen des Vaters. Daran, dass er sich eines Nachmittags in den Keller geschlichen hatte, er war zwölf, vielleicht dreizehn gewesen, den Stöpsel des dritten Fasses geöffnet und mit einer Kerze hineingeleuchtet hatte, nichts hatte er erkennen können. Doch dann bemerkte er, dass einige der gebogenen Bretter des Fasses lose waren.

Er hob sie an, fasste hinein, bekam eine Stange zu fassen, zog sie heraus und sah, dass er ein Gewehr in der Hand hielt. Er griff noch einmal hinein, ertastete eine Pistole. Ihm war sofort klar, dass dies die Waffen eines Soldaten sein mussten. Vielleicht hatte sein Vater sie hier versteckt. Er leuchtete mit der Kerze weiter das Fass aus, am Boden lagen Patronenschachteln, er beugte sich tief hinunter, fischte sie heraus, öffnete sie. Sie waren voll.

Er hatte damals alles zurückgelegt, seinen Vater nie nach dem Gewehr und der Pistole gefragt. Sich nie getraut. Irgendwann war es zu spät gewesen.

Er verließ mit den Waffen und den Patronen den Keller, dicke Schneeflocken schwebten zu Boden, tünchten den Hof in ein klares, reines Weiß. Er lief ins Haus, suchte nach Albas Koffer, der etwas größer war als seiner, legte das Gewehr quer hinein, es passte knapp. Auch die Pistole und die Munition verstaute er darin.

Es dämmerte, der Schnee fiel immer dichter, er sah die Nachbarin an ihrer Haustür, sie fütterte die Katzen. Er bat sie, sich um die Kühe zu kümmern. Sie nickte, ohne ihn zurechtzuweisen, was ihm komisch vorkam. Er hievte den Koffer in den Panda, fuhr los, etwas unterhalb des Dorfes bog er in einen schmalen, sandigen Waldweg ein. Nach etwa zehn Minuten hielt er vor einer Schranke, die zu passieren nur den Förstern erlaubt war. Er holte die Waffen und Patronen aus dem Koffer, kletterte den steilen Waldhang ein Stück hoch, hielt sich an Büschen und Baumstämmen fest. Als er schließlich eine kleine Lichtung erreichte, schaute er sich um.

Hier war er weit genug weg vom Dorf, von der Straße, hier würde bei diesem Schneetreiben niemand herumirren. Er legte eine der Patronen in die Pistole, drückte ab. Dann lud er das Gewehr, feuerte erneut.

Aus den Bäumen floge einige Bergdohlen in die Luft, krächzend, schreiend, sie kreisten über ihm. Er drehte sich um sich selbst, sah, dass sich oben am steilen Fels ein kleines Schneebrett gelöst hatte, es rauschte bergab.

Die Waffen funktionierten. Er schloss zufrieden und erleichtert die Augen.

Auf der Staatsstraße fuhren die Autos durch die tiefe Schlucht des Eisacktals. Grauner lugte wieder auf das Smartphone, das Tappeiner in der Hand hielt. Es gehörte Saltapepe.

Sie hatten sich entschieden, sich hier an der Autobahneinfahrt im Norden von Bozen zu treffen. Wo hätten sie auch sonst hingehen können? In die Questura? Nein. Belli wollten sie nicht über den Weg laufen, überhaupt wollten sie den Kollegen möglichst nicht begegnen. Die würden sie aus dem Verkehr ziehen. Sie würden heimlich parallel zur Sondereinheit ermitteln müssen. Auch wenn das Konsequenzen für sie haben würde, ganz sicher. Doch was scherten ihn die Konsequenzen, wenn es um das Leben von Sara, Alba und Saltapepe ging.

Der Commissario hatte den Panda ein Stück entfernt abgestellt. Sie saßen in einem Mietwagen. Tappeiner hatte ihm von den Ereignissen im Montiggler Wald und am Flughafen berichtet – und dass sie den Audi mit der kaputten Scheibe dort vorerst hatte stehen lassen. Grauner hatte ihr von den vergangenen Stunden, vom Treffen mit Belli, von seiner Fahrt nach Hause, vom Hof, den er leer und verlassen vorgefunden hatte, erzählt. Er nahm ihr Saltapepes Smartphone aus der Hand.

»Tastensperre?«, fragte er.

»Sein Geburtstag, rückwärts«, antwortete sie.

Grauner blickte immer noch fragend, er hatte keine Ahnung, wann der Ispettore Geburtstag hatte.

Sie sagte ihm die Zahlen auf.

Er sah sich die letzten Anrufe an.

Giancarlo

Silvia

Grauner

Mamma

Barbara

Jessica

Senta

»Giancarlo, Giancarlo«, murmelte Grauner. »Weißt du, wer das ist?«

Sie verneinte. Der Commissario zögerte, dann tippte er auf das Display, die Verbindung wurde aufgebaut. Sie nahm ihm das Gerät aus der Hand, drückte darauf herum, schaltete den Lautsprecher ein.

Freizeichen, dann ein Knacksen in der Leitung.

»Claudio, tutto bene? Dimmi tutto.«

Kurz überlegte Grauner, was er sagen sollte. Dann hielt er sich den Ärmel vor den Mund.

»Dove sei, Giancarlo?«

Kurze Stille.

»Ma come? In der Redaktion bin ich, wo sonst?«

Grauner beschloss, das Risiko einzugehen.

»Hier spricht nicht Saltapepe, hier …«

Es tutete.

Der Mann hatte aufgelegt.

»Verdammt«, schrie Grauner, er versuchte erneut anzurufen, der Teilnehmer war nicht mehr zu erreichen. Er ärgerte sich über sich selbst. Er hätte sofort sagen sollen, dass er Polizist war. Nun hatte er dem Mann Angst eingejagt. Er warf das Handy auf das Armaturenbrett.

Tappeiner legte ihm die Hand auf den Arm.

»Entschuldigung«, murmelte er und drehte sich zu ihr hin. »Saltapepe hat mit dem Mann über seine Mutter gesprochen, ja?«

Sie nickte. Sie wiederholte die aufgeschnappten Gesprächsfetzen: »Es geht ihr gut, ich war bei ihr …«

»Ich bin in der Redaktion«, murmelte Grauner vor sich hin. »Dieser Giancarlo ist also Journalist.«

Er holte sein eigenes Handy aus der Tasche, wischte darauf herum, hielt es Tappeiner hin, damit sie erneut den Lautsprecher aktivieren konnte.

»Grauner, gut, dass du mich anrufst, sag, der Fall in Gröden …«

Der Commissario unterbrach Charly Weinreich, den Reporter des *Südtirol Kurier*, sofort.

»Charly, arbeitet bei euch in der Redaktion ein Giancarlo?«

»Giancarlo, nein, warum? Du, wegen Gröden, also …«

»Kennst du einen Journalisten in Südtirol, der Giancarlo heißt … ?«

»Grauner, verdammt, sag mir, was in Gröden …«

Der Commissario atmete tief durch, so machte er es immer, um sich darauf vorzubereiten, zu lügen. In Gedanken entschuldigte er sich beim lieben Gott, dann legte er los.

»Charly, wir machen jetzt einen Deal. Du hörst mir zu und beantwortest mir zwei Fragen, ja?«

Er hörte ein misstrauisches Brummen.

»Danach setzen wir uns zusammen, ich bringe dich auf den neusten Stand.«

Erneut das misstrauische Brummen.

»Ich verrate dir zwei, drei Details, die es in sich haben. Details, die die anderen nicht kennen. Dann hast du morgen eine Super-Schlagzeile, ja?«

Charly pfiff durch die Zähne.

»Kennst du einen Journalisten in Südtirol, der Giancarlo heißt?«

Die Antwort kam blitzschnell. »Nein, Grauner, tut mir leid, ich würde dir gerne …«

»Kennst du einen Journalisten aus Neapel, der Giancarlo heißt?«

Er hörte nichts und sah sich gezwungen, die Frage zu präzisieren.

»Ich vermute, dass er sich mit Mafiathemen beschäftigt …«

»Giancarlo Ferraresi. Der Reporter vom *Mattino*. Klar, den kennt doch jeder. Der ist eine Mafia-Koryphäe. Seine Biografie über U Lunatico habe ich verschlungen. Den meinst du, oder? So, Grauner, aber jetzt …«

Der Commissario hatte aufgelegt. Er ließ das Telefon in die Jackentasche gleiten.

»Neapel«, wiederholte Grauner.

Er rieb sich das Gesicht, ließ Revue passieren, was Tappeiner ihm erzählt hatte. Alba, Sara, Saltapepe, sie waren mit einem Privatjet weggebracht worden.

»Neapel«, murmelte er erneut, »Puttanziga, ich muss nach Neapel.«

Sie nickte. »Ich komme mit.«

Er nahm ihre Hand.

»Nein.« Er sprach mit ernster Miene. »Ich brauche dich hier.«

Er drückte auf den Knopf, die Scheibe senkte sich quietschend, kalte Luft drang ins Innere des Wagens, er atmete sie gierig ein. Schickte leise ein Gebet gen Himmel.

»Fahr nach Hause, ruh dich etwas aus, fahr danach bitte im Spital vorbei, hol das Carfentanyl ab, das Filippi da versteckt hat. Lass die Drogen verschwinden, spül sie im Klo runter. Abends findet eine kleine Messe für Höller statt, dessen Leiche noch nicht für ein ordentliches Begräbnis freigegeben ist. Geh da hin. Schnapp dir diesen Hoteldirektor der *Villa Wolkenstein*, diesen Meyerle. Bring ihn dazu, dir alles zu sagen, was er weiß, alles. Egal wie.«

Er ließ die Hand in seiner Jacke verschwinden, zog die

Pistole, die er aus dem Keller geholt hatte, hervor, öffnete das Magazin, zählte die Patronen.

»Egal wie«, sagte er noch einmal und legte die Waffe in ihre Hand, sie schloss ihre kalten Finger darum.

8

Sara drückte das Gesicht an das Kleid ihrer Mutter, sie konnte sich nicht daran erinnern, wann sie ihr das letzte Mal so nah gewesen war. Als Kind hatte sie nicht von ihr lassen können. Sie hatte sich sicher gefühlt, wenn sie bei ihr gewesen war, wenn sie ihren Geruch eingeatmet hatte.

Nach all den Jahren merkte sie nun, wie sehr sie diesen Geruch vermisst hatte. Sie hätte die vergangenen Stunden ohne sie, ohne Alba, wohl nicht durchgestanden, ohne die ruhige Hand, die ihr den Kopf gestreichelt hatte, ohne die Lippen, die sie auf die Wangen geküsst hatten, ohne die leise Stimme, die ihr beruhigend zugesprochen hatte.

Sie versuchte, zu vergessen, was geschehen war, doch es gelang ihr nicht.

Der Todesschreck nachts auf dem Hof. Die wilde Fahrt, blind im Auto. Der Moment im Flughafengebäude, als ihr das Tuch von den Augen gerutscht war. Das blendende Licht. Der Sekundenbruchteil, in dem sie Papas Kollegen, Claudio Saltapepe, zu erkennen geglaubt hatte. In dem sie Mickey gesehen hatte, zusammengekauert auf einem Stuhl, auch ihm hatten sie die Augen verbunden. Da hatte sie von einem der Entführer den ersten schmerzhaften Stoß in die Rippen bekommen.

An den Flug konnte sie sich kaum erinnern. Irgendwann waren sie gelandet, die Männer hatten sie aus dem Flugzeug getragen, die Luft war warm gewesen, hatte salzig gerochen, von Weitem hatte sie das Schreien von Möwen gehört. Und Verkehrslärm.

Sie hatten sie in einen Wagen gezerrt. Sie konnte nicht sagen, wie lange sie unterwegs gewesen waren, eine Stunde vielleicht, vielleicht anderthalb?

»Acqua«, hatte sie irgendwann gestöhnt.

Sie hatte keine Antwort erhalten.

»Wasser! Acqua! Water!«, hatte sie zornig geschrien.

Sie spürte noch jetzt, viele Stunden später, den Schmerz in den Rippen, sie fürchtete, sie waren gebrochen. Einer dieser Wichser hatte ihr immer und immer wieder mit voller Wucht einen Stock oder Gewehrkolben in die Seite gerammt.

Irgendwann hatte der Wagen gehalten, sie hatte unbekannte Stimmen gehört. Männerstimmen. Sie hatte kein Wort verstanden.

Jemand hatte sie aus dem Wagen gezogen. Sie hatte eine Hand am Kinn gespürt, dann etwas Hartes an den Lippen, das Wasser war ihr über den Hals gelaufen, in den Rachen.

Sie hatten sie über den steinigen, sandigen Boden geschleift, die Luft hatte weniger salzig, frischer, trockener gerochen. Sie hatte nicht genau sagen können, wonach. Ein wenig nach Urlaub. Ein wenig auch nach Stall. Aber nicht nach Kühen. Strenger, würziger. Nach Ziegen vielleicht. Hühnern. Oder Schweinen.

Sie hatten sie eine steile, rutschige Treppe hinabgezogen. Schließlich hatte sie ein Scharnier quietschen gehört, dann einen Schlüssel, der sich in einem Schloss drehte. Leise die Stimmen der Männer, leise die Schritte, die sich entfernten. Leise den Motor des Autos, mehrerer Autos, dann nichts mehr. Sie war erschöpft eingeschlafen.

»Mamma«, flüsterte sie.

Sie hatte keine Ahnung, ob es Tag oder Nacht war.

Keine Antwort, kein Geräusch. Kein Stoß in die Rippen.

»Mamma.«

»Sara.«

Es tat so gut, ihre Stimme zu hören.

»Glaubst du, wir sind alleine?«

»Ich denke schon.«

Sara versuchte, die Hände zu bewegen, sie kribbelten, ein Seil hatte sich in die Haut am Handgelenk gefressen. Keine Chance.

Sie legte sich auf den Boden, streifte den Kopf über den feuchten Boden, bis die Augenbinde sich löste.

Sie blinzelte, richtete sich auf, schwankte, fiel nicht, dünne Lichtstreifen stachen durch Spalte in der Decke.

Sie bückte sich zu ihrer Mutter hinab, mit den Zähnen zog sie am Tuch, das Albas Augen bedeckte. Es löste sich.

Ihre Mutter versuchte aufzustehen, sie schaffte es nicht, lehnte sich gegen die Betonwand.

»Ruhe dich aus«, flüsterte Sara.

Sie drehte sich um, ihre Augen gewöhnten sich langsam an das Zwielicht. Dann sah sie ihn. Er kauerte in einer Ecke. Mickey. Er schien zu schlafen. Sein Brustkorb hob und senkte sich sanft. Sie ging zu ihm hin, küsste ihn, flüsterte ihm zu, dass sie ihn liebe, er schlief weiter. Sara ließ von ihm ab.

Links von ihr standen drei einfache Holzbetten. Ohne Matratzen. Sie entdeckte zudem einen Stuhl, einen Schreibtisch.

Ein langer, schmaler Gang führte zu einer Eisentür. Mit dem Ellbogen versuchte sie, die Klinke runterzudrücken. Verschlossen. Daneben gelangte man durch eine kleine Öffnung in einen weiteren Raum. Sie kroch hinein. Überall Fliesen, eine Toilette, eine Duschkabine. Sie kehrte zu den anderen zurück, ging zum Schreibtisch, eine dicke Staubschicht hatte sich darauf gebildet.

Hier musste jemand gelebt, gearbeitet haben. Vor langer Zeit.

»Ein Versteck …«

Sie hörte die leise Stimme ihrer Mutter.

»… das ist ein Versteck.«

Sara sah, dass über dem Schreibtisch etwas in die Wand geritzt war.

Sie beugte sich nach vorn, versuchte, die Druckbuchstaben zu entziffern. Da standen Namen.

Antonio Berloffa
Claudio Saltapepe

x te papà

Für dich, Papa.

Sie drehte sich zu Mickey, er war inzwischen wach geworden, dann zu ihrer Mutter. Albas Augen waren blutunterlaufen.

»Ja, das hier war mal ein Versteck, Mamma«, sagte Sara, »und es könnte unser Grab sein.«

9

Er wusste, diese schwitzende Sau würde ihn jetzt nicht einfach schnell töten, das wäre viel zu einfach, das würde ihn nicht befriedigen. Er würde ihm wehtun wollen.

Sie hatten ihn in der Flughafenhalle in einen Gepäckraum gesperrt, gefesselt und geknebelt. Ihn warten lassen. Er wusste nicht, wie lange. Dann war einer zurückgekommen, hatte ihm ein Spray ins Gesicht gespritzt, innerhalb von Sekunden war ihm ganz warm geworden, dann hatte er das Bewusstsein verloren.

Saltapepe wusste, dass der andere, der danebenstand, mit dem bleichen Gesicht und den drei Kreuzen auf der linken Wange, erst einmal keinen Finger rühren würde. Dass er derjenige war, der die Befehle gab. Vielleicht später eingreifen würde. Ihm noch mehr wehtun würde. Ihn umbringen würde.

Er schaute auf die klobigen Fäuste der schwitzenden, stinkenden Bestie. Saltapepes Hände waren mit Klebeband an die Kirchenbank gefesselt, auf der er kniete. Er war ein religiöser Mann, er glaubte an Gott, aber er konnte sich nicht erinnern, wann er das letzte Mal in einer Kirche gewesen war.

Eigentlich wäre jetzt eine gute Gelegenheit, mal wieder zu beten, dachte er sich, andererseits wäre es auch etwas billig, jetzt wieder damit anzufangen, jetzt, da er gerade so richtig in der Scheiße saß.

Von den bunten, zierlichen Fenstern schauten Engel freundlich auf ihn herab, sie spielten Harfe und Flöte. Das Kreuz vorne am morschen Holzaltar war schlicht, die Kirche war klein, es passten vielleicht hundert Menschen hinein. Er hatte keine Ahnung, wo er war, zu welchem Dorf diese Kirche gehörte.

Er vermutete, dass er sich immer noch in Südtirol befand.

Die Gesangsbücher, die aufgeschlagen herumlagen, waren in deutscher Sprache verfasst. Die Ölbilder auf der Kirchenmauer stellten den Kreuzweg dar.

Jesus nimmt das Kreuz auf seine Schultern.

Die schwitzende Bestie ging langsam und grinsend auf den Ispettore zu. Saltapepe schmerzten die Knie auf dem harten Holzuntergrund.

Jesus fällt zum ersten Mal unter dem Kreuz.

Der Mann stand nun direkt vor ihm, der Ispettore zerrte am Klebeband, vergebens, er schwor sich, nicht zu schreien, nicht zu winseln, nicht zu flehen. Er wusste nicht, ob er den Schwur würde halten können. Vor diesem Moment hatte er sich in all den vergangenen Jahren so sehr gefürchtet. Nun war er da.

Jesus wird ans Kreuz genagelt.

Der Schwitzende bückte sich, hob einen Hammer auf, der an der Kirchenbank gelehnt haben musste. Er hatte immer gewusst, dass Garebani sich eines Tages an ihm rächen würde. Er versuchte, einen klaren Gedanken zu fassen. Er bereue nichts, versicherte er sich. Er sah die Nägel in der fleischigen Hand des Dicken. Der sah fragend zum Tätowierten. Er nickte. Saltapepe schloss die Augen, dachte an seinen Bruder. Verkniff sich den Schrei beim ersten Schlag. Schrie den Namen seines toten Bruders beim zweiten.

»Roberto!«

»Garebani, du Schwein!«, beim dritten.

Dann winselte er um Erbarmen.

10

Er bestellte noch ein Brötchen an der Bahnhofsbar. Die Mozzarella schmeckte pappig, die Tomaten waren wässrig, die Rucola schimmerte bräunlich. Nach einem Bissen schob er den Teller von sich, stand auf. Er hielt den Koffer fest umklammert, das Zugticket steckte in der Jackentasche.

Bolzano/Bozen – Napoli Centrale
Solo andata

11

Sie hatte sich zu Hause ausgeruht, nun trank sie noch schnell einen Kaffee in der Bar des Spitals. Sie rief eine gute Freundin an, bat sie, sich um den Audi und den Ford Kuga ihrer Eltern zu kümmern. Es war früher Nachmittag. Die Gerichtsmedizin war verschlossen gewesen, dumpf war Musik aus dem Inneren gedrungen. Sie wusste von Grauner, dass Alessandra Filippi sich manchmal mit ihren Toten einschloss, wenn sie in Ruhe arbeiten wollte. Dass sie dann Musik hörte. Laute Musik. Harte Musik. Metallica. Muse. Slipknot. Das war gar nicht Tappeiners Geschmack. Sie hörte lieber Coldplay, Noel Gallagher, softe Schmusemelodien.

Sie fragte sich, was sie nun tun solle. Sie erinnerte sich daran, dass ein junger Chirurg Filippi manchmal bei der Arbeit unterstützte, er hatte langes Haar, eine runde Brille. Er sah aus wie John Lennon. Seinen Namen kannte sie nicht. Sie ging zum Infoschalter, überlegte sich rasch eine Geschichte, das tat sie für ihr Leben gern.

»Eine Frage …«

Die Dame am Schalter lächelte freundlich. Das war schon mal ein gutes Zeichen.

»Ich bin auf der Suche nach einem Arzt, ich weiß leider nicht, wie er heißt, er war so nett, mir gestern drüben in der Parkgarage zu helfen, meine Schwester, sie hat ein Gipsbein, sie ist gestürzt beim Skifahren, schwarze Piste, sie ist immer so übermütig, das hat sie jetzt davon, ich habe es alleine nicht geschafft, ihr in den Wagen zu helfen. Ich wollte mich bei ihm, diesem Arzt, bedanken, ihn zum Kaffee einladen …«

Die Dame am Schalter schaute nun etwas überfordert.

»Junge Frau, ich würde Ihnen ja gern helfen, aber Sie müssen wissen, hier arbeiten Hunderte von Ärzten …«

»Er sieht aus wie John Lennon Ende der Sechzigerjahre. *Let-It-Be*-Phase.«

Die Dame begann zu lächeln.

»Ah, sagen Sie das doch gleich. Dritte Etage, im Flur nach rechts, ganz hinten, letztes Zimmer. Unser Dr. John, wie wir ihn scherzhaft nennen, müsste gerade in der Chirurgie-Besprechung sein.«

Dr. John öffnete die Tür zur Gerichtsmedizin, der Lärm schwoll auf eine unerträgliche Lautstärke an. Der Chirurg verdrehte die Augen.

»Das ist der Grund, warum ich nicht mehr mit Filippi zusammenarbeite«, schrie er Tappeiner zu, »diese schreckliche Musik! Ich stehe ja mehr auf die Rolling Stones.«

Sie gingen den Flur entlang, das Licht war ausgeschaltet, nur ganz hinten links schimmerte es hell aus dem Leichenzimmer.

Die Gitarren brüllten, das Schlagzeug hämmerte, die Stimme des Sängers kreischte, der Raum war leer. Keine Toten lagen auf den Tischen, Filippi war nirgendwo zu sehen. Alles war aufgeräumt. John Lennon runzelte die Stirn, ging hinaus, kam nach wenigen Sekunden wieder zurück.

»Auf der Toilette ist sie auch nicht«, schrie er Tappeiner ins Ohr.

Grauners Assistentin entdeckte die Stereoanlage auf einem der Regale zwischen Zangen, Scheren, Löffeln und Messern im hinteren Teil des Raums. Es war eine teure Anlage, die Boxen, die links und rechts des Schranks positioniert waren, waren hüfthoch. Sie suchte den Ausschaltknopf, fand ihn nicht, also bückte sie sich und zog den Stecker.

Plötzlich war es gespenstisch still. Nur ein leises Pochen war zu hören. Für einen Moment dachte Tappeiner, es handele sich um das Pochen ihres Herzens. Sie ging im Raum umher, versuchte herauszufinden, woher es kam.

Sie sah im Augenwinkel, dass John Lennon zu den in die Wand eingelassenen Stahlschränken ging, in denen sich die Leichen befanden. Er hielt das Ohr an eine der unteren Schranktüren, dann an die darüber.

»Da«, sagte er, »daher kommt es. Von dadrin.«

Sie eilte zu ihm. Jetzt hörte sie es auch. Und eine Stimme. Filippis Stimme. Leise, dumpf.

»Hallo, Hilfe, hört ihr mich?!«

12

Vor dem Fenster lagen die Hügel im Nebel. Grauner erinnerte sich an die Zugfahrten damals, als er noch Student gewesen war, als die Wagen noch anders ausgesehen hatten, heruntergekommener, als in manchen Abteilen sogar noch geraucht werden durfte.

Einmal im Jahr fuhr er mit Alba und Sara nach Süden, manchmal mit dem Zug, oft mit dem Panda. An die Adria. Weil sie das so wollten, seine Frau und seine Tochter, weil sie einmal im Jahr darauf bestanden, Urlaub zu machen. Jedes Mal wehrte er sich dagegen, hoffte, um den Urlaub herumzukommen.

Schon Tage davor schlief er schlecht, er träumte von der brennend heißen Sonne auf dem hellen Sand, vom lauwarmen Strandbudenbier, vom lauwarmen Meerwasser, von den unzähligen Menschen, die wie Sardinen in einer Dose dicht gedrängt nebeneinanderlagen und nach billigem Sonnenöl rochen.

Er verstand es nicht. Er hatte es als Kind schon nicht verstanden. In den heißen Sommermonaten war er oft über die Wiesen in den Wald gelaufen, dort, auf einem Felsvorsprung, hatte er in die tiefe Schlucht des Eisacktals geschaut, auf den endlosen Stau auf der Autobahn. Die Urlauber aus dem Norden.

Er hatte lange darüber nachgedacht, warum die das machten, freiwillig da unten im Stau stehen. Er konnte es sich nur so erklären: dass es da, wo die herkamen, unglaublich hässlich war. Noch immer verstand er nicht, warum Südtiroler, warum Alba und Sara woanders Urlaub machen wollten. Sie lebten ja dort, wo andere hinwollten. Das ergab doch keinen Sinn. Er saß doch hunderttausendmal lieber auf einer Almwiese als an einem überfüllten Strand.

Irgendwann hatte er es aufgegeben, sich dagegen zu wehren. Er hatte den Urlaub akzeptiert wie die jährliche Wintergrippe. Da musste er halt durch.

Vor dem Fenster zogen die vernebelten Städtchen des Veneto und der Emilia vorbei. Isola della Scala, Nogara, Mirandola. Grauner hätte alles gegeben, jetzt, in diesen Minuten, mit Alba und Sara am Strand liegen zu dürfen, sich von der Sonne verbrennen zu lassen, Alba den Rücken mit dem klebrigen Öl einzureiben. Großer Gott, betete er, lass das alles bitte gut ausgehen. Ich verspreche dir, lieber Gott, ich verspreche euch, Alba, Sara, dass wir, wenn wir das alles überstehen, drei Wochen in den Urlaub fahren. Nein, vier. An die Adria, nein, auf die Malediven. Er schloss die Augen. Fiel in einen unruhigen Schlaf.

13

Filippi war aus dem Schacht geklettert, sie hatte sich kurz an die Wand gelehnt, nach einer Flasche Wasser verlangt, dann hatte sie Grauners Assistentin und John Lennon erzählt, was geschehen war.

Sie sei, wie immer, schon in aller Früh in die Gerichtsmedizin gekommen. Sie hatte die Musik aufgedreht und gerade einen ihrer Toten hervorholen wollen, da habe sie jemand von hinten gepackt, sie habe um sich geschlagen, doch die Männer, zwei seien es gewesen, seien stärker gewesen. Dann habe sie kaltes Metall am Hals gespürt, Ruhe gegeben. Die Musik sei leiser gedreht worden.

»Wo ist es?«, fragte einer der beiden. Süditalienischer Akzent. Kampanien, da war sie sich fast sicher. Ihre Eltern kamen aus Benevento, da kannte sie sich aus. Ja, ganz bestimmt stammte der Mann aus dem neapolitanischen Hinterland. Sie verstand sofort, wovon er sprach. Hier unten gab es ja sonst nichts außer Leichen und Werkzeug.

Sie zeigte auf die Kühlfächer, die Männer forderten sie auf, sich umzudrehen. Sie waren groß, der eine dick, der andere ganz schmal. Der Dicke schwitzte bestialisch, der Schmale sah krank aus, blasser noch als ihre Leichen, er hatte drei tätowierte Kreuze auf der linken Wange.

Die beiden schubsten sie nach vorne, bedeuteten ihr, den Leichenschrank zu öffnen, sie gehorchte, griff ins Dunkle, schob das Bein der Toten beiseite, ertastete die beiden Tupperdosen, holte sie heraus.

»Tutti occupati?«, fragte der Schwitzende grinsend. Alle besetzt?

Sie schaute auf die Schränke. Nickte.

»Allora …«

Er hob die Pistole, presste sie ihr an die Schläfe,

»No, aspetta! Warte!«, knurrte sie. »C'è posto per due. Der Platz reicht für zwei.«

Die Männer nickten.

Sie kletterte hinein, legte sich auf die nackte, junge Frau, die vor zwei Tagen zu ihr in den Keller gebracht worden war. Vierundzwanzig Jahre alt. Beim Eisklettern abgestürzt. Schädelbruch, siebzehn weitere Knochenbrüche. Sie schloss die Augen, die Tür wurde zugeworfen. Sie hörte das Klappern sich entfernender Schritte, dann wurde die Musik wieder aufgedreht.

Filippi hatte das Wasserglas in wenigen Schlucken ausgetrunken und John Lennon zurück nach oben geschickt, ihm ins Gewissen geredet, Stillschweigen zu bewahren. Dann erzählte Tappeiner ihr, was vorgefallen war. Die Gerichtsmedizinerin nickte nur. Tappeiner bot ihr an, sie nach Hause zu fahren. Sie lehnte ab. Sie bestand darauf, mit nach Gröden zu kommen. Grauners Assistentin überlegte kurz, stimmte dann zu. Warum hätte sie ablehnen sollen? Sie war froh, Filippi an ihrer Seite zu haben. Sie hatte den Commissario immer nur gut von ihr reden hören.

14

Im Bahnhof *Roma Termini* bildeten sich Menschentrauben vor den Waggons, alles drängte hinein, bald waren die Plätze neben ihm besetzt, die Menschen standen auf dem Gang eng zusammen, zwischen den Stühlen, er machte einer alten Frau, die zwei Körbe trug, Platz, sie stellte sich auf die Zehenspitzen, küsste ihn zum Dank auf die Wange, öffnete einen ihrer Körbe, holte zwei gekochte Eier heraus. Sie drückte sie ihm in die Hand und lachte so herzlich, dass er nicht ablehnen konnte.

Der Zug rollte an, irgendwann packten alle ihr Essen aus, es war, als hätte sich der ganze Waggon in eine Osteria verwandelt, Weinflaschen wurden herumgereicht, Käse, Wurst, Limoncello, Brot, Kekse. Ablehnen wurde nicht akzeptiert, er hatte ein schlechtes Gewissen, weil er nichts dabeihatte, er kramte in seinen Taschen, fand eine angebrochene Kaugummipackung, reichte sie herum, im Nu war sie leer.

Immer wieder drehte er sich zum Fenster, er war noch nie so weit im Süden gewesen, er kannte die Landschaft – sie mussten bereits in Kampanien sein – nur aus Saltapepes ausschweifenden Erzählungen, denen er nie viel Glauben geschenkt hatte. Der Ispettore hatte seine Heimat natürlich stets als himmlisches Paradies beschrieben.

Das war nicht möglich. Das Paradies musste so aussehen wie Südtirol. Ein Paradies ohne Dolomitenpanorama, das wäre doch nichts als eine große Enttäuschung.

Irgendwann waren vor dem Zugfenster im feurigen Rot der tiefer sinkenden Sonne einzelne Häuser zu sehen, sie standen zwischen kargen Feldern, weit hinten schimmerte ein blauer Streifen. Das Meer, vermutete Grauner.

Bald standen die Häuser dichter beieinander. Sie waren gelb, grau oder schmutzig weiß angemalt, von den Balkonen hing Wäsche, in den Straßen und den Hinterhöfen parkten Autos, stapelten sich Müllsäcke, spielten Kinder Fußball.

Der Zug wurde langsamer, fuhr in den Bahnhof ein. Im Waggon machte sich Unruhe breit. Alle packten ihr Essen wieder ein, standen auf, sprachen wild gestikulierend durcheinander, hievten die Koffer von den Gepäckablagen, drängten in Richtung der Türen, obwohl der Zug noch nicht gehalten hatte. Grauner kämpfte sich vor zum nächsten Platz, der frei war, setzte sich, beschloss, dort zu bleiben, bis alle anderen ausgestiegen waren.

Als das Abteil leer war, schnappte sich der Commissario seine Sporttasche, trat auf den Bahnsteig und atmete tief ein.

»Neapel also«, murmelte er. Es roch nach heißem Gummi, nach frisch gebackenem Brot, nach Müll, nach gegrilltem Fleisch. Er kämpfte sich durch die Menge, bestellte in der Bahnhofsbar schnell einen Espresso und verschlang hastig ein Stück Pizza. Wenn er schon mal hier war, dachte er sich, musste er doch probieren, wovon Saltapepe Tag für Tag schwärmte. Er spülte die Pizza mit dem brühend heißen Kaffee hinunter, fand, dass Knödel mit einem Glas Vernatsch immer noch besser schmeckten. Er beschloss jedoch, den neapolitanischen Kaffee und die Pizza überschwänglich zu loben, sollte er Saltapepe jemals wiedersehen.

Es dämmerte. Vor dem Bahnhof wehte eine kühle Brise, der Verkehr brüllte, er kämpfte sich vor bis zum Taxistand, öffnete die Tür des ersten Wagens, setzte sich neben den Fahrer.

»Buona sera, zum *Mattino* bitte.«

Der Mann schaute ihn an, als ob er ihn gebeten hätte, ihn zum Mond zu fahren. Oder bis nach Südtirol. Dann startete der Taxifahrer eine Flucharie, die Grauner nachhaltig beeindruckte. So pointiert, so voller Inbrunst, so konnte selbst er nicht fluchen, obwohl er sich durchaus als sehr talentiert in diesem Feld einstufte.

Er zog einen Fünfzigeuroschein aus der Tasche, nahm sich vor, dem Mann auf keinen Fall mehr zu bezahlen, er würde bestimmt versuchen, ihn übers Ohr zu hauen.

Der Mann startete den Wagen, scherte aus, fuhr vor bis zur östlichen Ecke des Bahnhofs, blinkte, Grauner hob überrascht die Augenbrauen, er hatte gedacht, Süditaliener blinkten nicht, der Mann bog rechts ab, gab Gas, fuhr hupend über zwei rote Ampeln, bremste nach knapp einer Minute, hielt an.

»Prego.«

Grauner sah ihn verwirrt an. Der Mann zeigte nach links, der Commissario schaute aus dem Fenster auf einige Wolkenkratzer, einer davon ein beeindruckender Glaspalast, er hatte noch nie in seinem Leben so hohe Häuser gesehen – außer im Fernsehen.

»Il palazzo di vetro, piano trentatre«, sagte der Taxifahrer. Der Glaspalast. Dreiunddreißigster Stock.

»Ich, äh, können Sie wechseln?«, fragte der Commissario und hielt dem Mann den zerknitterten Fünfziger hin.

Der Mann wehrte lächelnd ab, schob Grauners Hand mit dem Geld sanft von sich weg.

»Benvenuto a Napoli«, sagte er und grinste. Willkommen in Neapel.

15

Das Dorf hatte sich verändert, obwohl nur ein Tag seit ihrem letzten Besuch vergangen war. Es war spät am Nachmittag, die Straßen waren voller Menschen. Eine Traube hatte sich vor dem Kirchentor gebildet. Einheimische, Touristen, Journalisten, Kameramänner. Sie drängten sich aneinander, flüsterten. Tappeiner und Filippi kämpften sich bis nach vorn durch, Grauners Assistentin blieb kurz stehen, schloss die Augen, wartete, bis der leichte Schwindel vorüberging, lauschte den Stimmen, dem Gemurmel, dem Geratsche. Manche sprachen Italienisch, manche Südtiroler Dialekt, manche Ladinisch.

»Man soll ja nichts Böses über Tote … aber ich habe ja gehört, dass der von einem Mädchenhändlerring aus Thailand, der Höller …«

»Von der alten Neunhäuserin, die in der Wohnung direkt unter ihm wohnt, weiß ich ja, dass der auf Männer stand, dass der in seiner Wohnung Schwulenpartys …«

»Blödsinn! Mit der jungen Brünetten, die in der *Villa Wolkenstein* am Empfang arbeitet, mit der soll er …«

»Habt ihr eigentlich den Hinteregger gesehen, wo ist der denn? Wie soll der zitternde Pfarrer das denn ohne den Hans-Peter …«

»Ich habe den Hans-Peter schon seit Tagen nicht mehr …«

»Bei der Sitzung der Feuerwehr war der gestern auch nicht …«

Tappeiner öffnete die Augen wieder, holte Filippi kurz vor dem Kirchentor ein. Sie sah die alte Nachbarin des Toten in einer der vorderen Reihen sitzen, entdeckte dann die beiden Rezeptionistinnen der Villa, die Brünette und die Schwarzhaarige, ganz hinten. Sie suchte Meyerle.

Grauners Assistentin überlegte, was die anderen Gäste wohl von ihnen dachten. Sie musterten sie misstrauisch. Die Leute vermuteten vielleicht, sie wären Verflossene des Toten. Sie kam sich vor wie in einem Film. Einem Mafiafilm. In fast jedem Mafiafilm gab es mindestens eine Kirchenszene. Männer in schwarzen Anzügen, Frauen in schwarzen Kleidern, schwarze Tücher über den Haaren. Sonnenbrillen. Alle.

Feinde und Freunde stehen zusammen. Verbrecher und Bullen. Waffenstillstand – für ein paar Stunden. Händedrücken, Blickkontakt. Der nächste blutige Schachzug ist längst geplant. Nur dass hier im Grödnertal, in der Pfarrkirche von Wolkenstein, die Trauernden keine Anzüge trugen, sondern Arbeitskleidung, blaue Schürzen, die Frauen hatten die Haare zum Dutt gebunden. Niemand hatte eine Sonnenbrille auf.

Silvia Tappeiner hatte in ihrem Leben noch nicht vielen Gottesdiensten beigewohnt. Sie dachte nicht gerne an den Tod, er ängstigte sie, sie verdrängte ihn.

Die Gerichtsmedizinerin wirkte, als wäre in den vergangenen Stunden nichts Besonderes passiert, als wäre sie nicht überfallen und in einen stockdusteren Schacht gesteckt worden, in dem die Luft knapp gewesen war und den sie sich mit einer Leiche hatte teilen müssen.

Tappeiner entdeckte Meyerle. Er stand ganz links neben den Bänken, schien zu überlegen, wo er sich hinsetzen sollte. Er trug einen schwarzen Anzug. Cowboystiefel.

Sie flüsterte Filippi etwas ins Ohr, zeigte unauffällig auf den Hotelier, dann trennten sie sich. Auf der Fahrt hierher hatten sie ihren Plan immer und immer wieder durchgesprochen. Tappeiner schwitzte. Es musste klappen.

Sie schob sich in die Reihe, in der auch der Hotelier saß, nahm neben ihm Platz, der Mann schaute sie etwas verwundert an, dann nickte er ihr zu. Er roch nach Alkohol.

Filippi ging weiter, setzte sich in eine der vorderen Reihen.

Die Kirchentore schlossen sich ächzend. Die Kerzen flackerten. Der Pfarrer trat hinter den Altar, räusperte sich. Die Männer und Frauen im Saal knieten nieder.

Tappeiner stupste den Hotelier leicht an, er blickte verblüfft auf den gefalteten Zettel, den sie ihm hinhielt, den Filippi vorhin im Auto beschriftet hatte, während sie den Mietwagen durch die finstere Schlucht gelenkt hatte.

Sie ballte die Hand zur Faust, biss sich auf die Lippen. Er entfaltete das Blatt.

Wir beobachten Sie.

Sie sah aus dem Augenwinkel, dass ihm Schweiß über die Wange lief, dass er nach links und rechts blickte, bevor er weiterlas.

Wir sind hier. Wir sind viele.

Er fummelte sich am Hemdkragen herum, lockerte die Krawatte. Sie spürte Erleichterung in sich aufsteigen. Ja, es schien zu klappen.

Schauen Sie sich um, wenn der Pfarrer zu sprechen beginnt.

Er sah sich wie erwartet gleich hektisch um, dann, als er nichts Außergewöhnliches erkennen konnte, blickte er zu Tappeiner.

»Nein«, flüsterte sie. »Noch nicht, erst …«

»Im Namen des Vaters, des Sohnes und des Heiligen …«, die Stimme des Pfarrers ertönte blechern aus den Lautsprechern, er bekreuzigte sich, die ganze Kirche tat es ihm gleich.

Meyerle blickte sich erneut um, entdeckte Filippi, die sich zu ihm umgedreht hatte, ihn fixierte, Tappeiner wusste, dass die Gerichtsmedizinerin nun begann, in Gedanken bis dreißig zu zählen.

Grauners Assistentin stupste den Hotelier erneut an, er zuckte zusammen. Filippi spielte ihre Rolle ganz vorzüglich, sie konnte sehr gut sehr böse dreinblicken.

Tappeiner hielt Meyerle einen zweiten Zettel hin.

Sie ist eine Killerin. Sie wird gleich aufstehen, die Kirche verlassen und sich draußen in Position bringen.

Das Gesicht des Hoteliers lief zuerst rot an, dann wich plötzlich alle Farbe, er wurde käseweiß, kniff die Lippen zusammen.

Sie bleiben in der Kirche. Sie folgen nicht den Leuten nach draußen. Sie setzen sich in den Beichtstuhl. Wenn Sie ins Freie treten, sterben Sie.

Genau in der Sekunde erhob sich die Gerichtsmedizinerin, ging festen Schrittes an ihnen vorbei nach hinten, ihre Stöckelschuhe klapperten, übertönten das Gebet des Pfarrers.

»Der allmächtige Gott erbarme sich unser …«

Die Kirchentür quietschte, fiel laut wieder ins Schloss, einige Betende drehten sich um. Die Kerzen am Altar flackerten.

»… und führe uns zu ewigem Leben.«

16

Grauner lief auf den Eingang des Hochhauses zu, wenige Meter vor der Tür stoppte er, schaute auf seine Tasche, auf den Metalldetektor hinter der Glastür.

»Hardimitzn«, entwich es ihm, er zögerte, lief schließlich zurück in Richtung Bahnhof, vorbei an kleinen Läden, betrat das Bahnhofsgebäude, er folgte den Schildern.

WC. Sala fumatori. Bagagli.

Er klopfte an die Tür, öffnete sie.

Muffige Luft schlug ihm entgegen. Aus dem Radio erklang eine Oper. Grauner war kein Opernkenner. Mahler hatte nie eine eigene Oper geschrieben.

Er hörte im hinteren Teil des Raums etwas rascheln, auf den Regalen standen Koffer, Taschen, Pakete, Schuhe, Regenschirme, Jacken. Ein Schachbrett, Bücher, ein Plattenspieler, ein Fußball, Krücken, drei Gebisse, Werkzeug, Blumentöpfe, ein alter Fernseher, in Gläser eingelegte Melanzane, ein gerahmtes Bild mit der Mutter Gottes und dem Jesuskind.

Hinter den Regalen trat ein Mann hervor. Sonnenverbranntes Gesicht, grauer Bart, Franzosenmütze, Zigarette im Mundwinkel.

»Ich möchte ein Gepäckstück aufgeben. Ich komme aus Südtirol. Ich habe nur ein paar Stunden, bis mein Anschlusszug abfährt. Ich möchte mir die Stadt anschauen.«

Grauner hob die Sporttasche auf den Tresen.

Der Mann schaute skeptisch. »Was haben Sie dadrin?«

Grauner klopfte auf die Tasche. »Ein altes Gewehr aus dem Zweiten Weltkrieg.«

Der Mann grinste nicht, nahm die Tasche, stellte sie ins Regal. »Zwanzig Euro«, forderte er.

Der Commissario zahlte, nickte ihm zu und trat wieder in die frische Luft hinaus.

Er ging durch die Glastür, stoppte vor dem Metalldetektor, leerte den Inhalt seiner Hosentaschen in ein Plastikschüsselchen, den Hofschlüssel, den Pandaschlüssel, den Stallschlüssel, den Kellerschlüssel, ein kleines Schnitzmesser, einen Flaschenöffner, ein paar Münzen, ein Rotztuch, das Handy, die Brieftasche. Die beiden Eier von der alten Frau aus dem Zug reichte er dem Security-Mann.

»Per Lei e Sua moglie.« Der Mann bedankte sich höflich.

Der Commissario ging durch die Sicherheitsschleuse, es piepte nicht. Weiter vorne sah er den Empfangstresen, an dem eine junge Frau saß, dicke Hornbrille, kein Lächeln.

»Mein Name ist Johann Grauner. Ich möchte bitte zum *Mattino*. Ich muss mit Giancarlo Ferraresi, dem Mafiaexperten, sprechen.«

Die Dame verzog keine Miene. Sie nahm den Telefonhörer in die Hand, wartete, flüsterte, dann legte sie wieder auf, zeigte nach rechts, zu den Fahrstühlen.

»Piano trentatre. Sie werden bereits erwartet, Signor Grauner.«

17

Sie hatte an den lieben Gott geglaubt. Als Kind. Jetzt glaubte sie nicht mehr an ihn. Sie hatte sich vor der Beichte gefürchtet. Als Kind. Jetzt beichtete sie nicht mehr. Andere erzählten immer, sie fühlten sich so viel leichter nach der Beichte. Sie hatte sich immer mies gefühlt. Ihrer Geheimnisse beraubt.

Als sie den Schatten hinter dem Holzgitter einmal anlog, ihm erzählte, sie habe eine Bank ausgeraubt, da war sie vierzehn, war sie von ihren Eltern zu zwei Wochen Hausarrest verdonnert worden. Danach hatte sie mit dem Pfarrer und dem lieben Gott endgültig abgeschlossen. Von wegen Beichtgeheimnis!

Sie hatte sich, wie alle anderen, in die Schlange für die Kommunion gestellt. Gleich hinter Meyerle. Sie hatte sich vom Pfarrer, dessen Hände gezittert hatten, die Oblate in die Hand drücken lassen, hatte die Oblate in der Faust zerdrückt, die Brösel auf den Steinboden fallen lassen.

Unauffällig hatte sie sich davongestohlen, hatte die Tür des Beichtstuhls geöffnet, sich hineingesetzt, gewartet.

Nach und nach hatten die Trauergäste die Kirche verlassen. Bald herrschte Stille.

Schließlich vernahm sie Schritte, die langsam näher kamen, auf der anderen Seite des Beichtstuhls wurde es hell, jemand hatte den Vorhang beiseitegeschoben.

Sie erkannte Meyerles Konturen hinter dem Gitterfenster. Sie wartete. Der Mann atmete schwer. In den Geruch von Weihrauch, geschmolzenem Wachs und Kirchenstaub mischte sich der seiner beißenden Alkoholfahne, die sie schon zuvor wahrgenommen hatte.

»Wer sind Sie? Wer schickt Sie?«, fragte der Mann.

»Meyerle, Sie sind hier der Beichtende. Ich bin die Beichtmutter.« Sie beglückwünschte sich heimlich für den strengen Ton, den sie angeschlagen hatte. Sie hatte gar nicht gewusst, dass ihre Stimme so klingen konnte.

»Was wollen Sie von mir?«

Sie hielt den Kopf nah an das Holzgitter.

»Sagen Sie mir, was in Ihrem Hotel vor sich geht.«

Sie sah, dass er sich mit den Händen durch die Haare fuhr, sie vor dem Gesicht faltete.

»Das kann ich nicht, dann töten sie mich.« Seine Stimme klang dumpf.

»Schweigen Sie, so sterben Sie auch!«

»Oh Gott, oh Gottohgottohgott!«, wimmerte er.

Sie nahm allen Mut zusammen. Schlug mit der Hand gegen das Gitter. Er zuckte zusammen.

»Entweder packen Sie jetzt aus, dann sterben Sie als ehrlicher, aufrechter Mann. Oder Sie schweigen, dann sterben Sie als der Wicht, als der Sie bislang Ihr Leben gelebt haben. Sie haben die Wahl, Meyerle. Wie wollen Sie vor den Allmächtigen treten?«

Sie gefiel sich nicht in dieser Rolle. So wollte sie nicht sein.

Sie hörte das Schluchzen, das Jammern, sie schloss die

Augen, wartete. Eine halbe Minute verging, mindestens. Schließlich begann er zu sprechen.

»Das Hotel gehört ihnen.«

»Wer sind sie?«

»Die Russen.«

»Geben Sie mir Namen.«

Er schwieg kurz.

»Es gibt keine Namen.«

Sie schlug erneut gegen das Holz. Er zischte.

»Ich kann Ihnen nicht mehr sagen! Es werden einfach keine Namen in dieser Szene genannt.«

Er fuhr sich mit der Hand übers Gesicht, schluchzte.

»Ein-, zweimal im Jahr muss ich die dritte Etage für sie reservieren, immer für einige Tage. In dieser Zeit darf niemand anderes sie betreten. Dann machen sie da ihre Geschäfte.«

Tappeiners Gedanken überschlugen sich.

»Was für Geschäfte?«

»Ich weiß es nicht.«

»Wann? Wann war das zuletzt?«

»Eigentlich wollten sie diese Woche kommen«, er stockte.

»Aber?«

»Aber dann lag ja plötzlich der tote Höller in einem der Zimmer.«

»Was wissen Sie darüber? Wer hat ihn getötet? Wer hat ihn in das Zimmer gelegt?«

»Nichts, nichts. Ich weiß nichts. Ich kann es mir nicht erklären, ich weiß, dass sich die Russen in der Villa mit Geschäftspartnern treffen, mit finsteren Typen, ich weiß, dass in diesen Tagen wieder ein Treffen stattfinden sollte. Aber was der Klaus mit alldem zu tun hatte, keine Ahnung, der war doch nur ein Dorfpolizist, der Klaus, der muss da durch Zufall hineingeraten sein. Ich habe von den Russen seit Tagen nichts mehr gehört …«

Tappeiner stöhnte, was der Mann sagte, schien zu stimmen. Es deckte sich mit dem, was Grauner ihr berichtet hatte. Sie überlegte fieberhaft, was sie nun tun sollte, ob sie …

»… bis heute Mittag.«

Sie richtete sich ruckartig auf.

»Sie kamen zu mir, als ich auf der Terrasse des *Rössl* saß, sie waren zu zweit. Sie setzten sich zu mir an den Tisch, fragten mich, ob ich einen anderen geeigneten Ort für das Treffen kenne. Ich habe verneint, doch sie ließen nicht locker. Mir ist dann die *Alte Steinhütt'n* eingefallen, meine Skihütte im Wald, unterhalb der Bergstation des *Ciampinoi*-Lifts. Derzeit ist da niemand, sie ist geschlossen, wegen Renovierungsarbeiten …«

»Wann soll das Treffen stattfinden?«, unterbrach sie ihn.

»Ich … ich … vielleicht heute. Vielleicht morgen. Ich weiß es nicht genau. Ich habe ihnen den Schlüssel gegeben und meinen Lohn verlangt. Zehntausend, wie immer …«

»Und?«

Er schluckte vernehmlich. »Sie sagten, wenn alles vorbei ist, würden sie mich zur Belohnung am Leben lassen – vielleicht.«

Sie rückte wieder näher an das Holzgitter heran, flüsterte ihm die Sätze zu, die sie sich zurechtgelegt hatte. »Ja, wenn alles vorbei ist, dann bleiben Sie am Leben, vielleicht. Ich werde jetzt diese Kirche verlassen. Sie werden hierbleiben. Sie beten jetzt zweihundert Mal das Vaterunser. Ganz langsam. Dann gehen Sie raus. Sollten Sie auf die Idee kommen, die Kirche früher zu verlassen, wird die Frau, die Sie vorhin gesehen haben, Ihnen in den Kopf schießen. Dann war's das.«

Sie stand auf, öffnete die quietschende Beichtstuhltür, drehte sich kurz zum Altar, zum geschnitzten Jesus am Kreuz, atmete tief ein, langsam aus, dann ging sie festen Schrittes nach draußen.

Filippi hockte auf den Stufen vor der Kirche, die Wolkendecke war aufgerissen, die Sonne ließ den Schnee schmelzen, das Wasser suchte sich den Weg zwischen den Pflastersteinen zum Gully.

»Komm«, sagte Tappeiner, sie half der Gerichtsmedizinerin auf. Dann holte sie ihr Handy aus der Tasche und suchte nach Grauners Nummer, ließ es aber kurz darauf wieder sinken. Sie beschloss, selbst zu entscheiden, was nun zu tun sei. Der Commissario war weit weg, er musste sich auf die Suche nach seiner Familie und Saltapepe konzentrieren.

18

Der Mann trug ein weißes Hemd unter einem grün-blau karierten Wolljackett. Dünnes Haar. Hornbrille. Er stand vor einer Milchglastür, neben der ein Messingschild hing.

MATTINO
Redazione

Der Journalist trat auf ihn zu, reichte ihm die Hand. »Giancarlo Ferraresi, freut mich. Kommen Sie mit. Wir haben keine Zeit zu verlieren.«

Er schritt voran, Grauner eilte hinterher. Sie liefen durch die Redaktion, hier herrschte ein wildes Treiben. Tastaturen klapperten, Telefone läuteten, die Mitarbeiter schimpften. Überall waren Bildschirme an den Wänden montiert, auf denen die Nachrichten liefen. Grauners Schreibtisch in der Questura war im Vergleich dazu ein Ort der Stille. Er war froh, Commissario und nicht Journalist geworden zu sein.

Ferraresi führte ihn in sein Büro und schloss die Tür. In der Mitte des Raums stand ein großer Schreibtisch aus Glas, darauf ein Notebook, ein Stapel Zettel, ein paar Stifte, sonst nichts. An der Wand dahinter hing ein Foto.

Diego Armando Maradona im Napoli-Dress. Sind doch alle verrückt hier, nicht nur Saltapepe, dachte sich Grauner und musste beinahe ein wenig schmunzeln, denn über dem Schreibtisch des Ispettore hing exakt das gleiche Porträt.

Der Journalist bat Grauner, sich zu setzen, doch den Commissario drängte es zuerst ans bodentiefe Fenster. Enttäuscht starrte er hinaus. Kein Meer, kein Golf, kein Capri, kein Vesuv, kein Hafen, keine Kirchen waren im Lichtermeer auszumachen. Nur graue Industriegebäude, graue Straßenzüge.

»Sie haben mich erwartet? Wie können Sie mich erwartet haben?«, fragte er, ohne sich von der Stelle zu rühren.

Der Mann antwortete umgehend. »Claudio hat mir viel von Ihnen erzählt, Commissario. Er ist ein guter Freund von mir, wir kennen uns seit Kindertagen. Ich … ich war einst der Trauzeuge seines Bruders.«

Nun nahm Grauner Platz, sah dem Mann tief in die Augen. Ferraresi sprach weiter.

»In den vergangenen Tagen haben wir viel telefoniert, Claudio und ich, sehr viel. Ich bin Mafiaberichterstatter hier beim *Mattino*. Seit über zehn Jahren. Ich habe damals über die Sondereinheit geschrieben, für die Claudio tätig war, ich habe eine Biografie über U Lunatico verfasst, jetzt beschäftige ich mich mit seiner Tochter, A' silenziòs. Mal in enger Zusammenarbeit mit der zuständigen Staatsanwaltschaft …«

Er hielt einige Sekunden die Luft an.

»… mal ohne deren Wissen.«

Grauner nickte, ein Zeichen, die Bitte, weiterzusprechen.

»Wir sind anfangs kaum an Cleo Garebani herangekommen. Sie hatte sich abgeschottet, der Clan der Garebanis lag am Boden. Die Kalabresen hetzten die Bosse der Viertel aufeinander. Solange in Napoli Chaos herrschte, kontrollierte Gioia Tauro den Drogenmarkt. Kokain. Heroin.«

Der Mann faltete die Hände wie zum Gebet.

»Nur langsam hat sich in den vergangenen Jahren die Unterwelt Neapels neu strukturiert. Eine neue Generation hat die Straßen übernommen. Auch, vor allem, A' silenziòs. Sie hat die alten Kontakte ihres Vaters genutzt, sie hat neue, brutale Straßenkämpfer um sich vereint. Junge, harte Typen, die sich nicht um alte Klischees scheren, denen das ganze Gequatsche von Ehre und Omertà egal ist. Die lieber Ego-Shooter spielen, als Coppolas *Paten* zu rezitieren. Die Camorra war da immer schon flexibler als die Kalabresen und die Sizilianer. Und heute ist sie es umso mehr. Familie, Blutlinie, Aufnahmerituale, Heiligenbildchen – alles nicht so wichtig. Wer drin ist, ist drin.«

Ferraresi lehnte sich zurück, schlug ein Bein über das andere. Grauner rutschte auf dem Sessel hin und her, er spürte, wie die Ungeduld an ihm nagte.

»Mit diesen Typen hat Cleo Garebani es geschafft, einen Deal mit den Russen einzufädeln, bei dem es um den Handel mit synthetischen Drogen aus China ging. Was mich bis heute verwundert, da die Russen in der Vergangenheit immer lieber mit der viel mächtigeren 'Ndrangheta zusammengearbeitet haben. Die Kalabresen hatten mit der *Mafija* gute Erfahrungen gemacht, sie hatten viele Kontakte zu mächtigen *Wory*. Die Herrscher über Gioia Tauro und den Aspromonte sind in der Regel viel zuverlässiger als die ständig untereinander streitenden Camorra-Clans. Doch A' silenziòs setzte sich durch. Hier in Neapel nahm sie Viertel für Viertel ein, zuerst die Quartieri Spagnoli, dann Forcella, dann den Hafen, schließlich Secondigliano. Ich recherchiere in all diesen Vierteln, habe überall meine Quellen. Auch dort drüben ...«

Der Journalist zeigte zum Fenster hinaus. Dann stand er auf, winkte Grauner zu sich heran.

»Da«, sagte er, sobald der Commissario neben ihm stand, und wies auf eines der grauen Gebäude vor ihnen.

Grauner realisierte, dass es sich dabei nicht um eine Fabrik handelte, wie er zunächst gedacht hatte, sondern um ein Gefängnis, er sah im schummrigen Licht gelber Scheinwerfer den Stacheldraht auf den Mauern, die Gitter vor den Fenstern, er sah die Wachtürme, einen Basketballplatz im Hof. Dahinter erhob sich ein Flugzeug in den Himmel. Da musste der Flughafen liegen.

»Poggioreale«, sagte Ferraresi.

Grauner nickte. Er hatte schon oft von diesem Gefängnis

gehört. Er wusste, dass hier die schlimmsten Verbrecher des Staates einsaßen. Die gefährlichsten Mafiosi. Er hätte nie gedacht, dass es sich mitten in der Stadt, zwischen Bahnhof und Flughafen, befand.

»Tja«, sagte Ferraresi, »es gibt sicherlich Büros mit schönerem Panorama«, er grinste, »die unserer Chefredakteure sind zur anderen Seite ausgerichtet, nach Westen, die sehen die Altstadt, die Abendsonne brennend hinter Capri am Horizont versinken. Aber ich will mich nicht beklagen. Ich blicke auf das, worüber ich schreibe. Dadrin sitzt U Lunatico.«

Er bot Grauner an, sich wieder zu setzen. Er räusperte sich.

»Warum interessiert Sie U Lunatico noch? Er ist doch isoliert, seine Haftbedingungen basieren auf dem Artikel *41-bis*. Kommunikation nach draußen ist ihm unmöglich, oder?«, sagte Grauner. Er erinnerte sich an sein nächtliches Gespräch mit Belli.

Sein Gegenüber schloss kurz die Augen. »Ja, in der Theorie.«

Der Commissario runzelte die Stirn.

Der Mann räusperte sich. »Über siebenhundert Mafiosi sitzen derzeit in Isolationshaft. Und, glauben Sie mir, alle versuchen, die Isolation irgendwie zu umgehen. Meistens durch Telefonate. Da steckt die SIM-Karte in den Unterhosen des Anwalts, das Miniaturhandy in der Zigarettenschachtel des bestochenen Wärters, das Ladegerät im Rasierschaumbehälter. In vielen Gefängnissen wird nicht so genau hingeschaut. Auch hier in Poggioreale nicht immer. Doch bei U Lunatico schon. Er wird am strengsten von allen bewacht. Er ist der Gefährlichste von allen.«

Er blickte erneut zum Fenster, in Richtung des Gefängnisses.

»Doch Sie wissen, dass seine Tochter ihn besuchen darf?«

Grauner nickte.

»Ich verfolge jeden ihrer Schritte, soweit es mir möglich ist. Ich habe versucht, ihr Machtkonstrukt zu durchschauen, ich denke, es ist mir recht gut gelungen, aber eines habe ich lange nicht verstanden.«

Er drehte sich wieder zu Grauner.

»Ich habe nie verstanden, warum ihr die alte Garde ihres Vaters so schnell vertraut hat, sie so bereitwillig unterstützt hat, sich ihr so schnell unterworfen hat.«

Der Commissario wusste nicht, worauf der Mann hinauswollte. Er brummte. Sprechen Sie weiter, sagte das Brummen.

»Die Mafia, müssen Sie wissen, ist keine Monarchie«, fuhr Ferraresi fort, »hier geht die Macht nicht automatisch vom Vater auf den Nachkommen über. Irgendwann reifte die Überzeugung in mir, dass U Lunatico immer noch die Zügel in der Hand hält, dass seine Tochter nur ein operativer Arm ist …«

»Aber jedes Gespräch wird doch sicher überwacht … dokumentiert … überhaupt … Gespräch … äh … A' silenziòs ist doch stumm?«

»Ja, klar, alles wird überwacht und dokumentiert. Ich habe vor Jahren mehrfach um Einsicht in die Besuchsprotokolle gebeten. Dies wurde stets abgelehnt. Über zwei Ecken habe ich erfahren, dass er mit ihr spricht, dass sie in Gebärdensprache antwortet, die sich die beiden wohl in ihrer Kindheit mit der Hilfe einer gehörlosen Verwandten beigebracht haben. Mir wurde gesagt, dass sie sich über nichts Besonderes unterhalten. Banalitäten. Das hat mich von Anfang an stutzig gemacht. Ich habe immer vermutet, geahnt, dass sie eine weitere, heimliche Ebene der Kommunikation haben …«

Grauner lehnte sich zurück. Verschränkte die Arme. Er musste an die Grödner denken, die auch keiner verstand, wenn sie in ihren Dialekt und ihr Ladinisch wechselten.

»Seit einigen Wochen bin ich mir sicher.«

Der Commissario rutschte vor, bis an die Kante des Stuhls.

»Herr Grauner, ich gehe mit diesem Wissen sehr vorsichtig um. Kein Journalist in Neapel, in ganz Italien, ist so nah am Garebani-Clan dran wie ich. Auch keine Antimafia-Sondereinheit, kein Sonderstaatsanwalt. Ich habe Quellen bei der Polizei, in Poggioreale, in der Familie selbst. Was ich Ihnen jetzt sage, sage ich Ihnen, Johann Grauner, als Saltapepes Freund.«

Er schwieg kurz, Grauner auch.

»Ich weiß, wie wichtig Sie Claudio sind, wie sehr er Sie schätzt.«

Der Commissario spürte, wie sein Herz schneller pochte.

»Ich haben seit einiger Zeit eine neue Quelle in Poggioreale, es ist nicht einer der Insassen, wie üblich, sondern ein Beamter. Der Beamte, der die Videoaufnahmen der Gespräche der *41-bis*-Häftlinge verwaltet. Er hat uns die Aufnahmen von A' silenziòs' Treffen mit ihrem Vater besorgt, Cleo besucht ihren Vater jede Woche. Seit bald sechs Jahren.«

Er stand auf, ging um den Schreibtisch herum, zog das Notebook heran und drehte es so, dass Grauner den Bildschirm sehen konnte. Er tippte darauf herum, ein Fenster öffnete sich, ein Video. Das erste Bild zeigte einen Raum von oben, zwei sitzende Menschen, zwischen ihnen eine Glasscheibe, an der oberen rechten Ecke sah man die Gesichter der beiden – frontal. Ein älterer Mann. Glatze, grauer Bart, eingefallene Wangen. Eine junge Frau, blonde Haare, meerblaue Augen.

»U Lunatico und seine Tochter«, sagte der Journalist.

Dann drückte er auf Play.

Garebani lehnte sich zur Scheibe vor, seine Lippen bewegten sich.

Ferraresi schaltete den Ton an, Garebanis Stimme klang dunkel und rau. Er sprach langsam und abgehackt, Grauner verstand kaum ein Wort. Er hatte einen starken neapolitanischen Akzent.

Die Tochter gestikulierte ab und zu.

Nach etwa einer Minute schaute der Commissario zum Journalisten. Er fragte sich, was das solle, wie lange er sich das noch anschauen müsse.

»Worüber reden Sie?«, fragte er.

»Er erzählt, welche Bücher er liest. Dan Brown. John Grisham. Paulo Coelho. Seneca. Er erzählt, wie schlecht das Essen schmeckt. Er fragt sie nach den Verwandten, nach dem Weltgeschehen, wie Neapel gespielt hat, ob sie die Rosen im Garten geschnitten hat. Wie gesagt, eine scheinbar belanglose Unterhaltung …«

»Scheinbar?«, fragte Grauner weiter.

»Ja, scheinbar.« Der Mann klappte das Gerät wieder zu. »Viele Wörter haben allerdings eine zweite Bedeutung. *Napoli* steht für den Clan, *Rosen* für verfeindete Clans. Wir pflegen hier beim *Mattino* in Zusammenarbeit mit den Behörden seit Jahren ein ganzes Wörterbuch voller Begriffe einer sich im ständigen Wandel befindlichen Geheimsprache der Camorra. Aber …«

Er runzelte die Stirn, als überlegte er, wie er das Folgende nun am besten ausdrücken sollte.

»Aber …«, insistierte Grauner.

»Gemeinsam mit zwei Kollegen habe ich Hunderte Minuten Videomaterial dieser Gespräche ausgewertet. Nichts, wirklich gar nichts ergab einen Sinn. Wir … ich … mir dämmerte irgendwann, dass dieses Gequatsche wohl ein Ablenkungsmanöver war. Dass U Lunatico und seine Tochter die Polizei damit auf eine falsche Fährte führen wollten. Mir ist aufgefallen, dass sich beide oft ins Gesicht fassten, an ähnliche Stellen. Ich recherchierte und erfuhr, dass sich der Mensch, wir alle, durchschnittlich sechshundertmal am Tag ins Gesicht fasst. Ich … nun ja … setzte mich hin und zählte.«

Er öffnete das Notebook wieder, tippte darauf herum. Fotos poppten auf, sie zeigten die Gesichter der beiden im Gespräch. »Mal berührte eine Hand das Ohr, mal die Nase, mal die Augenbrauen. Über tausendmal. Doppelt so oft wie bei anderen an einem ganzen Tag. Ich habe Experten angeschrieben …«

»Was für Experten?«, ging Grauner dazwischen.

»Sprachwissenschaftler. Doch keiner konnte uns helfen.«

Der Commissario seufzte.

»Bis auf einen. Ein Professor der Pariser *Sorbonne* vermutete, die beiden hätten eine Zeichensprache entwickelt, nach einem ganz eigenen System. Für Linguisten kaum zu entschlüsseln. Er kannte einen emeritierten amerikanischen Historiker von der *Columbia University* in New York, der gemeinsam mit einem Kryptologen aus Freiburg jahrelang die geheime Zeichensprache von Mönchen und Nonnen des Zisterzienserordens erforscht hat. Diese haben im 14. Jahrhundert ein ausgeklügeltes Zeichensystem entwickelt, um trotz des Schweigegelübdes kommunizieren zu können. Zunächst waren diese Zeichen deutlich zu erkennen, eine lautlose, aber sichtbare Kommunikation. In manchen der Klöster allerdings entwickelten vor allem Nonnen die Zeichensprache hinter dem Rücken der Äbtinnen weiter, sie verständigten sich bald mittels extrem unauffälliger Gesten.«

Grauner rieb sich die Schläfen, blinzelte, bemüht, alles zu behalten, was der Journalist ihm erzählte.

»Dr. Matthew Sonderbergh, der Historiker, und sein etwas jüngerer Freiburger Kollege Dr. Stefan Benn, der Kryptologe, von Geburt an gehörlos, waren schnell bereit, uns zu helfen. Sie baten uns um einen Videoausschnitt. Nach Wochen meldeten sie sich erneut. Sie glaubten, Muster in den Bewegungen der beiden erkannt zu haben.«

»Die Hände im Gesicht«, murmelte Grauner, immer noch ungläubig.

»Nicht nur«, antwortete Ferraresi. »Das Blinzeln, das Fletschen der Zähne, das Spielen mit den Fingern, das Hin- und Herrutschen auf dem Stuhl, das Hüsteln, das Heben der Schultern, das Runzeln der Stirn. Alles.«

Er ging erneut um den Schreibtisch herum, öffnete eine Schublade, holte einen dicken Packen Papier hervor. Es mussten Tausende Blätter sein. Er warf sie auf die Tischplatte. Es waren Fotos aus dem Video.

»Die beiden haben die Kunst der geheimen Kommunikation auf ein Niveau gehoben, wie wir es bislang von der Mafia nicht im Entferntesten gekannt haben«, fuhr Ferraresi fort.

»Wie … wie funktioniert das? Ist das ein Buchstaben-System?«, fragte Grauner.

»Es ist ein Verwirrspiel. Der Vater benutzt die uns bekannten zweideutigen Wörter wie *Napoli*, *Rosen*, *Himmel*, *Erde*, *Wein* … Die Tochter tut dies ebenso in der Gebärdensprache. Es gibt, wie gesagt, Hunderte davon. Doch zugleich benutzen beide die von ihnen kreierte Zeichensprache. In Kombination mit diesen Zeichen bekommt ab und zu eines dieser Geheimworte eine völlig neue Bedeutung. So ist ihre Kommunikation über weite Strecken völlig irrelevant, sinnloses Gelaber. Nur alle paar Minuten tauschen sie im Geheimen drei, vier zusammenhängende Sätze aus. Er übermittelt so Befehle nach draußen, sie berichtet über die Geschehnisse außerhalb der Gefängnismauern.«

Grauner schaute verblüfft.

»Wir haben dem Historiker und dem Kryptologen immer mehr von dem Videomaterial geschickt. Vor zwei Wochen haben wir die zuständige Staatsanwaltschaft und Ihre Kollegen von der *DIA* über … fast alles informiert. Wir haben mit ihnen vereinbart, von nun an zu kooperieren. Sie haben uns von der *Operation Nuvola* berichtet, davon, dass es ein Treffen geben sollte, zwischen A' silenziòs, Jesus und einigen weiteren russischen Bossen. Die *DIA*, so haben wir erfahren, lasse bereits seit einiger Zeit jemanden undercover im Umfeld eines Villenbesitzers in Gröden …«

»Meyerle«, murmelte Grauner.

»… ermitteln«, fuhr der Journalist fort.

Grauner versuchte, die vielen neuen Informationen zu ordnen, und ergänzte leise: »Doch dieses Treffen in Meyerles Villa kam nicht zustande, da dort die Leiche des Dorfpolizisten Klaus Höller gefunden wurde. Ich frage mich immer noch, warum Höller sterben musste. Und warum man ihn, um Gottes willen, dort hingelegt hat, wo das Treffen stattfinden sollte.«

Ferraresi lehnte sich zurück, atmete tief ein. »Ich vermute, dass die 'Ndrangheta dem Lunatico-Clan das Geschäft mit den Russen versauen wollte. Wie Sie vielleicht bereits erfahren haben, war es damals, vor U Lunaticos Verhaftung, zu einem Tabubruch gekommen. Einige Mafiosi aus Neapel, allen voran der Secchesi-Clan, haben sich mit den Kalabresen verbündet und, was viel schwerer wog, sie haben U Lunatico an die Polizei verraten.«

Grauner nickte. Er erinnerte sich an das Gespräch in Trient mit Carolina Stella.

»Ich habe erfahren, dass im Rachen des toten Gemeindepolizisten die Gräten eines Fisches steckten. Stimmt das?«

Grauner nickte.

Der Journalist zog ein Handy hervor. Wischte darauf herum, legte es auf den Tisch. Der Bildschirm zeigte das Foto eines Fisches. Eines hässlichen Fisches.

»Das ist …«

»Ein Knurrhahn«, beendete Grauner den Satz des Journalisten.

»Ein Symbol, eine Nachricht«, verbesserte dieser ihn. »A' silenziòs, so heißt es, habe sich als kleines Kind einmal eine Fischvergiftung zugezogen. Als sie einen Knurrhahn gegessen hat. Sie verbrachte zwei Wochen im Krankenhaus. Doch ihr Vater glaubte nicht an einen Zufall. Er ließ das Restaurant niederbrennen und jeden ermorden, der mit diesem Fisch in Berührung gekommen war. Den Koch ließ er ertränken, den Kellner erstechen, den Fischer, von dem das Restaurant die Ware bezogen hatte, ließ er erschießen. Die kleine A' silenziòs, so lautet die Legende, sei bei allen drei Morden dabei gewesen. Ihr Vater hatte die Gräten des von ihr verspeisten Fisches aufbewahrt und forderte sie auf, sie den Toten in den Rachen zu stecken. Seitdem hat sie kein Wort mehr gesprochen. Selektiver Mutismus aufgrund eines Schockerlebnisses, so lautete die Diagnose der Experten, die Garebani mit seiner verstummten Tochter aufsuchte.«

Grauner schwieg. Er spürte einen dicken Kloß im Hals. Ein junges Mädchen wird in die bestialische Welt der Mafia hineingeboren. Sie wird selbst Teil davon. Teil des Mordens. Er verstand aber immer noch nicht, worauf Ferraresi hinauswollte. Der Journalist fuhr in sachlichem Ton fort.

»Ja, ich bin mir recht sicher, dass es die Kalabresen waren, die den Gemeindepolizisten ermordet und in das Hotel der Russen gelegt haben. *Deinen Deal mit den Russen ersticken wir im Keim*, so lautet die Botschaft der Gräten.«

Grauner wischte sich den Schweiß von der Stirn.

»Die Kalabresen legten eine Leiche in die Villa, um Unruhe ins Tal zu bringen. Wissen Sie«, der Journalist klang nun, als hielte er eine BWL-Vorlesung, »wenn es ruhig ist um die Mafia, dann ist sie stark, wenn es laut um sie ist, wenn die Toten entdeckt werden, ist sie schwach. Es herrscht Krieg zwischen den Kalabresen und dem wiedererstarkten Garebani-Clan. Sie streiten sich um Gröden und buhlen um die Gunst der Russen. Die Drogen aus China, das Carfentanyl …«

Der Journalist deutete Grauners Nicken richtig.

»Sie wissen Bescheid?«, fragte er.

Grauner räusperte sich. »Die Kalabresen haben durch ihre Aktion nicht nur den Garebanis einen Strich durch die Rechnung gemacht. Sondern auch der *Operation Nuvola*.«

Ferraresi murmelte bestätigend.

Grauner fuhr fort. »Die Ermittler haben dann den Plan geändert. Sie wollten die Operation retten. Sie haben Saltapepe als Köder benutzt. Gehofft, dass A' silenziòs anbeißt ...«

Der Mann erblasste.

»Sie haben Cleo Garebani eine Botschaft zukommen lassen: dass der Mann, der ihren Vater gefasst und gedemütigt hat, sich in Wolkenstein aufhält. Sie haben ihr verraten, wer er ist. Vielleicht über diesen Meyerle. Vielleicht über irgendeinen kleinen Camorrista in Bozen, ich weiß es nicht. Zum Glück konnte Claudio rechtzeitig abtauchen.«

Der Journalist fuhr sich durch die Haare. »Bei meinem letzten Gespräch mit Claudio sagte er mir, er wolle nach Neapel kommen, um seine Mutter zu sehen, die er in Gefahr wähnte. Ich habe ihm davon abgeraten, habe ihm geraten, sich zu verstecken. Ich weiß nicht, wo er ist, was mit ihm passiert ist. Er antwortet nicht mehr auf meine Anrufe. Als mich heute früh jemand Fremdes mit seinem Handy angerufen hat, habe ich sofort aufgelegt, das Schlimmste befürchtet.«

Er schaute Grauner ins Gesicht. Der sah zu Boden.

»Und als die Empfangsdame vorhin am Telefon Ihren Namen genannt hat, wusste ich, dass das Schlimmste eingetreten ist.«

Grauner nickte leicht.

»Wissen Sie, Commissario, Claudio hat mir einmal gesagt, falls ihm etwas zustoßen sollte, solle ich mich an Sie wenden. Er erwähnte auch, dass Sie nicht gerne reisen. Einmal, da hatten wir bereits zwei Flaschen Wein getrunken und waren in recht melancholischer Stimmung, da sagte er mir, wenn Sie eines Tages hier in Neapel auftauchen würden, ohne ihn, dann müsse der Grund wohl sein, dass Sie seiner Mutter persönlich mitteilen wollten, dass ihr Sohn in großer Gefahr … oder tot sei.«

Grauner spürte, wie ihm eine Träne über die Wange lief, verstohlen wischte er sich mit der Hand übers Gesicht, verteilte das salzige Nass.

Er unterrichtete den Journalisten nun in allen Details darüber, was in den vergangenen Stunden in Südtirol passiert war. Dass die Männer Saltapepe nun doch gefasst hätten. Dass auch Sara und Alba in ihrer Gewalt seien. Vermutlich hier in Neapel. Dass er gekommen sei, um seine Familie und seinen Kollegen zu finden.

Der Mann lauschte konzentriert, immer noch leichenblass. Als Grauner geendet hatte, ergriff er flüsternd das Wort.

»A' silenziòs ist heute überraschend hier in Neapel aufgetaucht. In Poggioreale. Sie hat ihrem Vater einen Kurzbesuch abgestattet.«

Er kramte in den Unterlagen, zog einige Seiten aus dem Stapel.

»Hier«, er hielt sie Grauner hin. »Das hat mir meine Quelle vor wenigen Stunden per Mail zukommen lassen. Es ist die Verschriftlichung des Gesprächs der beiden. Außerdem schickte er mir einen Link mit der Videoaufzeichnung des kurzen Gesprächs. Ich habe den Link sofort nach New York und Freiburg weitergeleitet und unsere beiden Experten alarmiert. Vor etwa einer Stunde haben sie mir geantwortet.«

Grauner richtete sich auf.

»Erst dachte ich, die beiden würden wieder mit uns

spielen. Sie sprachen wieder über scheinbar Belangloses. Dr. Sonderbergh und Dr. Benn konnten auf die Schnelle nur wenige Wörter entschlüsseln.« Ferraresi hielt Grauner eines der Blätter hin.

Der Commissario las flüsternd: »*Vendetta. Parrucchiere. Morte. Lorenzo. Olive. Porco. Soddisfazione. Chiesa. Costabella.*«

Er übersetzte in Gedanken: Rache. Frisör. Tod. Lorenzo. Oliven. Schwein. Genugtuung. Kirche. Schöne Küste.

Grauner legte das Blatt zurück auf den Tisch. »Was hat das zu bedeuten?«, fragte er.

»Ich habe mir über die Begriffe den Kopf zerbrochen, sie gegoogelt, irgendwann habe ich mir systematisch sämtliche Straßennamen Neapels angeschaut. Kurz bevor Sie zu mir kamen, bin ich fündig geworden. Zweimal. Es gibt eine Via Lorenzo in den Colli Aminei.«

Er hielt inne, Grauner zappelte ungeduldig.

»Und es gibt eine Via Parrucchieri in den Quartieri Spagnoli. Da ging mir ein Licht auf.«

Der Commissario verstand nicht gleich.

»Saltapepe ist in den Quartieri aufgewachsen. Seine Mutter lebt noch in dem Haus …«

»In der Via Parrucchieri«, vervollständigte Grauner den Satz.

»Numero Civico 11.«

»Waren Sie heute schon … ?«

»Zuletzt gestern Nachmittag …«

»Wir müssen los.«

19

Tappeiner wollte zu Fuß gehen, das war am unauffälligsten. Aber für Filippi war das unmöglich, zumindest in dem Outfit, das sie trug. So hohe Absätze hatte Tappeiner noch nie gesehen, geschweige denn getragen.

Grauners Assistentin hatte überhaupt noch nie in ihrem Leben Stöckelschuhe getragen, sie war sogar auf ihrem eigenen Maturaball mit Sneakers erschienen, das war ihre Art der Rebellion gewesen. Außerdem verstand sie einfach nicht, warum sie so etwas Unbequemes anziehen sollte.

Filippi behauptete, dass sie in ihren Stöckelschuhen jeden Hang hochkommen würde, doch Tappeiner ließ nicht mit sich diskutieren, sie ließ sich von der Gerichtsmedizinerin hundert Euro geben, da sie selbst nur noch dreißig in der Tasche hatte, verschwand in einem der vielen Outdoor-Läden an der Hauptstraße von Wolkenstein und kam nach wenigen Minuten erbost wieder zurück, weil sie kein einziges Paar gefunden hatte, das weniger als hundert Euro gekostet hatte.

Augenrollend wechselte die Gerichtsmedizinerin die Schuhe.

Sie fuhren zur Talstation des Skigebiets. Grauners Assistentin suchte nach einer Pistenkarte, fand sie neben den geschlossenen Ticketschaltern. Die Sterne funkelten am schwarzen Himmel, der Schnee leuchtete und glitzerte, auf den Hängen zogen die Pistenraupen ihre Bahnen, ab und an blinkte es rot.

Tappeiner entdeckte den *Ciampinoi*-Lift, daneben begann ein Wanderweg, der durch den Wald führte, sie prägte sich die Abzweigung ein, von der aus man zur *Alten Steinhütt'n* gelangte, diese war als kleiner Punkt eingezeichnet. Grauners Assistentin schätzte, dass sie – sie alleine – eine gute Stunde brauchen würde, um dorthin zu gelangen. Sie schaute zu Filippi. Mit ihr würde sie wohl eher zwei brauchen. Sie überlegte kurz, ob sie nicht doch alleine losgehen sollte, doch alles sprach dagegen.

Sie versuchte, das Gehirn für eine Weile auszuschalten. So zu tun, als wäre sie einfach mit einer guten Freundin auf einer Mondscheinwanderung. Ein paar Minuten lang schaffte sie es sogar. Sie genoss die frische Nachtluft, den würzigen Geruch des Waldes. Sie lauschte dem Rascheln der Tiere, dem leisen Pfeifen des Windes. Sie mochte das Gefühl, wenn der Schnee unter ihren Sohlen knirschend nachgab. Sie sah zu den dunklen Gipfeln hoch, zu den Felsen, sie wusste, dass die Berge manchen Menschen Furcht einjagten. Ihr ging es anders. Sie hatte Respekt vor ihnen, ja. Aber bei ihrem Anblick verspürte sie auch ein enormes Freiheitsgefühl.

Sie hatte Filippi unterschätzt, die Gerichtsmedizinerin schnaufte und hustete, aber sie hielt Schritt.

»Ich wusste nicht, dass du so sportlich bist«, sagte Tappeiner, als sie die Mittelstation erreicht hatten und links in den Waldweg einbogen, der sie zur Hütte führen würde.

»Ich wusste es bis vor einem Jahr auch nicht«, antwortete Filippi und versuchte zu grinsen. »Ich habe mich mein

Leben lang kaum bewegt, ich hielt es mit Winston Churchill …«

Tappeiner konnte sich ein Leben ohne Sport nicht vorstellen, ganz egal, was Churchill dazu gesagt hatte.

»*No sports*, so antwortete er angeblich auf die Frage, wie er bei all den Zigarren und dem Whisky so alt geworden sei«, fuhr Filippi fort.

Tappeiner überlegte kurz, was sie darauf antworten sollte. »Ach«, sagte sie schließlich, »mir tut Sport gut. Ohne Sport werde ich unerträglich.«

»Ich war früher unerträglich ohne Zigaretten, dann habe ich das Rauchen aufgegeben, dann wurde ich unerträglich ohne Wein, dann ohne Tabletten, jetzt also Sport, ich weiß, das halbe Spital lacht über mich und meinen Wandel, na gut, ich …«

»Pssst«, unterbrach Tappeiner die Gerichtsmedizinerin. Sie stoppte. Weiter vorne zwischen den Bäumen flackerte ein Licht.

Sie stellte sich hinter eine der Tannen, die schwer mit Schnee beladen waren, so schwer beladene Bäume hatte sie schon seit Jahren nicht mehr gesehen. Sie musste an das Gerücht denken, das seit Jahren in ganz Südtirol kursierte: dass die Grödner nicht nur die Pisten, sondern auch die Wälder in der Umgebung mit Kunstschnee präparierten.

Sie hörte Filippi laut atmen. Ihr fiel auf, dass sie sich für das, was nun kam, noch keinen Plan zurechtgelegt hatte. Schlagartig kehrte die Nervosität zurück. Die Hütte war aus Stein, hinter dem einzigen Fenster, das von dieser Seite aus zu sehen war, flackerte das Licht eines Kaminfeuers. Die Tür war geschlossen.

Tappeiner machte einen Schatten hinter der Scheibe

aus, sie konnte nicht erkennen, ob er zu einem Mann oder einer Frau gehörte, der Schatten schien etwas Schweres zu schleppen. Plötzlich öffnete sich die Tür, Lärm drang nach draußen, dumpfe Musik, was sie verwunderte. Die Gestalt verschwand wieder im Inneren, die Tür schloss sich.

»Wer war das?«, fragte Filippi leise.

Tappeiner hob die Schultern. »Einer von den Bösen.«

»Wie viele sind es?«, fragte die Gerichtsmedizinerin weiter.

Tappeiner spürte Wut in sich aufsteigen. Sie ärgerte sich über sich selbst, es war wohl doch keine so gute Idee gewesen, diese Frau mitzunehmen, am Berg verflog aufgesetzte Coolness meist schnell. Tappeiner zog Grauners alte Pistole.

»Wa… wa… wa…«

Filippi wich zurück.

Dann griff Tappeiner in die Brusttasche ihrer Fleecejacke, zog das Taschenmesser hervor, das sie stets bei sich trug, um die drei Äpfel zu zerschneiden, die sie täglich aß. Sie drückte der Gerichtsmedizinerin das Messer in die Hand.

»Ähm, nein, nein, nein. Warum bekommst du die Pistole und ich nur dieses Messer?«

Tappeiner schaute Filippi tief in die Augen.

»Weil du Gerichtsmedizinerin bist, Gerichtsmedizinerinnen können mit Messern umgehen.«

Filippi hielt das Taschenmesser in die Höhe.

»Nein, nein, nein … Ich, äh, ich kann das nicht. Ich kann damit nur auf Menschen losgehen, die bereits tot sind, verstehst du?«

»Aber ich bin nun mal die Polizistin«, erwiderte Tappeiner, »Polizistinnen können mit Pistolen umgehen. Basta!«

Das war glatt gelogen. Grauners Assistentin war weit davon entfernt, eine gute Schützin zu sein, nur widerwillig absolvierte sie alle sechs Monate die obligatorischen Schießübungen, zielte mit Abstand am schlechtesten von allen. Aber die Lüge schien Filippi umzustimmen.

»Was jetzt?«, fragte sie plötzlich ganz ruhig.

Tappeiner improvisierte. Was blieb ihr anderes übrig. Sie hatte hier längst das Kommando übernommen, nun gab es kein Zurück mehr. Sie musste das jetzt durchziehen, auch wenn sie es sich kein bisschen zutraute.

»Wir schleichen uns zur Tür. Du stellst dich davor, ich versuche, durchs Fenster ins Innere zu sehen, dann ziehst du die Tür auf, ich gehe hinein, dann …«, sie geriet ins Stocken. »Dann mal schauen. Du wartest draußen, hältst die, die rauskommen, mit dem Messer in Schach.«

Sie schwiegen. Nur das Rauschen des Windes war zu hören.

»Los!«, flüsterte Tappeiner und huschte auf die Lichtung. Es waren etwa zwanzig Meter bis zum Haus, zwanzig Meter auf offener Fläche, die sie ungeschützt und gut sichtbar im Licht des Mondes zurücklegen musste. Ihr Puls raste, sie drehte sich nicht mehr um, entweder Filippi folgte ihr, oder sie folgte ihr nicht, das war jetzt auch egal, sie hielt die Pistole mit gestrecktem Arm Richtung Boden, so, wie sie es aus den Fernsehkrimis kannte.

Je näher sie der Hütte kam, desto tiefer duckte sie sich, Adrenalin schoss ihr ins Blut, dieses Gefühl überkam sie oft an einer überhängenden Wand, wenn sie die letzte Kraft aus sich herausholen musste. Sie sah Filippi im Augenwinkel, die sie überholte und zur Tür rannte, da erreichte sie auch schon das Fenster, ging in die Knie, wartete einige Sekunden, bis ihr Atem sich beruhigte. Hier hörte sie nun wieder die dumpfe Musik.

Sie zählte bis drei, stemmte sich hoch, linste kurz durchs

Fenster, bückte sich wieder. Ein Kamin, Feuer darin, ein Mann, der mit dem Rücken zum Fenster davor kniete, Scheite hineinwarf. Ein Tisch, nichts darauf, ein Stück von einem Sofa hatte sie noch gesehen, Beine in Jeans, nackte Füße. Sie rang mit sich, ob sie einen zweiten Blick wagen sollte.

Sie hatte keine andere Wahl.

Sie musste wissen, ob sich noch weitere Personen im Raum befanden, sie stand erneut blitzschnell auf, schaute ins Innere, der Mann vor dem Kamin hatte sich umgedreht, sah in ihre Richtung, erstarrte.

»Tür öffnen«, schrie sie Filippi zu.

Die Gerichtsmedizinerin rüttelte an der Klinke, die Tür sprang auf.

Tappeiner stürmte schreiend ins Innere. »Aaaaaahhh, Polizei, keine Beweg…«

20

»Keine Bewegung! Waffe fallen lassen!«

Er ging einen Schritt in das Zimmer hinein, sah ihr in die Augen. Sie starrte ängstlich, aber entschlossen zurück. Die alte Frau hatte die Pistole auf ihn gerichtet, er hatte das alte Gewehr seines Vaters auf sie gerichtet, vor ihr auf dem Teppich lag die Leiche eines Mannes, das Gesicht war nicht zu erkennen, es war blutüberströmt, das Blut hatte sich bereits in die Fasern des Teppichs gefressen.

Das Glas des kleinen Leuchters, der von der Decke baumelte, lag auf dem Boden. Sie musste mehrmals geschossen haben, eine Kugel hatte den Schrank an der Seite des Zimmers getroffen.

»Signora, ich bin ein Kollege von Claudio«, sagte er so sanft, wie es ihm möglich war.

Die Angst wich nicht aus ihrem Gesicht, sie kniff die Augen zusammen, die Pistole zitterte.

Dumpf klang die Stimme des Journalisten aus dem Flur, in den sie soeben durch die nur angelehnte Wohnungstür getreten waren.

»Signora, ich bin's, Giancarlo. Der Mann sagt die Wahrheit, legen Sie die Pistole weg, wir sind hier, um Ihnen zu helfen, um Sie in Sicherheit zu bringen.«

Grauner sah, dass über die Wange der alten Frau eine Träne kullerte, sie ließ die Waffe sinken, legte sie neben sich auf die Sessellehne, hielt sich die Hände vors Gesicht.

Der Commissario ging zu ihr hin, führte sie vorsichtig zum Sofa.

»Alles wird gut, Signora, alles wird gut.«

»Claudio?«, fragte sie.

»Wir werden ihn finden, das verspreche ich Ihnen.«

Sie schluchzte, im Augenwinkel sah er, dass der Journalist sich über den Toten beugte.

»Das ist einer der Killer aus dem Garebani-Clan«, murmelte er.

Ferraresi stand wieder auf, setzte sich neben Saltapepes Mutter, legte den Arm um sie, Grauner verschwand in der Küche, kam mit einem Glas Wasser zurück, reichte es ihr, setzte sich auf den Stuhl gegenüber.

Die blauen Augen der Frau schimmerten wässrig.

»Grazie.«

Sie nahm kleine Schlucke. Grauner erkannte Saltapepes Züge in ihrem Gesicht.

»Signora, was ist hier passiert?«

21

Sie verstummte. Die Männer schauten, als stünde ihnen ein Geist gegenüber. Die Frauen kreischten. Sie senkte die Pistole. Vier furchterfüllte Blicke waren auf sie gerichtet. Nur die Musik dudelte weiter. Radio-Pop.

»Was … was?«, flüsterte einer der Männer.

»Wie … wie …«, flüsterte auch Tappeiner.

»Silvia, was ist los?«, schrie Filippi von draußen herein.

Einer der Männer hob beschwichtigend die Arme. »Tu… tun Sie uns nichts, nehmen Sie alles, da …«

Er holte vorsichtig die Brieftasche aus der Hosentasche, hielt sie ihr hin.

Sie fuhr sich mit der Hand über das schwitzende Gesicht, stampfte auf.

»Dieses Schwein«, brüllte sie. »Meyerle, dieses verdammte Schwein! Er hat uns reingelegt, die haben uns reingelegt.«

22

Ihre Stimme zitterte. Sie erzählte, dass Saltapepe sie gestern Abend angerufen habe, dass er ängstlich, aber entschlossen geklungen habe. Dass ihr das Gespräch vorgekommen sei wie ein Abschied. Sie habe sich auf das Schlimmste gefasst gemacht.

Er habe ihr gesagt, wo sie die Pistole und die Patronen finden könne.

Sie solle in der Wohnung bleiben, niemandem öffnen,

außer Giancarlo, sich nicht in der Nähe der Fenster aufhalten. Sie solle warten. Ausharren.

Sie erzählte, dass vor zwei Stunden jemand geklingelt habe. Sie habe nicht geöffnet, nicht geantwortet. Dann habe sie die Schritte im Treppenhaus gehört, das Klopfen an der Wohnungstür, das Kratzen am Schlüsselloch.

Sie habe sich hier auf das Sofa gesetzt, die Waffe auf die Tür gerichtet, gebetet.

Grauner schaute zur Tür, über dem Rahmen hing ein Bildchen des Heiligen San Gennaro, daneben ein Schal des *SSC*.

Sie habe einen Kuss zum Heiligen hochgeschickt, dann sei der Mann reingekommen.

Sie musste sofort geschossen, dann die ganze Zeit hier gesessen haben.

Sie hatten den Toten in die Badewanne gelegt und ein Leintuch über ihm ausgebreitet. Nun überlegten sie, was zu tun sei. Noch mal rausgehen? Das sei in dieser Nacht zu gefährlich, befand Ferraresi. Er schlug vor, sich hier zu verbarrikadieren. Bis morgen früh. Nachzudenken. Einen Plan zu erstellen. Sofort die *DIA* zu verständigen. Grauner willigte ein. In alles. Bis auf den Part mit der *DIA*. Er traute niemandem mehr. Er ließ nicht mit sich diskutieren. Saltapepes Mutter brachten sie ins Schlafzimmer. Sie würden abwechselnd Wache schieben. Die verzierte Standuhr in der Ecke des Wohnzimmers tickte laut, Grauner dachte nach, er wusste nicht so recht, wie es weitergehen sollte.

Als Saltapepes Mutter plötzlich im Türrahmen stand,

zeigte die Uhr an, dass es beinahe Mitternacht war. Bald strömte der Duft von frisch gekochtem Kaffee durch die Wohnung. Grauner konnte sich gerade keinen angenehmeren Duft vorstellen. Nicht einmal das wohltuend würzige Aroma vom Mist seiner Kühe im Stall.

Sie reichte ihm eine Tasse. Er stupste Ferraresi neben sich an, der Journalist erwachte.

Die Signora ging zum Schrank, holte ein paar Plätzchen hervor, dann öffnete sie eine Schublade, zog ein dickes, in Stoff eingeschlagenes Buch heraus, legte es auf den Tisch vor die beiden.

Sie zeigte auf den Flur. »Ganz hinten«, sagte sie, »war Claudios Zimmer – und daneben das seines Bruders Roberto.«

Sie bekreuzigte sich.

»Nun lebe ich alleine hier.«

Sie schlug das Buch auf, es war ein Fotoalbum, Grauner wurde warm ums Herz, er dachte an all die Fotoalben, die er mit Alba für Sara gebastelt und verziert hatte.

Die alte Frau zeigte auf das Schwarz-Weiß-Bild eines ernst dreinblickenden Mannes, der mit stolzer Pose in die Kamera schaute, einen feinen Hut auf dem Kopf. Schnauzbart.

»Mein Vater«, sagte sie und streichelte das Bild.

Sie blätterte langsam weiter, zu den Farbfotografien. Leicht verschwommen zeigte eine davon einen anderen Mann, lachend, kräftig, in Badehosen, am Strand, zwei Buben auf den Schenkeln, auch sie lachten.

»Giorgio«, sagte die Frau. Es musste ihr verstorbener Mann sein, schlussfolgerte Grauner. »Mit Roberto und Claudio.«

Es folgten Bilder von der Familie in den Straßen Neapels, hier in der Wohnung, Geburtstage, Weihnachten, Bilder vom Hafen, der kleine Claudio am Kai, während die Wellen hinter ihm hochspritzen. Die Familie auf einer Picknickdecke in einem Zitronenhain. Um sie herum Brot, Wurst, Limoncello.

Sie blätterte weiter: Saltapepe als junger Polizist, in Uniform, sein Bruder auf einer Vespa, mit Lederjacke. Auf den hinteren Seiten waren Zeitungsartikel in das Buch geklebt. Aus dem *Mattino*. Ein großer Artikel nahm eine ganze Doppelseite ein. Der Artikel war sechs Jahre alt.

Catturato U Lunatico, stand in großen Lettern über dem Bild. U Lunatico gefasst.

Das Bild zeigte eine heruntergekommene Steinhütte, umgeben von Olivenbäumen.

Grauner überflog einige der Zeilen.

… die Sondereinheit … im Morgengrauen … erfolgreich verhaftet … ohne Blutvergießen …

Der Journalist berührte ihn am Arm, Grauner schaute auf, Ferraresi zeigte auf die Bildunterschrift. Sofort sprang ihm das eine Wort ins Auge.

Sie starrten sich an. Regungslos für einige Sekunden.

Da stand *San Lorenzo*.

Lorenzo. San Lorenzo.

»In San Lorenzo, einem entlegenen Ortsteil des Dörfchens Cerollo, etwa dreißig Kilometer von Neapel entfernt …«, las Ferraresi. »Ja, ja«, er schrie nun, »ich erinnere mich. Der Ortsteil von Cerollo, wo U Lunatico sich versteckt hielt, er hieß San Lorenzo.«

Vendetta. Parrucchiere. Via dei Parrucchieri. *Morte. Lorenzo.* San Lorenzo. *Olive.* Der Olivenhain. *Porco. Soddisfazione. Chiesa. Costabella.* U Lunatico hatte sich in der baufälligen Hütte eines Schweinezüchters versteckt. Ja, das musste es sein. Grauner war sich sicher.

»Hat die Camorra Claudio dort hingebracht?«, fragte die alte Frau mit brüchiger Stimme.

Der Commissario hob die Schultern.

Claudios Mutter weinte, der Journalist versuchte hilflos, sie zu trösten. Grauner holte sein Handy heraus.

»Zeigen Sie mir auf der Karte, wo das ist!«

Der Journalist öffnete die Kartenapp, schnell hatte er den Ort gefunden.

»Da.«

»Warum?«, fragte Grauner. »Warum genau diese Hütte? Wie viele solcher Hütten gibt es im Hinterland von Neapel, Hunderte?«

Ferraresi nickte.

»Warum gehen sie dieses Risiko ein? Warum bringen sie ihn nicht irgendwo anders hin?«

»Die Symbolik, Commissario. Die Mafia kann nicht ohne Symbole. Der Knurrhahn, Heiligenbildchen, Geldbündel in den Taschen der Toten. Manchmal soll eine Leiche lautlos verschwinden, dann wird sie in Salzsäure aufgelöst – und weg ist sie. Manchmal aber will die Mafia ein Feuerwerk veranstalten. Die Cosa Nostra hätte Giovanni Falcone 1992 problemlos töten können. In Rom, wo er oft ohne Leibwache spazieren ging. Aber nein, sie bevorzugten es, in Palermo ein Stück Autobahn in die Luft zu sprengen. Boom! Das ist deren Art, Dinge zu regeln. Wo alles begonnen hat, soll alles enden. So mögen sie es. Nur so finden sie Genugtuung.«

Er seufzte.

»Wie lange brauchen wir dahin?«, fragte Grauner.

»Eine gute Stunde«, antwortete Ferraresi.

Der Commissario stand auf, der Journalist versuchte, ihn am Ärmel auf die Couch zurückzuziehen.

»Ich weiß, was in Ihnen vorgeht, aber jetzt sofort loszufahren, ist keine gute Idee.«

Grauner riss sich los. »Ich muss das machen. Unauffällig. Alleine. Sie bleiben …«

Auch der Journalist hatte sich nun erhoben, trat an ihn heran, dann schlug er ihm ins Gesicht. Fest. Entschlossen.

»Nehmen Sie Vernunft an, Commissario, wenn Sie Ihre Familie wiedersehen wollen, wenn wir Claudio wiedersehen wollen, wenn wir die winzige Chance nutzen wollen, sie lebend da rauszuholen, dann müssen wir jetzt die *DIA* einweihen. Es bleibt uns nichts anderes übrig.«

Einige Sekunden schwiegen die beiden. Dann drehte sich Grauner wieder zu Saltapepes Mutter.

»Gut«, sagte er dann.

Die alte Frau ging zum Schrank, holte eine Flasche mit selbst gemachtem Limoncello heraus, kleine Gläser, sie schenkte ein.

Das Display von Grauners Handy begann zu leuchten.

Silvia Tappeiner.

Er ging ran.

»Silvia?«

»Grauner. Alles gut? Hast du Alba und Sara gef…«

»Nein«, sagte er. »Ich bin bei Claudios Mutter. Sie … es geht ihr gut. Wo bist du?«

»Ich war mit Alessandra Filippi in Gröden. Wir sind soeben wieder in Bozen angekommen. Wir sitzen in der Questura.«

Grauner verzichtete darauf, zu fragen, warum Filippi sie begleitet hatte.

»Habt ihr Meyerle befragt?«

Die Antwort kam zögerlich.

»Er hat mich reingelegt, Grauner, er hat mich reingelegt wie eine blutige Anfängerin. Er hat mich zu einer Hütte geschickt, am *Ciampinoi*-Lift hier in Gröden. Wir haben die Hütte gestürmt, aber da war niemand. Zumindest keine Mafia. Ich bin so wütend auf mich selbst.«

Grauner sagte nichts. Der Hotelier hatte sie also zu einer der Hütten im Skigebiet geschickt. Am *Ciampinoi*-Lift. Er erinnerte sich daran, vor ein paar Jahren mit Sara dort Ski gefahren zu sein. In den ersten Dezembertagen, als noch nicht so viel los war. Er murmelte ein paar aufmunternde Worte, verabschiedete sich und legte auf, dann kippte er den Limoncello in den Rachen.

»Ich habe einen Plan.«

23

Er hatte alles zurückgelassen, was nicht in den Rucksack gepasst hatte. Er war durch den tiefen Schnee und den Wald ins Tal hinuntergewandert, war dann im Schutz der Dunkelheit der Forststraße gefolgt, die er, Hans-Peter Hinteregger, der Feuerwehrmann, der Witwer, der Hilfspfarrer, schon so oft entlanggewandert war.

Er hatte viel an die Vergangenheit gedacht, an seine Kindheit auf dem Hof, im Tal, an seine Jugend, das Spielen im Wald, die Langeweile beim Hüten der Kühe, an die Knödel der Mutter, die rauen Hände des Vaters, das Knacken der Holzscheite im Ofen, das Grollen der Lawinen.

An die letzten Wochen, Tage, die alles verändert hatten.

Er hatte in den letzten Nächten in der Höhle alles aufgeschrieben, was er wusste.

Noch vor acht kam Hinteregger in Bozen an. Er hatte den ersten Bus genommen. Er irrte in der Stadt umher, trank am Waltherplatz einen Espresso, wunderte sich, wie sehr sich die Stadt verändert hatte, seit er zum letzten Mal hier gewesen war. Er schnappte sich die Zeitungen, die herumlagen, um zu erfahren, was in seinem Tal in den vergangenen Tagen passiert war. Dann holte er die vollgeschriebenen Blätter aus dem Rucksack und las alles noch einmal. Schließlich nahm er eine unbeschriebene Seite in die Hand – und die Füllfeder.

Grüß Gott …

Hinteregger fragte die freundliche Kellnerin, ob es eine Möglichkeit gebe, das Internet zu nutzen, sie gab ihm das WLAN-Passwort.

Er tippte den Link, den Höller ihm gegeben hatte, in sein Handy. Was er sah, ließ ihn erschaudern.

Höllers Wohnzimmer, von oben. Höller, der ins Zimmer trat, Dardelli, der ihm folgte. Höller, der sich aufs Sofa setzte, Dardelli, der eine Waffe zog. Die Blutlache, die sich bildete, nachdem Höller in sich zusammengesackt war. Der dritte Mann, der das Wohnzimmer betrat. Hinteregger erkannte ihn sofort. Das war Franco, Franky, der Kellner aus dem *Rössl*, der ursprünglich aus Kalabrien kam und ein paar Jahre in Deutschland gelebt hatte. Die Fischgräte, die sie dem toten Klaus in den Rachen stopften, bevor sie ihn in einen Teppich rollten.

Ob es ihm gut gehe, fragte die Baristin schließlich. Er nickte, bat um die Rechnung, fragte nach dem Weg zur Questura. Dann schulterte er den schweren Rucksack. Er beeilte sich, er wollte unbedingt den nächsten Zug nach Meran bekommen.

Dann würde er noch am Nachmittag in Mals sein, von dort den Bus nehmen, über den Ofenpass, rüber ins Engadin. Wenn alles gut ging, würde er noch am Abend die abgeschiedene Alm erreichen, auf der seine Schwester lebte, er wusste, sie würde keine Fragen stellen, er würde bei ihr bleiben können. Dort oben würde er alles vergessen können, vielleicht, irgendwann.

19. Januar

1

Das helle Dorf wirkte wie ausgestorben. Die Häuser waren aus weißem Stein, die Straßen staubig, große, rutschige Pflastersteine, blank poliert von den unzähligen Reifen, die über sie gefahren waren. Eine hässliche, knochige Katze huschte um die Ecke, Grauner lenkte den alten BMW des Journalisten behutsam die Straße entlang, er war sich sicher, er wurde beobachtet, hier und da bewegte sich hinter den Fenstern ein Vorhang. Er versuchte, nicht zu schnell zu fahren, aber auch nicht zu langsam.

Er ließ Cerollo hinter sich. Nebel lag hüfthoch über den Olivenhainen, die sich über die Hügel erstreckten, so weit das Auge reichte. Er bog in einen schmalen Weg ab, der Sand knirschte unter den Reifen, der Commissario lugte kurz in den Fußraum auf der Beifahrerseite, wo Ferraresi kauerte.

Er hoffte, dass die Camorristi hinter den Vorhängen in Cerollo bereits versucht hatten, ihre Anrufe zu tätigen, und bemerkt hatten, dass ihre Prepaidhandys nicht funktionierten, da die umliegenden Mobilfunkmasten ausgeschaltet worden waren.

Im Rückspiegel sah er die Wolldecke im Fond, sie schaukelte auf und ab. Nach etwa zehn Minuten tauchte die Hütte vor ihm auf. Sie war aus Stein, daneben entdeckte Grauner einen kleinen Holzstall. Keine Schweine. Er klopfte Ferraresi auf die Schulter, der drückte auf dem Funkgerät herum. Wartete. Flüsterte.

»Wir sind da. Wir halten hundert Meter vor der Hütte.«

Grauner hörte eine scheppernde Stimme, wohl die des Einsatzleiters. Er schaute auf die Uhr. Es war halb sieben.

»Wir sind bereit. In dreieinhalb Minuten werden die Hubschrauberrotoren im Dorf zu hören sein, in vier Minuten werden wir landen. Legen Sie in dreißig Sekunden los, Commissario Grauner!«

Grauner hatte noch nie bei einer Antimafia-Aktion mitgewirkt. Er war kein Draufgänger, er war einer, der beim Reden im Gasthaus Fälle löste, mit einem Glas Lagrein in der Hand, nicht mit der Waffe. Normalerweise. Nun umklammerte er das alte Gewehr seines Vaters mit der einen Hand, mit der anderen eine Beretta, die ihm einer der Einsatzleiter vor der Fahrt gegeben hatte.

Er stieg aus, lief ein paar Schritte auf die Hütte zu, drehte sich noch einmal um, ja, von außen sah es so aus, als wäre das Auto leer.

Er ging weiter, in der Hoffnung, noch nicht entdeckt worden zu sein. Die kugelsichere Weste unter dem Flanellhemd kratzte, er schwitzte. Er erreichte die Hüttenwand, presste sich mit dem Rücken dagegen, die Türen des Autos standen nun offen, zwei Polizisten kauerten dahinter.

Sobald die Männer im Dorf bemerkten, dass ihre Handys nicht funktionierten, würden sie sich treffen, in ihre Autos steigen, dem fremden Wagen folgen.

Grauner riss die Hüttentür auf, trat ins Dunkle, Staub wirbelte durch die Luft, ein Mann, er hatte den Kopf auf die Tischplatte gelegt und geschlafen, schreckte hoch, taumelte kurz, griff nach der Pistole, die vor ihm lag.

Der Commissario trat den Tisch um, packte das Gewehr am Kolben, schlug dem Mann damit gegen den Kiefer, der stolperte nach hinten, fing sich jedoch, richtete sich wieder auf.

Ein zweiter Schlag mit dem Kolben, die Haut auf der Stirn des Mannes platzte, das Blut spritzte, der Getroffene taumelte, kippte vornüber, Grauner hätte ihn auffangen können, doch er wich ihm aus, er fiel wie eine Kerze in den Staub, blieb regungslos liegen.

Der Commissario sah sich um, da war niemand mehr, er eilte zu der alten Küchenzeile, riss einige der Schubladen auf, fand ein Klebeband, er fesselte dem ohnmächtigen Mann die Hände hinter dem Rücken. Er roch nach Tabak, Schweiß und Ziegenmilch.

Grauner hörte Motorengeräusche, dass Zuschlagen von Türen, dann Schüsse. Er schrie.

»Sara! Alba!«

Wieder Schüsse. Drei, vier. Noch mal drei. Dann Stille.

»Sara …«

Eine dumpfe Antwort.

»Johann!«

»Papa!«

Die Stimmen kamen von unten. Aus dem Boden.

Er hob den Teppich hoch, auf dem der Tisch gestanden hatte. Eine Falltür, ein goldenes Schloss daran.

Panisch sah er sich um, ging zur Küchenzeile, kramte wieder in den Schubladen. Nichts. Er wischte sich den Schweiß von der Stirn, schnappte sich das Gewehr, zielte, drückte ab. Das Schloss war verbogen, doch nicht entzwei. Er fiel vor dem Bewusstlosen auf die Knie, suchte dessen Hosentaschen ab, ertastete etwas Metallenes, Kaltes, er zog einen Schlüsselbund hervor, steckte den Schlüssel ins verbogene Schloss, rüttelte daran, bis es sich öffnen ließ.

Grauner hörte das laute Knattern der Hubschrauberrotoren. Wieder Schüsse. Schreie.

Er öffnete die Luke, stieg die steile, rutschige Treppe hinab, das Gewehr unter den Arm geklemmt. Er stieß auf eine brusthohe Eisentür, der Schlüssel steckte, gebückt kroch er durch den Gang, nach etwa zwanzig Metern tat sich ein Raum vor ihm auf.

»Papa!«

Sara, Mickey und Alba hockten auf dem sandigen Boden, die Hände gefesselt, die Haare zerzaust. Sara stand mühevoll auf, Alba regte sich nicht. Sie stöhnte nur leise. Mickey weinte.

Grauner ging auf seine Tochter zu, sie drehte sich um, er bückte sich, biss mit den Zähnen in das Plastikband, zog, zerrte, es zerriss.

Dann befreite er auch Mickey. Gemeinsam halfen sie Alba hoch.

»Saltapepe?«, fragte Grauner. »Ist er nicht …«

Sara schüttelte den Kopf, dann zeigte sie auf die Wand über dem Schreibtisch.

»Nein. Aber schau hier.«

Er trat näher, las die Namen, die da eingeritzt worden waren. Die Striche waren hell, die Ritzspuren mussten recht frisch sein.

Antonio Berloffa
Claudio Saltapepe

x te papà

Grauner und Mickey stützten Alba, halfen ihr durch den Schacht, hievten sie die Treppe hoch, Sara kam hinterher. Sie hörten nichts mehr. Keine Schüsse, keine Schreie, keine Motorengeräusche, keinen Hubschrauberkrach.

Sie ließen den stöhnenden, gefesselten Mafioso auf dem Boden liegen, Sara stieß ihm in die Rippen. Dann traten sie ins Freie.

Die Sonne blendete sie. Der Commissario blinzelte, die Polizisten der Sondereinheit stürmten auf sie zu. Hinter ihnen stand Ferraresis zerschossener BMW. Der Journalist lehnte an der Fahrertür. Er hob die Hand zum Gruß, er schien unverletzt zu sein.

Etwa hundert Meter entfernt entdeckte Grauner zwei weitere Wagen, bei einem der beiden quoll schwarzer Rauch unter der Motorhaube hervor. Daneben lagen zwei Gestalten leblos auf dem Boden, ein paar andere wurden von vermummten Polizisten mit Maschinenpistolen zwischen den Olivenbäumen in Schach gehalten.

Der Commissario ließ Gewehr und Pistole fallen, ein Mann trat auf ihn zu, er trug eine schusssichere Weste, aus der eine tannengrün-violett gemusterte Krawatte hervorlugte. Er wirkte sehr klein zwischen all den groß gewachsenen Polizisten der Sondereinheit. Es war der Mann, den

Grauner vor Bellis Wohnung gesehen hatte, in Begleitung zweier Personenschützer. Es war der leitende Staatsanwalt der Antimafia-Einheit, der *Operation Nuvola*. Sebastiano.

Er blieb vor Grauner stehen. Klopfte ihm auf die Schulter.

»Danke für Ihren Einsatz, Commissario.«

Grauner trat einen Schritt zurück. »Wo ist Claudio?«, zischte er.

Der Staatsanwalt schaute ihn überrascht an. »Ist er nicht … wir dachten … Hm, dann weiß ich es auch nicht.«

Der Commissario lief vor Zorn rot an.

»Sie, wie haben Sie mich …«

»Wir haben Sie am Bahnhof von Bozen beobachtet. Wir waren längst in Neapel, als Sie ankamen.«

»Sie alle, die gesamte Sondereinheit?«

Der Mann nickte. »Fast alle.«

»A' silenziòs?«, fragte Grauner.

»Wir haben sie in ihrer Wohnung festgenommen, wir werden sie heute Abend verhören.«

Er klopfte ihm auf die Schulter.

»Jetzt kommen Sie! Wir bringen Sie und Ihre Familie nach Hause.«

»Nach Hause«, wiederholte Grauner tonlos.

»Ja, nach Südtirol, zu den Bergen, zu den Tälern, zu den Skigebieten, wissen Sie, Herr Commissario, ich liebe Ihre Gegend, jedes Jahr fahre ich mit meiner Familie zum Skifahren nach …«

Er verstand nicht, wie dieser Mann jetzt, in diesem Moment, solch sinnbefreiten Unsinn labern konnte.

»Zu den Skigebieten«, murmelte Grauner. »Zu den Pisten. Zu den Liften. Die Lifte. In Gröden. Die Hütte am *Ciampinoi*-Lift. Meyerle, er hat uns reingelegt. Vendetta.

Die Via dei Parrucchieri. Morte. San Lorenzo. Der Olivenhain. Soddisfazione. Chiesa. Kirche. Costabella …«

Der Staatsanwalt hob fragend die Augenbrauen.

Grauner rieb sich die Stirn. »Kirche. Eine Kirche! Schöne Küste!«, schrie er plötzlich. »Eine Kirche! Schöne Küste! Costabella!«

»Wie bitte?«, der Staatsanwalt sah ihn an, als hätte er den Verstand verloren.

»Costabella«, wiederholte der Commissario aufgebracht. »Der *Costabella*-Lift in Wolkenstein. Auf der anderen Seite des Dorfes, gegenüber vom *Ciampinoi*-Lift, da …«

Er hielt inne. Er erinnerte sich an die Skiausflüge mit Sara, sie hatten damals auch den *Costabella*-Lift benutzt. Mehrmals. Daneben führte ein Forstweg in den Wald hinein, und da stand, ja, nun erinnerte er sich genau, da stand eine kleine Kapelle auf einer Lichtung.

Die Polizisten packten Grauner an den Armen. »Sie brauchen Ruhe, Commissario, kommen Sie mit, Sie müssen sich hinlegen«, flüsterte einer der beiden besorgt.

»Commissario, Sie …«, sagte der Staatsanwalt sanft und legte ihm die kalten Hände auf die glühenden Wangen.

Grauner riss sich los. »Wir müssen da hin! Die haben uns reingelegt, die haben mich, Sie, uns alle nach Neapel gelockt. Die sind noch in Südtirol, mit Claudio. Die wollen ihn umbringen. In der Kapelle am *Costabella*-Lift.«

Sebastiano zögerte, nickte schließlich.

»Rufen Sie Belli an.« Dann holte Grauner sein Handy heraus, suchte Tappeiners Nummer.

2

Sie waren bis zum Waldrand vorgerückt. Hinter dem Gotteshäuschen ragten die Felswände steil empor, an manchen Stellen hatte sich dickes Eis gebildet, immer wieder fielen große Schneebrocken in die Tiefe, lösten kleine Lawinen aus.

Sie waren mit drei Pistenraupen hoch zum Forstweg gebracht worden, dann hatte Tappeiner von Belli die Anweisung erhalten, vorauszugehen, sie durch den Wald zur Kapelle zu führen, sie kannte sie von ihren Wanderungen hier in Gröden.

Die Gruppe bestand aus Marché, einigen Kollegen aus der Questura sowie der Sondereinsatztruppe. Sie sprachen wenig, schauten finster. Tappeiner betrachtete die Spuren im Schnee. Tierspuren. Vielleicht stammten sie von einem Hund. Oder von einem Wolf. Sie wusste, dass sich hier manchmal Wölfe tummelten.

Am Waldrand, die Kapelle war nur noch etwa hundert Meter entfernt, baten die Kollegen der Sondereinheit die anderen, im Schutz der Bäume zurückzubleiben. Sie bewegten sich gebückt und mit den Waffen im Anschlag auf das Zielobjekt zu. Zwei positionierten sich vor dem Eingang, zwei weitere vor den beiden Fenstern aus bunt verziertem Glas, auf denen Engel musizierten.

Einer der Polizisten hob den Arm, senkte ihn kurz darauf wieder, die Tür wurde aufgetreten, die Fenster eingeschlagen, sie warfen Rauchraketen ins dunkle Innere.

Ein besonders dickes Schneebrett löste sich von der oberen Kante des Felsens, stürzte zu Boden, eine weiße Wolke hüllte die Kapelle ein, die nun aussah wie eine Ruine aus einem Wintermärchen.

Nichts geschah, niemand rannte nach draußen, niemand schrie.

Wenige Sekunden später stürmten die Polizisten hinein.

3

Sie wurden mit dem Hubschrauber zurück nach Neapel gebracht. Grauner hielt Sara im Arm, drückte Albas Hand, während er auf das Meer und die Stadt hinunterschaute, das Wasser glitzerte, die Kirchtürme, die zwischen den blassroten Dächern hervorragten, leuchteten golden. Er hätte nie gedacht, dass er den Anblick einer Stadt, eines Meeres jemals als so schön empfinden würde.

Sie landeten im Norden vor einem großen, grauen Klotz, es war das Militärkrankenhaus. Sie wurden in ein Zimmer gebracht, untersucht, sie duschten, ruhten sich etwas aus. Grauner verabschiedete sich von Ferraresi, bedankte sich bei ihm und trug ihm auf, Saltapepes Mutter herzlich zu grüßen und auf sie aufzupassen. Dann stiegen sie wieder in den Hubschrauber.

Sie flogen in Richtung Osten über die Altstadt, Grauner sah den Bahnhof, das Hochhaus mit der Redaktion des *Mattino*, daneben das Gefängnis. Poggioreale. Der Hort des Bösen. Der Hubschrauber landete auf einem Militärareal des Flughafens. Sie stiegen aus, wurden zu einem kleinen Flugzeug gebracht.

Der Kapitän begrüßte sie freundlich, auf den vorderen Plätzen saßen einige Polizisten. Weiter hinten, ganz alleine, hatte Sebastiano, der Staatsanwalt, Platz genommen.

Der Commissario begleitete Alba, Sara und Mickey zu ihren Sitzen, dann ging er den schmalen Gang zu dem Mann zurück.

Der Staatsanwalt stand auf, bat Grauner mit einer einladenden Handbewegung, sich neben ihn zu setzen, sie legten ihre Gurte um. Der Mann hob die Hand, der Kapitän nickte, verschwand im Cockpit, wenige Sekunden später gingen die Motoren an, die Maschine vibrierte, Grauner lugte zum Fenster hinaus, die Propeller begannen, sich zu drehen, es krachte, es ruckelte, die Maschine schlich über die Startbahn.

Der Commissario konnte es selbst kaum glauben, aber er verspürte keine Panik. Normalerweise litt er unter schrecklicher Flugangst. Er vermutete, sein Adrenalin war aufgebraucht.

Die Rotoren starteten durch. Es drückte ihn in den Sitz, der Flieger hob ab, Grauner schaute weiter zum Fenster hinaus, ewiges Blau, dann ewiges Weiß. Dann drehte er sich zum Staatsanwalt.

»Sebastiano …«, begann Grauner. »Und weiter?«

»Nennen Sie mich gerne nur Sebastiano«, sagte der Mann und grinste. »Mehr müssen Sie nicht wissen.«

»Was ist mit dem Ispettore?«, fragte Grauner ungeduldig und beschloss in diesem Moment, sein Gegenüber ganz sicher nicht Sebastiano zu nennen.

Der Staatsanwalt schüttelte den Kopf. »Ich habe noch keine Informationen aus Südtirol.«

Grauner rückte näher an ihn heran, schaute ihm tief in die Augen, die müde wirkten.

»Was war das? Was ist in Wolkenstein geschehen?«

Der Mann räusperte sich, er öffnete den Sicherheitsgurt, hob den Arm und schnippte, ein Steward trat heran.

»Ci porti due espressi.« Dann zu Grauner gewandt: »Es ist geschehen, was nicht geschehen sollte. Es ist alles schiefgelaufen.«

Der Commissario biss sich auf die Lippen.

»Wir sind in Südtirol seit Langem der Camorra, der 'Ndrangheta und der russischen *Mafija* auf der Spur. Wir wissen, dass Meyerle, der Besitzer der Villa Wolkenstein, ein Handlanger der Russen ist, wir haben eine verdeckte Ermittlerin in sein Hotel eingeschleust. Sie arbeitet an der Rezeption, Sie sind ihr begegnet …«

Grauner erinnerte sich an die zwei jungen Frauen, mit denen er gesprochen hatte.

»Unsere verdeckte Ermittlerin bekam heraus, dass A' silenziòs und Igor Koloff, der Jesus genannt wird, ins Tal kommen würden. Dass es zu einem Treffen mit ein paar russischen Bossen kommen sollte, bei dem es um die Lagerung und Verteilung von Carfentanyl gehen sollte. Auch um die Geldwäsche in Zusammenhang mit dem Drogenhandel in Südtirol und ganz Norditalien. Dieses Treffen wollten wir natürlich abhören.« Der Staatsanwalt klang, als redete er von seinem letzten Urlaub.

Der Steward brachte die beiden Kaffees.

»Doch dann kam Ihnen die Leiche des Dorfpolizisten in die Quere«, sagte Grauner.

Der Mann nahm das Schokoladenstück, das auf der Untertasse lag, schob es sich in den Mund.

»Belli kam zu uns. Erzählte uns von diesem übereifrigen Gemeindepolizisten. Der hatte herausgefunden, dass

Dardelli ein Mann der 'Ndrangheta war. Wir haben diesem Höller gesagt, er solle verdammt noch mal dabeibleiben, Strafzettel für Falschparker auszustellen. Aber der hörte nicht. Der wurde übermütig. Er hat wohl versucht, Dardelli eine Falle zu stellen. Er brachte alles durcheinander, dieser Idiota. Dieser Dorftrottel.«

»Wie hat es die Gruppe um A' silenziòs geschafft, die Russen für sich zu gewinnen?« Grauner erinnerte sich daran, dass Ferraresi sich darüber gewundert hatte. »Die hätten ihre Geschäfte doch ebenso mit den Kalabresen machen können. Die Kalabresen sind doch viel mächtiger als die zerstrittenen Camorra-Clans ...«

Der Mann schmunzelte. »Wie hat Kleopatra, die echte Cleo, die aus Ägypten, es geschafft, ihr Land und ihr Volk zu retten?«

Grauner reagierte nicht.

»Sie hat Caesar den Kopf verdreht. Sie hat ihn verführt, ihn um den Verstand gebracht.« Er grinste. »Jesus gilt als die neue Schlüsselfigur der *Mafija*. Keiner schart so viele, so mächtige *Wory* um sich wie er. Es gibt das Gerücht, dass er sich vor zwei Jahren auf Capri mit A' silenziòs getroffen habe. Dass sie seitdem ein Paar seien.«

»Was ist mit Dardelli?«, fragte Grauner weiter.

Der Staatsanwalt hob die Schultern. Seine Finger spielten mit der Tasse.

»Nach wie vor verschwunden, wahrscheinlich hat er sich längst abgesetzt. Nach Deutschland oder in die Niederlande. Oder er ist zurück nach Kalabrien, sitzt da jetzt versteckt in den Bergen des Aspromonte in einer Ziegenhütte, bis zum Ende seiner Tage.«

Er lachte. Grauner spürte Zorn in sich aufsteigen. Er

verachtete diesen Mann, ihm war klar, dass er es war, der die Entscheidung getroffen hatte, Saltapepes Leben zu riskieren, um die *Operation Nuvola* trotz allem, was schiefgelaufen war, erfolgreich zu Ende zu bringen. Dieser Sebastiano Irgendwas war bereit gewesen, den Tod des Ispettore in Kauf zu nehmen. Doch der Commissario wusste auch, dass er nichts tun konnte. Dass der Kampf gegen die Mafia andere, härtere Mittel erforderte als der Kampf gegen Provinzverbrecher.

»Meine Familie, wie ist sie in das alles hineingeraten?«, fragt er, sich nur mühsam beherrschend.

»Blöder Zufall«, antwortete der Staatsanwalt. »Die Mutter des Freundes Ihrer Tochter ist drogenabhängig, Ihre Tochter und ihr Freund wollten ihr helfen, sie glaubten wohl, es mit ein paar harmlosen Dealern zu tun zu haben. Irgendwie muss A' silenziòs erfahren haben, dass sie die Tochter eines Commissario ist. Das kam ihr in dieser brenzligen Situation sehr zupass. Als es in Südtirol zu heiß wurde, flog sie nach Neapel zurück, mit den Geiseln im Gepäck …«

»Und lockte uns dorthin«, murmelte der Commissario, »so konnten sie in aller Ruhe Saltapepe …«

Grauner schaffte es nicht, den Satz zu Ende zu bringen. Er hätte dem Mann neben ihm am liebsten ins Gesicht geschlagen. Gleich jetzt. Doch er beherrschte sich. Wusste, es würde nichts bringen.

»A' silenziòs … das Verhör?«, fragte er stattdessen. Er fühlte sich so schrecklich ohnmächtig.

»Sie wird noch festgehalten.«

»Hat sie gestanden?«

Der Mann lachte lauthals.

»Sie kann doch nicht leugnen, dass sie hinter allem steckt.«

»Herr Commissario. Sie haben nicht viel Ahnung davon, wie die Mafia funktioniert, nicht?«

Grauner konnte sich nur mit Mühe davon abhalten, zu nicken.

»A' silenziòs schweigt. Sie wird nicht gestehen, sie wird ihren Pflichtverteidiger, den der Staat ihr an die Seite stellt, nicht eines Blickes würdigen. Es wird uns nicht gelingen, nachzuweisen, dass sie und ihr Vater das alles geplant haben. Wir müssten sie schon in flagranti erwischen. Mit den Drogen im Gepäck, mit den Händen an den Kehlen derer, die sie ermorden wollen. Was glauben Sie? Diese Leute, A' silenziòs, U Lunatico, die sind hart im Nehmen. A' silenziòs hat im Versteck unter dieser Schweinehütte bei San Lorenzo gelebt, gemeinsam mit ihrem Vater und ihrer Mutter, drei verdammte Jahre lang.«

Grauner dachte an die Hütte, den Keller, in den Alba, Sara und Mickey gebracht worden waren. Nein, er würde diese Welt nie verstehen. Ihm fielen die Namen ein, die Sara ihm gezeigt hatte, die über dem Schreibtisch eingeritzt worden waren. »Antonio Berloffa.«

Der Staatsanwalt fuhr verdutzt zusammen.

»Was haben Sie gerade gesagt?«

»Antonio Berloffa«, wiederholte Grauner. »Dieser Name stand in U Lunaticos Loch an der Wand. Frisch eingeritzt. Wer ist das?«

Der Staatsanwalt wartete einige Sekunden, als müsste er darüber nachdenken, ob er auf diese Frage antworten sollte.

»Antonio Berloffa, das ist der Camorrista aus dem

Secchesi-Clan, der damals, als sich U Lunatico versteckt hielt, zu den Kalabresen übergelaufen ist, er ist der Mann, der Garebani verraten hat. Der hat später als *pentito* beim Prozess gegen U Lunatico ausgesagt, er hat den Boss hinter Gitter gebracht. Er hat die Omertà gebrochen. Ohne Antonio Berloffas Aussage würde Garebani immer noch frei herumlaufen.«

Grauner verstand.

»Was macht … wo ist der Mann heute?«

Der Staatsanwalt grinste.

»Das, lieber Herr Commissario, weiß noch nicht einmal ich. Kronzeugen werden in Nacht- und Nebel-Aktionen weggebracht, oft wird versucht, durch plastische Chirurgie ihr Äußeres zu verändern, sie werden von Kollegen in Zivil kreuz und quer durch Italien gefahren, an Autobahntankstellen rausgelassen, dort warten sie darauf, dass andere Polizisten in Zivil sie abholen. Alles, damit niemand weiß, wo sie letztendlich hingebracht werden. Die Polizei nicht, die Mafia nicht, auch nicht die Polizisten, die für die Mafia arbeiten. Die Angehörigen werden ebenso beschützt. Doch die Mafia vergisst nicht, kommt oft nach Jahren doch noch dahinter, wo ein Verräter steckt. Dann tötet sie Eltern, Kinder, Geschwister, Cousins.«

Grauner schluckte. Der Staatsanwalt schwieg einige Sekunden.

»Soweit ich mich erinnere, war Berloffas Frau hochschwanger. Ich wünsche ihm, dass es ihr gut geht, er ist ein Mafioso, ein Schwein, ja, gewiss, aber ohne Kronzeugen wie ihn wären wir im Kampf gegen das Böse verloren.«

Grauner versank in Gedanken, er fragte sich, wie viele Mafiosi sich in Südtirol versteckten, wie viele Verbrechen, von denen er nichts mitbekam, dort verübt wurden. Er wollte gerade aufstehen, zu Alba, Sara und Mickey nach vorne gehen, da sah er, dass einer der Polizisten auf sie zukam. Er bückte sich, flüsterte dem Staatsanwalt etwas ins Ohr. Dessen Miene verfinsterte sich.

»Der Ispettore …«, sagte er.

»Was ist mit Claudio«, rief Grauner. »Habt ihr ihn? Lebt er?«

Der Mann schaute zu Boden.

»Er liegt im Bozner Spital. Sein Zustand ist kritisch.«

4

»Warten Sie, Commissario, das hier …«

Grauner drehte sich um, er hatte gerade das Spital verlassen und war zur Questura gelaufen, der Portier war ihm hinterhergeeilt, drückte ihm nun ein Kuvert in die Hand.

»Das hat gestern jemand … Ich wollte es Ihnen die ganze Zeit schon …«

Der Commissario besah sich den Umschlag, nichts stand darauf, kein Absender, kein Adressat.

»Der Mann sagte, ich solle es dem Kommissar geben, der im Fall in Gröden ermittelt. Sie ermitteln doch …?«

Grauner verzog keine Miene.

»Sie waren ja gestern nicht hier und der Ispettore auch nicht. Ich hatte schon überlegt, das Kuvert rüber zu den Carabinieri …«

Der Commissario bedankte sich hastig. Er schleppte sich die Treppen hoch, den Flur entlang, in sein Büro. Erschöpft, aber glücklich, ließ er sich in den Sessel fallen, zu müde, das

Licht anzuknipsen, er schaute auf die Zimmerpflanzen, die mit hängenden Blättern im Halbschatten standen. Er hatte keine Ahnung, was das für Pflanzen waren. Er nahm sich vor, Tappeiner danach zu fragen.

Sie hatten sich alle im Spital getroffen. Sie hatten im Flur gewartet, schließlich hatte der zuständige Arzt ihnen gesagt, dass sie nun kurz zu ihm gehen dürften, dass er Blut, viel Blut verloren habe, dass er nun aber stabil sei, dass sie kurz mit ihm reden dürften.

Sie scharten sich um ihn. Alle. Grauner, Sara, Mickey, Alba, Tappeiner, Belli, Marché, Filippi. Auch eine junge Frau stieß zu ihnen, die er erst auf den zweiten Blick wiedererkannte. Es war die schwarzhaarige Rezeptionistin aus der *Villa Wolkenstein*. Als sie zu sprechen begann, ging ihm ein Licht auf. Es war Carolina Stella.

Saltapepe grinste tapfer, es war ihm anzumerken, dass er Schmerzen hatte.

Er erzählte, dass sie ihn mit den Händen an der Betbank festgenagelt hätten. Drei Nägel in jeden Handrücken.

Sie hätten ihn mehrere Stunden so dasitzen lassen, die ganze Nacht, er habe mehrmals die Besinnung verloren, sie hätten ihm Wasser ins Gesicht geschüttet. Irgendwann hätten sie einen Anruf bekommen, sie seien ihm plötzlich nervös vorgekommen, hätten sich in einer Ecke der Kapelle zurückgezogen, dann seien sie noch einmal an ihn herangetreten, hätten ihm ins Gesicht geschlagen, ihn angespuckt, dann seien sie verschwunden.

Wieder habe er mehrmals das Bewusstsein verloren, er habe gebetet, an seine Mutter gedacht, geweint, er habe sich auf das Sterben vorbereitet. Jegliches Zeitgefühl verloren.

Er beschrieb die beiden Peiniger: Der eine sei dick gewesen, verschwitzt, der andere käseweiß, im Gesicht tätowiert, langes schwarzes Haar.

Belli hatte sich mit dem Staatsanwalt der Sondereinheit getroffen, man hatte beschlossen, hier in Südtirol die Aufarbeitung der Mafiaverbrechen gemeinsam anzugehen. Sie hatten die Fahndung nach dem Barbesitzer am alten Busbahnhof herausgegeben. Erfolglos. Bislang.

Sie suchten immer noch nach Dardelli. Auch Igor Koloff, genannt Jesus, weil er seine Opfer am liebsten mit Nägeln tötete, konnte bislang nicht ausfindig gemacht werden. Sie befürchteten, dass er sich nach Moskau abgesetzt hatte.

Weiherer inspizierte mit seinem Team die Kapelle. Zwei Streifenwagen waren zu der Baustelle im Süden der Stadt geschickt worden, wo ein neuer Supermarkt entstehen sollte. Die Polizisten waren dort auf zwei ausgebrannte Autos gestoßen. Einen Land Rover Defender. Und einen Mercedes C-Klasse. Im Untergeschoss des Rohbaus hatten sie ein Dutzend Paletten mit Kartons voller leerer Spraydosen und Pflasterverpackungen gefunden. Auf dem obersten Parkdeck eine Leiche. Lorenz Meyerle. Nägel in den geschlossenen Augenlidern.

Nach etwa einer Stunde bat der behandelnde Arzt sie, das Zimmer zu verlassen, sie verabschiedeten sich von dem Ispettore.

»Es tut mir leid, dass aus unserem gemeinsamen Fernsehabend nichts geworden ist«, flüsterte Saltapepe Tappeiner zu, er grinste schmerzerfüllt, sie küsste ihn auf die Stirn.

Sie beauftragten Marché, vor der Tür Wache zu halten.

Grauner hatte Mickey gebeten, Alba und Sara mit dem Panda zum Hof zu bringen. Er nahm sich vor, ihm und Sara gleich morgen ins Gewissen zu reden, nie, nie, nie wieder auf eigene Faust die Welt retten zu wollen. Und dann Sara zu bitten, nach billigen Flügen auf die Malediven zu suchen. Er war urlaubsreif.

Der Commissario verabschiedete sich von Stella, Belli und Filippi und schickte Tappeiner nach Hause. Er sagte ihr, dass er das Schreiben des Berichts übernehmen werde, den Belli am nächsten Vormittag auf dem Schreibtisch haben wollte. Dann machte er sich auf den Weg in die Questura.

Unterwegs telefonierte er mit Mickeys Vater, der sagte zu, Sabine morgen Vormittag nach Südtirol zu fahren, er rief auch Dr. Jenny an, der Arzt versprach, sich um sie zu kümmern. Grauner hoffte, sie würde nicht zu hart bestraft werden. Es war ein großes Glück, dass sie die Tupperdosen, die sie diesem Gianni entwendet hatte, noch nicht geöffnet hatte. Sara und Mickey hatten ihr wahrscheinlich das Leben gerettet.

Er lehnte sich zurück, genoss die frische Abendluft, die durch das geöffnete Fenster hereinströmte, die Sterne glitzerten. Er nahm sich vor, den Papierkram noch in dieser Nacht zu beenden, ein Taxi hoch zum Hof zu nehmen und dann zu versuchen, diesen Fall hinter sich zu lassen. Er ahnte, dass ihm dies nicht gelingen würde, dass ihm die Ereignisse der letzten Tage sein ganzes Leben lang nachgehen würden, dass die Erinnerungen ihn immer und immer wieder um den Schlaf bringen würden.

Er schaute zum Fenster hinaus, er fühlte sich schuldig,

weil er es nicht geschafft hatte, Alba und Sara zu beschützen. Gleichzeitig verspürte er eine große Dankbarkeit. Er wusste nicht, wem gegenüber, Gott vielleicht. Dankbarkeit, dass sie noch lebten, auch wenn alles andere wohl umsonst gewesen war. Er dachte an die Worte des Staatsanwalts. A' silenziòs würde freikommen, sie würde schweigen, für eine Verurteilung würden die Beweise nicht ausreichen.

Er drehte und wendete das unbeschriftete Kuvert erneut, dann riss er es auf, zog mehrere Blätter heraus, sah, dass noch etwas im dunklen Inneren steckte. Er griff noch einmal hinein, tiefer, bekam einige Stücke Plastik zu fassen, es waren Speicherkarten einer Kamera.

Er besah sich die eng beschriebenen Blätter.

Grüß Gott,
ich hoffe, dass diese Zeilen, der Internetlink ganz unten und die beigelegten Speicherkarten zur Lösung des Falles in Gröden beitragen können.
Sie finden den Carabiniere Marco Dardelli, der in Wahrheit ein Mafioso ist, und Paolo Cecconi, der in Wahrheit Antonio Berloffa heißt, in einer Kiste im Schupfen neben dem Haus, in dem Cecconi alias Berloffa mit seiner Familie lebte. Er hat eine Frau, Marta, und eine Tochter, Caterina, auch sie heißen in Wirklichkeit anders, auch sie sind tot. Sie liegen im Bett im Haus. Bitte kümmern Sie sich um das Begräbnis der drei. Ich bin sicher, sie haben sonst niemanden.
Im Folgenden habe ich alles aufgeschrieben, was ich weiß.

Grauner las atemlos. Dann stürzte er aus dem Büro, lief über den Flur, fand einen jungen Kollegen, der ihm zeigte, wo man Speicherkarten in den Computer stecken konnte und wie er den Link zur Cloud öffnete.

Als er das ganze Material gesichtet hatte, lehnte er sich erschöpft zurück. Alles passte zusammen. Alles, was der Mann aufgeschrieben hatte, schien wahr zu sein.

Antonio Berloffa, ein Cousin zweiten Grades des Clanchefs der Secchesi, war zu Paolo Cecconi geworden. Berloffa, der Verräter. Der Pentito. Ein Judas, ein Kronzeuge, ein Held, ein Geläuterter – es kam auf den Blickwinkel an. So oder so: ein *omm mortò ca' cammìn*, wie die Neapolitaner sagten. Ein wandelnder Toter. Mehr schlecht als recht hatten sie ihm in einem Militärkrankenhaus in Neapel das Gesicht etwas umoperiert, von da an hatten seine Gesichtszüge wie eingefroren gewirkt. Er lebte mit seiner Familie abgeschieden und weitab von Kampanien und Kalabrien in Gröden, auf dem Berg, hoch über Wolkenstein. Irgendwann vertraute er sich seinem Nachbarn, einem gewissen Hinteregger, an. Und dieser Hinteregger, der Mann, der das Kuvert in die Questura gebracht hatte, plapperte alles an den Dorfpolizisten Klaus Höller weiter.

Die drei freundeten sich an.

Irgendwann liefen sich Berloffa und Marco Dardelli in Wolkenstein über den Weg. Sie erkannten sich – und schwiegen. Berloffa verriet Hinteregger und Höller, dass der Carabiniere eigentlich für die 'Ndrangheta arbeitete. Ein Leben, das er versuchte, hinter sich zu lassen, im Wissen, dass man so ein Leben nie ganz hinter sich lassen konnte.

Höller, der ehrgeizige Möchtegernkommissar, ermittelte verdeckt. Vorerst auch ohne das Wissen Hintereggers und Berloffas. Schon lange hatte er vermutet, dass im Dorf dunkle Geschäfte abgewickelt wurden. Die Russen, die Camorra, nun also auch die Kalabresen. Der Gemeindepolizist erschlich sich Dardellis Vertrauen. Dardelli versuchte, ihn für die Mafia zu gewinnen. Höller ging darauf ein – zum Schein. Er verständigte die Staatsanwaltschaft, Belli, der schickte nach einigem Zögern Marché ins Tal, doch dann brach der Kontakt abrupt ab. Die *DIA* hatte sich eingeschaltet, sie wollte bei ihrer Arbeit nicht gestört werden. Höller aber machte weiter – im Alleingang.

Dardelli unterbreitete dem Gemeindepolizisten indes ein Angebot, das der nie und nimmer annehmen konnte. Erneut vertraute dieser Hinteregger alles an, der nicht recht glauben wollte, was er hörte. Höller erzählte ihm, was er von Dardelli erfahren hatte: dass dieser sich im Auftrag der 'Ndrangheta mit einem Boss der *Mafija* getroffen habe, einem gewissen Jesus, dass der jedoch die Zusammenarbeit abgelehnt habe, weil er lieber mit der Camorra ins Geschäft habe kommen wollen. Dass die 'Ndrangheta daraufhin beschlossen habe, die Drogengeschäfte zwischen den Russen und den Neapolitanern im Dorf zu stören. Dass Dardelli ihm schließlich Geld, viel Geld angeboten habe, wenn er dafür jemanden umbringe. Irgendjemanden. Dass er diese Person in ein Zimmer der dritten Etage der *Villa Wolkenstein* legen müsse, um Chaos zu stiften.

Höller lehnte ab – und unterzeichnete damit sein eigenes Todesurteil. Dardelli ermordete ihn, gemeinsam mit seinem Komplizen, Franco, dem Kellner aus dem *Roten Rössl*, der so viele Details über den Deal der Russen mit den Garebanis kannte, weil der besoffene Hotelier Meyerle ihn immerzu vollquatschte. Doch auch Dardelli war bereits dem Tode geweiht. Jesus und A' silenziòs suchten ihn auf. Er flehte sie an, ihn zu verschonen, er verriet ihnen, dass Antonio Berloffa, der Verräter U Lunaticos, hier ganz in der Nähe lebte, er versprach, dass er sie zu ihm führen würde. Sie ließen sich zu ihm bringen. Töteten den Verräter. Seine Frau. Seine Tochter. Dann den winselnden Dardelli.

Grauner öffnete die oberen Hemdknöpfe, er wankte zum Fenster, atmete die kalte Winterluft ein, der Stadtlärm drang zu ihm hoch. Das Hupen, das Quietschen der Autoreifen. Stimmen, Gelächter.

Er erinnerte sich an das Gesicht des toten Höller. Er hatte siegessicher ausgesehen. Beinahe zufrieden. Der Gemeindepolizist hatte Hinteregger all sein Filmmaterial gegeben. Höller hatte jedes Treffen mit Dardelli gefilmt. Mal hatte er die Kamera im Wald im Geäst der Bäume versteckt. Mal im eigenen Wohnzimmer. Er hatte Hinteregger eine Kamera ausgehändigt, als er bereits geahnt hatte, dass er zu hoch gepokert hatte. Er hatte ihm gesagt, er solle Berloffas Haus im Auge behalten, es filmen, sollte etwas Merkwürdiges geschehen. Er hatte eine Kamera in seinem eigenen Wohnzimmer versteckt, die mit dem Internet verbunden war.

Er hatte so den eigenen Mord gefilmt. Die Mörder. Dardelli und Franco. Er hatte Hinteregger den Mord an der Familie Berloffa filmen lassen. Und an Dardelli. Die Mörder. Cleo Garebani und Igor Koloff. A' silenziòs und Jesus.

Der Commissario ging zum Schreibtisch zurück, griff zum Handy. Suchte nach Bellis Nummer. Er zitterte. Er wusste, das würde A' silenziòs' Ende sein. Das würde Cleo Garebani ins Gefängnis bringen. Für immer. Höller hatte gewonnen. Höller war ein Held. Und Saltapepe war in Sicherheit. Für immer.

Epilog

Er schaute in den Spiegel. Sah nur die obere Hälfte seines Gesichts. Die Augen, die Stirn, die Augenbrauen, die Haare, die die drei Kreuze verdeckten, er legte drei Nägel vor sich auf den Rand des Waschbeckens. Es waren große Nägel, dicke, rostige Nägel, nicht solche, die er Gianni in der Kirche hatte benutzen lassen. Es waren seine Nägel, Ии́сус-Nägel. Jesus-Nägel. Nägel, mit denen man jemanden ans Kreuz schlagen konnte. Nägel, um sie jemandem ins Herz, in die Kehle, ins Hirn zu rammen.

Er steckte sie in die Innentasche des Arztkittels, den er über der Motorradjacke trug. Er fasste nach dem Hammer, nach der Pistole, die mit einem Schalldämpfer versehen war. Er wusste, dass das alles riskant war, viel zu riskant, aber er hatte es ihr versprochen. Er liebte sie – und er liebte es, zu morden, er liebte es, wenn die Nägel eindrangen, ins Herz, in die Kehle, ins Hirn.

Dem Polizisten, der vor der Tür saß, würde er die Kugel in den Kopf jagen, dann würde alles ganz schnell gehen müssen. Danach würde er über die Treppe fliehen, die Honda

Dominator stand vor dem Eingang der Notaufnahme. In Innsbruck wartete die Maschine, die ihn nach Moskau bringen würde. Cleo würde bald freikommen. Sie hatten nichts gegen sie in der Hand.

Vielleicht eignete sich Gröden ja doch nicht so sehr für ihre Zwecke. Vielleicht sollten sie andere Schmuggelrouten finden. Über die Schweiz, den Lago Maggiore. Oder über Monte Carlo und Ventimiglia. Vielleicht könnten sie den Stoff mit ausgemusterten U-Booten der Roten Armee über das Schwarze Meer und das Mittelmeer nach Bari bringen. Er hatte gehört, dass die Narcos bereits alte amerikanische U-Boote voller Koks über den Atlantik schickten. Aber vielleicht waren das auch nur Gerüchte, Mafiageschwätz.

Eines war sicher. Er würde Cleo heiraten. Spätestens nächsten Sommer. Auf Capri. Wo sie sich kennengelernt hatten, wo er um ihre Hand angehalten hatte. Ein Fest. Mit Limoncello und Wodka, mit seinen *Wory* und den neuen Freunden von der Camorra. Das Leben war wunderbar.

Danke

Paolo Marchiodi, Experte für Carabinieri, Polizei und Mafia. Flavia Gasparini und ihren Kollegen vom Labor für die Analyse von Betäubungsmitteln in Südtirol. Der Rechtsmedizinerin Dr. Anne Port. Anja Gutjahr vom Deutschen Gehörlosen-Bund. Mona, Thomas, meiner Familie.

Hochspannung aus Südtirol

»Arno Bussi ist ein großer Spaß –
und hochspannend obendrein.«

Tirolerin

Leseproben und mehr unter www.kiwi-verlag.de KiWi